हिन्द पॉकेट बुक्स

अपनी-अपनी यात्रा

अलीगढ़ के एक समृद्ध व्यापारी परिवार में जन्मी कुसुम अंसल की शिक्षा अलीगढ़ मुस्लिम यूनिवर्सिटी में हुई, जहाँ से उन्होंने 1961 में मनोविज्ञान में एम.ए. किया। 1987 में आधुनिक हिन्दी उपन्यासों में विश्व-भावना विषय पर पंजाब विश्वविद्यालय से डाक्टरेट ली।

कहानी, कविता, उपन्यास तथा आत्मकथा सब मिलाकर आपकी दो दर्जन से अधिक रचनाएँ प्रकाशित हो चुकी हैं। आप पंजाबी तथा अंग्रेज़ी में भी लिखती हैं। आपके उपन्यास *एक और पंचवटी* पर सुप्रसिद्ध निर्देशक बासु भट्टाचार्य ने फिल्म बनायी, जिसमें दीप्त नवल, सुरेश ओबरॉय, अकबर खान इत्यादि ने काम किया। दूरदर्शन के लिए *तितलियां* और बच्चों के लिए *इन्द्रधनुष* तथा *इसी बहाने* सीरियल भी लिखे। आपको अनेक सम्मान मिल चुके हैं।

अपनी-अपनी यात्रा

कुसुम अंसल

हिन्द पॉकेट बुक्स
पेंगुइन रैंडम हाउस इम्प्रिंट

हिन्द पॉकेट बुक्स

यूएसए। कनाडा। यूके। आयरलैंड। ऑस्ट्रेलिया। सिंगापुर
न्यू ज़ीलैंड। भारत। दक्षिण अफ्रीका। चीन

हिन्द पॉकेट बुक्स, पेंगुइन रैंडम हाउस ग्रुप ऑफ़ कम्पनीज़ का हिस्सा है,
जिसका पता global.penguinrandomhouse.com पर मिलेगा

पेंगुइन रैंडम हाउस इंडिया प्रा. लि.,
चौथी मंजिल, कैपिटल टावर -1, एम जी रोड,
गुड़गांव 122 002, हरियाणा, भारत

पेंगुइन
रैंडम हाउस
इंडिया

प्रथम हिन्दी संस्करण हिन्द पॉकेट बुक्स द्वारा 1981 में प्रकाशित
यह हिन्दी संस्करण हिन्द पॉकेट बुक्स में पेंगुइन रैंडम हाउस द्वारा 2022 में प्रकाशित

10 9 8 7 6 5 4 3 2

ISBN 9789353494155

मुद्रकः रेप्रो इंडिया लिमिटेड

www.penguin.co.in

FSC www.fsc.org MIX Paper from responsible sources FSC® C047271

This is a legitimate digitally printed version of the book and therefore might not
have certain extra finishing on the cover.

अपनी-अपनी यात्रा

□ □

घर के बिल्कुल पीछे चारदीवारी से सटा वेद बाबू का घर था। उसे घर का 'आउट हाउस' भी कह सकते हैं। वेद बाबू इस घर का एक अभिन्न अंग थे। वह इस परिवार से उतना ही जुड़े थे, जितना इस एक चारदीवारी के भीतर घिरा उनका घर। वेद बाबू सुबह दफ्तर जाने से पहले पिछले दरवाजे के पल्ले को उढ़काकर इस तरह भीतर आते थे, जैसे इस पल स्टेज पर न आने से, आगे आने वाले देश्य की पीछे वाले दृश्य से बंधी कड़ी टूट जाएगी। आंगन की दो सीढ़ियां चढ़कर बरामदा था। मां पूजा के बाद आकर तख्त पर बैठ जाती। वहां कोई मेहतरानी, कपड़े धोने वाली मंगतो या माली अपनी-अपनी बातों के चिट्ठे सतर्कता से तैयार किए खड़े होते थे। मां को पुकारते वेद बाबू वहीं एक कुर्सी पर आ बैठते थे। मां आंखों पर चश्मा चढ़ाकर कागज का एक पुर्जा निकाल लेती थीं और उसपर बोल-बोलकर खरीददारी का सामान लिख देती थीं। वेद बाबू, तेल के टीन का हिसाब, चावल की बोरी का सही तौल या फिर अचार के नीबुओं का पूरा जायजा लेकर या देकर टलते थे। बाबूजी तब तक सुबह की दिनचर्या निबटाकर बाहर जाते थे। वह दफ्तर के लिए पूरी तरह तैयार होते थे। मां का दफ्तर तब निबटता था। सारे फरियादी धीरे-धीरे अपना काम संभालकर वहां से खिसकने लगते थे। मेहतरानी फिर से फर्श पर पोचा फेरने लगती और मंगतो की बुदबुदाहट पानी के नल की फर्राटेदार आवाज से ऊपर उठती रसोई तक सुनी जा सकती थी।

नाश्ते की मेज पर सबको उपस्थित होना अनिवार्य-सा ही था। मां बाबूजी

को, यदु, मिन्ना और सुरेखा को बेसन के चीले या मीठे टोस्ट उतने ही प्रेम से परोसतीं, जितने प्रेम से वह तब तक घर के हर व्यक्ति से वार्तालाप निबटाकर आती थीं। कोई अदल-बदल नहीं। सुरेखा, मिन्ना या यदु की कोई कष्टदायक अपील होती तो वहीं मेज पर बाबूजी के सामने पेश की जाती थी और बाबूजी उसका हल छोड़ जाते। यदु का इंजीनियरिंग का आखिरी साल था, सुरेखा का कानून का अंतिम वर्ष और मिन्ना का स्कूल खत्म होने को था। तीनों के भिन्न दायरे थे, फिर भी आपस में खूब पटती थी। अपने-अपने एडवेंचर और मन के गोपन रहस्य या अपने मित्रों के रोचक किस्से वे एक-दूसरे को बता देते थे। यदु और मिन्ना सुरेखा के बिल्कुल अपने, फिर भी अपने नहीं थे। यह रहस्य की बात सुरेखा को कभी किसीने नहीं बताई, फिर भी जैसे उसे हमेशा से मालूम थी। सुरेखा के जन्म के दिन ही उसकी मां चल बसी थी, यह बात जान लेने पर सुरेखा को सदा यही लगता रहता था, जैसे वह उसे जानती थी। वह मां सुरेखा के साथ कभी नहीं थी, फिर भी उसके हर दिन बड़े होने के साथ-साथ उसीमें जी रही थी, उसके भीतर उसके बहुत पास रहने लगी थी। सुरेखा को लगता, रात के अंधेरे में साये की तरह हिलती हुई हवा के झोंके-सी वह आकर उसके भीतर समा जाती थी—एक बैठते हुए डर की तरह यह बात सुरेखा के मन में पनपती रही, पर सुरेखा ने इस वहम को किसीसे बांटा नहीं। सुरेखा के व्यवहार को इस घटना ने अछूता नहीं छोड़ा था, वह अपने मन पर कितनी ही बेकार बातों की सतह जमाती जाती थी। अपने मन में अपनी मां के नाम को खूब छुपाकर रखती थी कि कहीं वह दीये के उठते धुएं-सा उसे छोड़कर उड़ न जाए। यदु, मिन्ना की मां उसकी बुआ हैं,मातृविहीन नन्ही सुरेखा को उनके भाई ने उन्हें सौंप दिया था। जब उनका विवाह हुआ और नई पत्नी आई तब तक सुरेखा चार साल की हो चुकी थी। समय बीतता गया और सुरेखा के पापा उसे लेने नहीं आए। वह इसी घर में बड़ी होती गई। उसे वैसे तो यहां कोई अभाव नहीं था, फिर भी जाने-अनजाने उसके मन के भीतर एक गहरा अभाव धीरे-धीरे जड़ जमाने लगा था। यदु और मिन्ना उसे बहुत स्नेह करते थे और सुरेखा भी उन्हें बहुत चाहती थी। पूरी स्थिति ठीक ही थी, पर सुरेखा

के मन में वह स्थिति कभी सहज नहीं होती थी। उसे हमेशा याद बनी रहती कि दूर कानपुर में उसके पापा हैं, नई मां है और दो छोटे-छोटे भाई हैं। वह अपने को उनसे, उस घर से जुड़ा महसूस करती थी। जब भी वह छटियों में वहां जाती या वे लोग दिल्ली आते, तो वह उन्हें पापा-मम्मी कहती। पर उसे कानपुर जाने पर हर पल यही एहसास बना रहता कि वहां उसका अधिकार नहीं सा है और यहां बुआ के घर उसका अधिकार हो नहीं सकता। मात्र प्यार रिश्ते नहीं बदल सकता। पर विडम्बना यह है कि रिश्तों को उनके विकृत रूप के साथ स्वीकार कर लेना पड़ता है। यहां जब मां अपनी 'दो बेटियां हैं' कहते लड़खड़ाती तो सुरेखा उस लड़खड़ाहट के कंपन को अपने भीतर जमा होने देती। उस पल उसको अपने वहां रहने का अर्थ बहुत फीका लगने लगता था।

सुरेखा सोचती थी, जो पल हंसी में गुजर जाए, वही सार्थक होता है। तभी मिन्ना के साथ वह छोटी-छोटी बात पर कहकहे लगा हंसती—बेबात या बेमतलब। पर तभी लगने लगता, यह कहकहे, यह हंसी कितने खोखले हैं—भीतर से नहीं उठते। मिन्ना बहुत छोटी थी उससे और सुरेखा जैसे छोटी ही रह जाना चाहती थी। बड़े होते जाने में उसे डर लगता था। इसीलिए वह अपनी रोज की आवश्यकताओं को छुपा लेना चाहती थी। वह अपनी इच्छाओं को बड़ा करने से डरती थी। सोचती थी, जो मिला है, शायद ठीक ही है, मस्त होकर जीना चाहिए। पर मस्त कहां हो पाती थी। जब भी बस की भीड़ में रेलपेल होती, या स्कूटर रिक्शा में बैठी होती तो मन-ही-मन पापा के घर की गाड़ियों की लिस्ट दुहराने लगती थी। जन्म के टूटे उस रिश्ते की याद उसके मन से कभी नहीं जाती थी। छुट्टियों के वे कुछ दिन सुरेखा कानपुर में गुजारती थी, उसमें भी उसे कोई अपनापन नहीं मिलता था। भीड़ का ही एक अंग बनी होने पर भी वह उस घर को खूब दुलार देना चाहती थी। पर वह घर उसे भीड़ का ही एक हिस्सा बना रहने देता था और यह बात उसके मन को चीथती थी...पर?

मिन्ना संगीत सीखती थी। घर पर ही उसके गुरुजी आते थे। सुरेखा अपने कमरे में अकेले बैठकर काम कर रही होती तो जाने क्यों राग भैरव में गाया मिन्ना का 'प्रेमपती पनिहारी रे...सब सखियां मोसे दूर निकल गईं' एक अजीब-

सा कुछ असर करता। उसे लगता, वह भी जैसे दूर निकलती चली जा रही थी। हवा में फैलते मिन्ना के स्वरों के साथ रोशनदानों से उठता हुआ उसका अपनापन उससे दूर होता जाता। वह उड़ जाना चाहती थी, पूरे अस्तित्व के साथ। इतना चाहने पर भी वह कहीं नहीं जा सकी थी। इस कटु सत्य का जंगल उसके मन में इतना घना हो उठा था कि अंधेरा होने लगा था। सच के घनेपन में सुरेखा का अपना कुछ भी अपना होना एक तरह से मन में धंस गया था। बाबूजी, मां, यदु और मिन्ना उसके चारों ओर चार रेखाओं में घूमते। कभी ये चार रेखाएं उसकी राहत का दरवाजा बन जाती थीं और कभी वह उनकी लचीली बांहों में गोल-गोल घूमती चक्कर खाती रहती। इस चक्करबाजी से उसका छुटकारा नहीं था। बड़े होने के बाद पापा और बाबूजी मिलकर उसके लिए लड़के ढूंढ़ रहे थे, जिससे लगता था कि सुरेखा को अभी एक घर और बदलना है। एक और नाम बदलना है—किसी और के नये अनजान सहारे को पकड़ना है। सुरेखा को यह बात बहुत कष्ट देती। उसे लगता, उसके लिए कोई कुछ नहीं करता था। शायद इसलिए कि वह बेजुबान थी—अपने अस्तित्व के प्रति बिल्कुल गूंगी। मन में मकड़ी के जाले बुनते जाते थे और वह सोचती जाती, 'कितने पड़ाव हैं मेरे। कितने सहारे बदलने हैं मुझे? मेरा विश्वास तो यह था कि जिन्दगी में इतना विध्वंस हो जाने के बाद जिन्दगी से और कुछ नहीं मांगना पड़ेगा मुझे। रास्ते के हाथ अपने-आप उगेंगे और खुद-ब-खुद वह मुझे इशारा करके एक तय मोड़ तक पहुंचा देंगे,' पर विश्वास करने के लिए बने थे शायद बाबूजी; या पापा ने जो जीवन दिया था, उससे सुरेखा ने कभी समझौता नहीं किया। उसे सदा जीवन उकताहट और फिर थकावट से भरा दिखाई देता-उत्साह उसके भीतर धीरे-धीरे मर गया था। अब उसकी एक ही इच्छा थी कि किसी तरह पापा और बाबूजी के रास्ते से छूट जाए और अपने भीतर के विश्वास को जिलाकर खड़ा कर ले कि उसे अपने जीवन में कुछ पाना है कुछ बनना है। विवाह के लिए खोजे हुए लड़कों से उसे चिढ़ होती। उसे सब कुछ ऐसे लगता, जैसे वह चौराहे पर खड़ी है। भीड़ में ढेर-से लोग गप-शप कर रहे हैं, और सब ही जैसे एक-दूसरे की सिगरेट के धुएं में धुंधलाते कुछ

चेहरे हैं, जो उसके अपने नहीं हो सकते।

पर सुरेखा की आवाज को किसीने नहीं सुना। उस दिन शाम को कुछ लोग उसे देखने आने वाले थे और सुरेखा भीतर-ही-भीतर सुलग रही थी। अपने-आपकी इस तरह नुमाइश बनाकर बैठ जाना, और आगन्तुकों की बैसिर-पैर की बातों का जवाब देना कुछ ऐसा लगता था, जैसे और कुछ नहीं, सुरेखा के व्यक्तित्व का पोस्टमार्टम हो रहा हो। उसके भावुक मन की शव-परीक्षा ही तो थी वह। पर उसमें किसीको भी सुरेखा मिली कहां, वह तो कहीं विद्रोह के चल चुके तीर के एक कोने पर बैठी हर पल तीव्र गति से दूर होती जा रही एक चिंगारी थी। एक ऐसी चिंगारी, जो भड़ककर जलती नहीं, बुझ जाती है। सुरेखा बच नहीं सकी, बाबूजी के आग्रह के कांच के पीछे कैद होती बन्दिनी-सी अजायबघर की चिड़िया की तरह सोफे पर आकर बैठ गई थी। मन शरीर के भीतर फड़फड़ा रहा था। उसके सामने के सोफे पर एक अधेड़ चालाक-सा लगने वाला व्यक्ति अपने पुत्र के साथ बैठा था। पूरा-का-पूरा पिता का पॉजिटिव था वह। वैसा ही रूप, वैसी ही भंगिमा। सुरेखा सोचती रही, कैसे लोग हैं ये, मेरे भाग्य-निर्णायक, कैसी विचित्र स्थिति है यह? वह अपने को सहज बनाती बैठी रही। बाबूजी के मान और इज्जत का बोझा जो ढोना थ उसे। उसके मन में आया कि अगर मैं भी पापा की लाड़-दुलार में बिगड़ी एक साधारण लाड़ली की तरह लड़-झगड़ सकती तो कभी की उठकर भाग गई होती। पर पापा कितने अजनबी थे उसके लिए, इसीलिए जिन्दगी सहनशीलता का एक मुखौटा जाने-अनजाने उसे पहना गई थी, और वह टूटी तस्वीरों का फ्रेम हाथ में लिए बैठी रही थी। परिचय के बाद कुछ प्रश्न उनके बीच में फैलने लगे थे। वे आगन्तुक एक-एक प्रश्न बीच से उठाकर हथेलियों पर फैलाने लगे थे। कभी पापा, कभी बाबूजी उनका हल निकालते। उन हलों के बीच सुरेखा को टूटी तस्वीर जकड़ने लगी थी। मम्मी सुरेखा की जन्मदात्री हैं, सुनकर आगन्तुक आश्चर्य करने लगे थे। अपने स्वर में भरपूर मजाक घोलकर कह रहे थे :

"मां तो बहुत खूबसूरत है। बेटी के जन्म के समय क्या खाया था—

बैंगन या बरसाती जामुन? ही ...ही. ...ही!" वह धृष्ट हंसी जलती हुई लपट की तरह सुरेखा के भीतर उतरती चली गई। उसका सांवला रंग क्रोध से तपकर वास्तव में काला होने लगा था। मां और बाबूजी स्तब्ध थे। मम्मी के सुन्दर चेहरे पर एक मधुर स्मित अब भी था। उनके रूप का अभिमान पूरा-का-पूरा निर्दोष था। कसूर तो सुरेखा के सांवलेपन का था। बाबूजी कंधे से पकड़कर उसे भीतर ले गए थे। चश्मे के पीछे उनकी आंखें नम थीं और सुरेखा के चेहरे पर होंठों को तोड़ती-मोड़ती एक विद्रूप हंसी उसकी ढाल बन रही थी। बाबूजी जाने किस बात की सांत्वना दे रहे थे :

"बुरा न मानना बेटी! मैं जानता हूं तेरा रूप, मेरे मंदिर की राधिका है तू। जब तू और मिन्ना आरती गाती हो तो मुझे लगता है, साक्षात् राधाजी तुझमें आ समाई हैं। जी को यह बात न लगाना बेटी! नन्दाजी का स्वभाव ही है मजाक करने का।" शायद वह सुरेखा से अधिक अपने को सांत्वना दे रहे थे। सुरेखा अपने को उनसे छुड़ाकर भीतर चली गई थी और वह विवश अतिथि-सत्कार में जुटे थे। पापो से अधिक उन्हें सुरेखा की भावनाओं का खयाल था। बाहर सुरेखा के पास आकर फिर बोले थे:

"चीयर अप, बेटे, अरे तुम ही तो उस दिन पढ़ रही थीं.—'माई हार्ट लीप्स अप, व्हेन आई बिहोल्ड ए रेनबो इन द स्काई'—वर्ड्स वर्थ की वही कविता। मेरा मन आकाश में सतरंगे इंद्रधनुष को देखकर बल्लियों उछलता है। ऐसा तब था जब मैं बच्चा था, ऐसा तब है जब मैं युवा हूं और ऐसा तब भी होगा जब मैं बूढ़ा हो जाऊंगा। 'और लेट मी डाई', 'चाइल्ड इज द फादर आफ मैन।'—बच्चा ही तो भावनाओं को जन्म देता है, उन भावनाओं को जो महान होती हैं, आदमी को महान् बनाती हैं। और हमारी सुरेखा कुछ कम है क्या? खूब गुणवान, खूब अच्छी है हमारी सुरेखा। उन बेवकूफों को हीरा परखना नहीं आया।"

सुरेखा उनकी भोली-भाली बातों में अपना अपमान भूलने लगी। कैसी-कैसी तुलनाएं, कैसे वक्त पर ढूंढ़ लाते थे बाबूजी! ऐसी बातें ही तो उसे दुनियावी होने से बचाती थीं। पापा के घर में जब वह बाबूजी के बनवाए साधारण कपड़े पहनकर निकलती तो मम्मी टोक देतीं :

"ऐ, तुम्हें साथ ले जाते हमें शर्म आती है। कैसी अजीब-सी लगती है! कुछ और कपड़े नहीं हैं क्या?" और तब मम्मी झुंझलाती हुई भीतर से अपनी कोई पुरानी साड़ी ला देतीं—बेमेल रंग के कारण ब्लाउज भी मैच नहीं करता था पर विवश सुरेखा को पहनना पड़ता था। उनके बाहर के समाज में सुरेखा खूब अव्यवस्थित हो उठती थी। कपड़ों का बेमेलपन उसे किसी हद तक कार्टून बना देता था। उसे लगता कि इस दुनिया को जीने के लिए कष्ट तो सहना पड़ता ही है। बाहर के दिए हुए सत्य को भीतर के सत्य से बड़ा मानकर कितने कॉम्प्लैक्स सुरेखा के पेट में नन्हे-मुन्ने कीटाणुओं की तरह उठ आए थे! यदि सुरेखा मम्मी के साथ बाहर जाने को मना कर देती तो वह कहतीं :

"हमारे साथ नहीं जाओगी तो बाहर के लोग कहेंगे, जानबूझकर तुम्हें साथ नहीं लाते। तुम तो चाहती हो, हमारी नाक कटे..."

अपमान के घूंट गले में उतारते-उतारते सुरेखा नीलकंठ बनी जा रही थी।

कानपुर आने पर एक ही हमउम्र लड़की से सुरेखा की मित्रता हुई थी। उसका नाम था मधुर। मधुर पास ही रहती थी। सुरेखा के छोटे दोनों भाई देहरादून में पढ़ते थे, छुट्टियों में उनसे भी मिलना होता था। पर मम्मी उन्हें सुरेखा से दूर रखकर पालतीं; जैसे सुरेखा अछूत हो। वह दूर से बात करते या नहीं करते थे और सुरेखा अपने को समेटकर मात्र अपने कमरे में बंद रखती थी। बस, उन दिनों मधुर ही उसकी सांत्वना थी और एक ही ऐसा प्राणी, जिससे खुलकर सुरेखा मन की बात कर सकती थी। एक बार मधुर बीमार पड़ गई और कुछ दिनों के लिए नहीं आई तो सुरेखा ने बाग से, क्रिसैन्थमम के ढेर-से फूल तोड़े और उसे मिलने चली गई। सुरेखा ने सोचा, इन खूब देर तक खिले रहने वाले सफेद फूलों को देखकर मधुर के पीले पड़ आए चेहरे की रंगत बदल जाएगी, और वह भी खिल उठेगी। मधुर वास्तव में उन फूलों को देखकर बहुत खुश हुई, पर घर लौटने पर सुरेखा की जान पर बन आई थी। आते ही मम्मी सामने पड़ गईं। गुस्से से उनके सुन्दर चेहरे पर जैसे एक विशेष प्रकार की कटुता फैल जाती थी। उनका सारा चेहरा विकृत होकर बीभत्स हो जाता था। सुरेखा सोचती, सुना तो था, सुन्दर लोग गुस्से में और भी खूबसूरत

लगते हैं, पर यहां तो मामला बिल्कुल उल्टा है। गुस्से के क्षणों में मम्मी की तुलना रण-क्षेत्र में उतरी चंडी या दुर्गा से की जा सकती थी। हां, तो फूलों के सौंदर्य, आदान-प्रदान के सरि-सुख में मम्मी अपनी कटता मिलाती हुई बोली :

"सुरेखा, क्यों तोड़े तुमने फूल। क्या हक था तुम्हारा उन फूलों पर? जाहिल हो, इतना भी नहीं जानती कि क्रिसैन्थमम के पौधों को पूरा साल बच्चों की तरह पालना पड़ता है। मैं कितनी मेहनत करती रही पूरा साल और तुम पूरा बाग उजाड़कर रख आईं! अब कभी फूलों को हाथ लगाया तो देखना, हाथ तोड़ दूंगी तुम्हारे। अपने औकात में रहा करो। बड़ी अकलमन्द बनी है। सहेली को फूल देगी!"

सुरेखा भय से सुन्न पड़ती गई। बार-बार उसे समझाया जाता था, यहां उसका कोई हक नहीं, वह यहां की कोई नहीं है। क्या जन्म लेना कुछ भी संबंध नहीं जोड़ता? तो फिर वह यहां आई क्यों है? घोंघे की तरह उसका अस्तित्व सिमटने लगता। घबराहट में वह बहुत-सी गलतियां कर जाती। कभी रसोई से आते-आते कोई प्लेट हाथ से छूट जाती, कभी खाना खाते समय हाथ के अनजाने धक्के से पानी का गिलास लुढ़क जाता—मम्मी फिर से डांटती:

"फूहड़ है, जिसके घर जाएगी, रोएगा बैठकर। कितना भी सिखाइए, सलीका सीखती ही नहीं। बड़ी पक्की मिट्टी की बनी है, बदलती नहीं...।"

मन शीशे की टूटी हुई किरचों में बदलता जाता था। वहां सुख-दुख की रचनाएं बनती भी थीं, मिटती भी थीं। सुरेखा का मन अपने लिए पाई प्रेम की इस दरिद्रता से कुंठित रहने लगा और इसी कारण जीवन में बचपन और उसके बाद शरीर में धीरे-धीरे प्रवेश पाते यौवन का महत्त्व कम होने लगा था। शायद कुछ लोगों को जी लेने के लिए अपने-आपको मार लेना होता है। मन की किरचों में एक ही सशक्त रचना अब तक बन पाई थी, वह थी बाबूजी की स्नेहल आकृति। वही एक तस्वीर थे, प्रेम और ममत्व की। नन्दा बाबू के इन कार के बाद सुबह की गाड़ी से पापा-मम्मी लौटने वाले थे। सुरेखा उनके आगे आंख भी नहीं उठा पा रही थी। उसके साधारण होने का एहसास उसे इतना नीचे दबाता था कि कभी-कभी उसे लगता, दम ही घुट रहा है। उसके

साधारण रूप से पापा कहीं बहुत आहत थे और मम्मी विजयी-सी। पापा के सभी 'एवन' या 'टाप क्लास' स्टेटस में सुरेखा एक फटे पैवन्द की तरह आकर जुड़ गई थी, जिससे पीछे छुड़ाकर पापा उसे यहां के साधारण और शायद उसके लायक घर में फेंक गए थे। अब सुरेखा के विवाह मात्र का एक कर्तव्य बाकी था, जो वह किसी-न-किसी तरह निभा देना चाहते थे। पर सुरेखा का रूप उनके कर्तव्य के बीच किसी अड़ियल घोड़े की तरह रुका था। कभी न हारने वाले पापा को हर बार एक पराजय बरदाश्त करनी पड़ती थी। इन सारी परिस्थितियों के बीच पापा और सुरेखा के मध्य कोई संवाद नहीं जुड़ा था, शब्दों का सेतु टूट रहा था और सुरेखा को लगता, कोई भी सार्थक शब्द उसके लिए नहीं बना था।

राजपुर रोड का वह मकान बहुत बड़ा तो नहीं, पर छोटा भी नहीं था। बाहर के लॉन पर शाम होते ही मां कुर्सियां डलवा देतीं। वहीं मेज पर उस मौसम के फल आ जाते। खरबूजे-तरबूजे हैं तो मां बांटकर सबको परस देतीं, नहीं तो सब लोग खुद लेकर खाते-पीते। बेर, शरीफे जैसे टेढ़े फल सब ही वह खरीदकर लातीं। उनका खयाल था कि हर मौसम के फल के अपने गुण होते हैं और उन्हें अवश्य खाना चाहिए। फल खाने के बाद से रात के खाने के समय तक सब लोग वहीं बैठते और गप-शप करते थे। उस समय बाबूजी सबकी जरनल नालेज की बातें करते, रोज के समाचारों से लेकर देशी-विदेशी चित्रकार और अभिनेता या अभिनेत्रियों की भी बातें करते। उनके परिवार के बीच अकसर वेद बाबू का बेटा प्रशान्त भी बैठता था। बचपन में तो वह काफी साथ रहता था, साथ खेलता था, पर जाने क्यों यदु से उसकी कभी नहीं बनी। यदु उसे बिना कसूर मारता-पीटता, और 'तू नौकर का बेटा है' कहकर उसका समय-असमय अपमान करता रहता था। बड़े होने के साथ ये बातें प्रशान्त को उस परिवार से दूर ले जाती गईं, और वह हर बात में यदु से आगे निकलता गया। बाबूजी यदु को समझाते थे और प्रशान्त को जितना बन पड़ता, प्यार, इज्जत देते थे। जब से प्रशान्त नब्बे प्रतिशत नम्बर लेकर आई० आई० टी० (इंडियन इंस्टीट्यूट आफ टेक्नोलोजी) में दाखिल हो गया था—बाबूजी आहत

हुए थे,और यदु उससे कटने लगा था। प्रशान्त जब भी होस्टल से घर आता था तो उन सबके पास अवश्य बैठता था। उसकी बातें सधी हुई होती थीं; खूब नाप-तोलकर कही गई। जब भी वह सुरेखा से बात करता, उसकी आंखों का रंग बदलने लगता, और लगता था, उन आंखों में कुछ तैरता था, जो बहकर सुरेखा तक आना चाहता था, और जिसे सुरेखा एक मीठा आक्रोश या मुग्ध हास्य जानकर टाल देती थी।

उस दिन बाबूजी, मां, यदु और मिन्ना रात के खाने पर किसी संबंधी के यहां आमंत्रित थे। घर पर सुरेखा अकेली थी। उसको कुछ जरूरी नोट्स तैयार करने थे। रात के नौ बजे थे और वह अकेली पढ़ रही थी कि अचानक सारे घर की बत्तियां बुझ गईं। वह कुछ देर अंधेरे में बैठी प्रकाश के लौट आने की प्रतीक्षा करती रही, फिर झुंझलाकर नीचे गई तो लगा, अंधेरे के साथ सूनापन बढ़ रहा था। बाहर नौकरों के बात करने की आवाजें आ रही थीं। दिमाग में 'रोमन लॉ' के नीरस नोट्स बोझ बन रहे थे। नौकर और मेहरी कुछ कह रहे थे कि बीच में प्रशान्त का स्वर पकड़ में आने लगा। वह फ्यूज ठीक करने को तैयार था, पर नौकरों को टार्च या मोमबत्ती कुछ नहीं मिल रही थी। जब तक सुरेखा ही कुछ कहती, महरी क्वार्टर में चली गई और नौकर सड़क के कोने पर पान वाले की दुकान से मोमबत्ती लेने भागा। सुरेखा ही खोजकर किचिन के ड्राअर से मोमबत्ती ले आई थी। बरांडे का स्विच-बोर्ड खोलकर प्रशान्त फ्यूज देखने लगा और मद्धिम-सी उस रोशनी में सुरेखा उसे देखती रही थी। हलके बादामी रंग के कुरते पर मोमबत्ती की पीली रोशनी पड़ रही थी। उसका चेहरा भी पीला-सा दिख रहा था। उसका व्यक्तित्व वैज्ञानिक का सा न लगकर एक चितनशील दार्शनिक का सा लग रहा था। वह उसके बहुत निकट खडी थी। शायद इसलिए उसके बारे में सोचना सुरेखा की मजबूरी बन गई थी। काम करते हुए उसके हाथ अचानक रुक गए। उसने अपना चेहरा सुरेखा तक घमा लिया था। उसकी आंखों में मोमबत्ती की लौ साफ-साफ दमक रही थी। उस लौ की चमक की छुअन से सुरेखा भी अछुती नहीं बची थी। उसकी बांहों ने सुरेखा को घेर लिया था। फूंक मारकर मोमबत्ती बुझा दी, और बड़ी आतुरता

से सुरेखा को अपने से सटा लिया। बेसूधी के कुछ पल उन दोनों के बीच रुक गए। सुरेखा का पूरा शरीर झनझना उठा, जैसे कि हलकी विद्युत-लहर प्रशान्त के शरीर से निकलकर उसमें समा रही हो। कितना अचानक और अप्रत्याशित था सब कुछ! प्रशान्त के होंठ सुरेखा के गालों पर से उतरकर उसके होंठों पर आ रुके थे कि अचानक बिजली आ गई और ऐसे लगा कि जैसे वह प्रकाश कुछ अधिक ही चमक से भरा खिलखिला उठा हो। सकपकाकर प्रशान्त ने सुरेखा को छोड़ दिया और वह भागती हुई अपने कमरे में लौट आई थी। कुछ देर बाद खिड़की से झुककर देखा तो प्रशान्त उसके हाथों से छूटी उस बुझी हुई मोमबत्ती को उठाकर अपने घर की ओर लौट रहा था। पढ़ने की मेज पर नोट्स की फाइल खुली पड़ी थी। सुरेखा के दिमाग का सारा कानून गड्ड-मड्ड हो रहा था। जब खुली जागती आंखों को भी कुछ नहीं दिखा, तो वह बत्ती बुझाकर लेट गई थी। सुरेखा के मन में कुहासे-सा कुछ उठा था, अपने भीतर खामोशी में बीते हए उन पलों को वह आवाज देकर कोई नाम देना चाहती थी। खोज लेना चाहती थी कि वह स्पर्श क्या था? उस स्पर्श से सुरेखा ने कुछ पाया अवश्य था। बांहों का बंधन, वह होंठों का स्पर्श सुरेखा से इतना स्पष्ट कह गया था कि वह बिल्कुल निरर्थक नहीं, वह 'कुछ' तो थी अवश्य ही। उस 'कुछ' को वह न तो प्रशान्त का प्रेम कह सकती थी, न ही अपना, क्योंकि उसने प्रशान्त को कभी जानने का प्रयास नहीं किया था। प्रशान्त के अस्तित्व को उसने कभी कोई विशेषता नहीं दी थी। उसके वहां रहने, बड़े हो जाने, पढ़ाकू होने की बात पर कभी ध्यान नहीं दिया था। केवल बाबूजी अकसर उसकी तारीफ करते, उसकी पढ़ाई और मेहनत की चर्चा करते और कहा करते :

"यदु, देखा, प्रशान्त कितना लायक निकला है! जरूर वेद बाबू का नाम रोशन करेगा। वेद बाबू ने पिछले जन्म में जरूर मोती दान किए होंगे जो इस जन्म में ऐसा बेटा मिला है।"

बाबूजी के मन में यदु के 'आई० आई० टी०' में प्रवेश न पाने का दुख था। उनकी इस बात से यदु के चहेरे पर कड़वाहट फैल जाती और वह सुरेखा की ओर अर्थपूर्ण दृष्टि से देखता, जिसे देखकर सुरेखा सहसा सिमटने लगती

थी। ऐसा तो हुआ था कि अब सुरेखा का मन प्रशान्त के बारे में सोचने लग गया था। उसके शरीर को एक पल की वह अद्भुत छुअन कुछ बदलाव दे गई थी। सुरेखा को लगता कि वह मोमबत्ती की तरह धीमे-धीमे जल रही है या एकाएक लगने लगता कि वह मोमबत्ती की तरह पिघलकर बह उठी है।

पीछे वाले कमरे की खिड़की से प्रशान्त का मकान दिखाई देता था। छोटा-सा मकान, झड़ते पलस्तर और बदरंग दीवारों का मिटा हुआ पीला रंग, बेमानी-सा लगता था। कुछ भी तो आकर्षित नहीं करता था। मकान के आसपास की उस छोटी-सी जगह में कुछ अपने-आप उगे पौधों का अंबार था, उसमें झांकता एक अकेला मौलसिरी का पौधा फूलों से लदता खड़ा था। सुरेखा को लगता, प्रशान्त भी और कोई नहीं, वही अकेला मौलसिरी का पौधा है। वेद बाबू की मामूली नौकरी, अपनी मां की धुंधलाती मोतियाबिंद-भरी आंखों के बीच फूलों से लदता मौलसिरी का पौधा है। सुरेखा उस घर के भीतर के जीवन की कल्पना से सिहर रही थी। नहीं, भविष्य के लिए अपने सहारे की सुरेखा की कल्पना, इस दृश्य से बिल्कुल मेल नहीं खा रही थी। सुरेखा का खुद का खोजा सहारा, बाबूजी या पापा के खोजे सहारे से बिल्कुल अलग होना चाहिए। हर अर्थ में बड़ा होना चाहिए, अच्छा होना चाहिए, और उसके लिए मन में उठ आए इस क्षणिक-से आवेग को भुला देना होगा। सुरेखा का पाथेय वह नहीं हो सकता।

जो खुद के साथ समझौता करके जी सकता है, वह दूसरों के साथ भी जी सकता है। सुरेखा अपने साथ जीने के संकल्प में बाबूजी के इस परिवार को बिल्कुल अपना मानकर जी रही थी। खुली आंखों में सपने तो उतर आते ही हैं। वह सपने भी देखने लगी थी। वे सपने दूर तक सड़क के दोनों ओर जलती बत्तियों-से फैलते जाते थे। उतनी दूर तक, जहां तक दृष्टि का विस्तार पहुंचता था। प्रशान्त उसके इन सपनों को छू भी नहीं सका था—हां, अस्तव्यस्तता अवश्य उपज रही थी। सुरेखा शायद किसी विस्फोट या किसी विशेष परिवर्तन की प्रतीक्षा में थी।

वेद बाबू के घर कभी वार-त्योहार ही जाना होता था। उस दिन अचानक

सुरेखा वहां चली गई। घर में घुसते ही जो कमरा था, उसमें एक ओर चौकोर मेज लगी थी जिसको घेरकर चार कुर्सियां पड़ी थीं। एक कोने में जर्जर-सा एक मेंटलपीस था जिसपर किरोशिया का बुना झालरदार बिछावन बिछा था। उसीके नीचे छोटा-सा कालीन बिछाकर एक मसनद और छोटी-बड़ी गद्दियां डालकर उसे बैठने-उठने लायक बनाया गया था। कालीन से सटकर ही पलंग पड़ा था जिसपर साफ रंगीन चादर बिछीथी। पूरे कमरे में बहुत सफाई थी। घर के बाहर जितनी अव्यवस्था थी, भीतर और कुछ न हो, सफाई अवश्य थी। इस कमरे के एक ओर छोटा-सा प्रशान्त का कोठरीनुमा कमरा था, जिसे लांघकर ही रसोई में जाया जा सकता था। प्रशान्त के कमरे में एक पलंग, एक सस्ती-सी मेज और कुर्सी पड़े थे। दीवार पर लकड़ी की बेतरतीब खूंटियां थीं, जिनपर कपड़े टंगे थे। एक खूंटी पर प्रशान्त का हलका बादामी कुर्ता सफेद पजामे के साथ सुरेखा को अलग-सा होकर दिख रहा था। पलंग की चादर पर कोई सलवट नहीं थी, बेहद चुप्पी के बीच रसोई में स्टोव जलने की सांय-सांय सुनाई दे रही थी। सुरेखा कुछ पल इसी कमरे में बिताना चाहती थी, मेज पर करीने से लगी पुस्तकों को पलटकर देखना चाहती थी। प्रशान्त के निकट होने का एहसास हवाओं में घुमड़ रहा था, वह पहली बार मिन्ना या यदु के बिना यहां आई थी। इसलिए मन में हलकी-सी एक झिझक कसमसा रही थी। वह पुस्तकें देखने लगी,तो एक पुस्तक के बीच से लुढ़ककर एक पीली अधजली मोमबत्ती हाथ आ गई। यादों का एक जलता-बुझता जुगनू जैसे मस्तिष्क में फड़फड़ाने लगा। वह उसे देखती, मन को टटोलने लगी। ऐसा क्यों हुआ? प्रशान्त ने सुरेखा को ही क्यों चुना? क्या सोचकर, और अब इस सबका अंत क्या होगा। सुरेखा ही क्या इस सबको स्वीकार कर पाएगी? ... "ओह, तू है बिटिया... कब से खड़ी है? अकेली आई है, मिन्ना नहीं आई?" सुरेखा लड़खड़ा गई। चाची का स्वर उससे आकर जैसे टकरा गया और अपने भीतर की आवाज को खोदकर ही निकालना पड़ा :

"जी चाची, अभी आई हूं,एक किताब चाहिए थी... आप कैसी हैं?"

"अरे आ न, बैठ मेरे पास, कभी-कभी ही तो तुम लोग रास्ता भूलती हो...

ये किताबें, भगवान जाने ये किताबें, कब पीछा छोड़ेंगी तुम लोगों का—मुन्ना भी तो रात-दिन इन्हीं में सिर दिए पड़ा रहता है।"

सुरेखा चुप उनके स्नेहसिक्त स्वर को पकड़ रही थी। चाची का छोटा कद, हलका-सा मुटापा, झुर्रियों के टेढ़े-मेढ़े पैर जमाते उम्र के निशान उनके गोरे मुख पर फैल आए थे। सुरेखा उनके माथे पर लगी कत्थई सिन्दूर की चौड़ी बिन्दी पर मुग्ध हुए बिना न रह सकी। उनके खूब कर्मठ सख्त हाथों की पकड़ सुरेखा को रसोईघर में खींच लाई। ऊंची चौखट पर अनभ्यस्त पैर लड़खड़ा गए और वह चाची पर गिरते-गिरते बची। चाची के शरीर की एक खास सुगंध थी, जैसी शायद एक बहुत प्रेम करने वाली मां के शरीर में से आती है। सुरेखा का मन किया कि उस सुगंध में लिपटी चाची की छाती पर पड़ी रहे। उसके लिए वह सुगंध, वह स्नेहिल मां की छाती का स्पर्श नया था। पर चाची का सरल व्यवहार उसे लौटा लाया और वह सहज हो चली थी :

"क्या बना रही थीं चाची?"

"दाल-सेव।"

थाली में ढेर-के-ढेर पीले बेसन के दाल-सेवों का चक्कर लगा था। सोंधी तले घी की खुशबू रसोई में फैली थी। सुरेखा ने जिद्दी बच्चे की तरह मुट्ठी में दाल-सेव भर लिए थे।

"अरे सब कुछ तो मुन्ना के लिए बनाती रहती हूं। कल आएगा न कालेज से। वहां तो तू जाने है, कुछ मिले नहीं है खाने को। सो जब भी आए है, मैं कुछ-न-कुछ बांध-बूंधकर दे देवूं हूं।" एक मां का स्नेह-पगा स्वर पिघलता हुआ सुरेखा को हिला गया था। मुट्ठी में भरे दाल-सेव चुभने लगे थे, जैसे मन में एक किरच चुभ गई हो, और हलके खून की एक लकीर खिंच आई हो। सुरेखा को ईर्ष्या हुई। लगा, वह इस स्नेह से कितनी अनभिज्ञ रह गई है! किसने भरी दोपहरी, मोतियाबिंद-भरी आंखों से घी-तेल के तपते सेंक में बैठकर उसके लिए गुजारी थी? नहीं, कोई भी तो नहीं था। शून्य और सूना होकर उसे घेरने लगा था। चाची के शब्द, प्रशान्त की पहचान उस घेरे से बाहर रह गए थे और उस घेरे को तोड़कर ऊपर उठने की उसकी सौगंध कटार की तरह तीखी

होकर भीतर तक धंसती चली गई थी।

चाची के साथ जैसे-तैसे व्यावहारिकता निभाकर निबट ली थी। जाने को हुई तो प्रशान्त का कमरा लांघते उसके कुर्ते-पजामे के हवा में फड़फड़ाते स्वर आकर्षित करने लगे। पर इस क्षण किरचों की चुभन उसे बाहर को खींच रही थी। सुरेखा लौटते हुए मन-ही-मन तय कर रही थी कि अब वह यहां कभी नहीं आएगी। पीड़ा में यदि जन्म लिया है तो जरूरी नहीं है कि हर पल चीखना पड़े, और उन शब्दों की पहचान खो जाने दे, जो उसे इस दृश्य के विरुद्ध ले जाएंगे। भावनाओं के बहकाने या शरीर के इस छोटे-से स्पन्दन के लिए जीवन को इस घर के मोड़ पर नहीं छोड़ना है।

हताशा-भरी भावनाएं दूसरी भावनाओं से संतुलित हो जाती हैं। जीवन का सौन्दर्य उन्हें आड़े हाथ ले लेता है। मन की टूटन एक ओर रह जाती है और जीवन में लुका-छुपी करते सुख के कुछ पल मन में जीने की इच्छा जगा जाते हैं। अपने को हर अच्छे-बुरे के लिए तैयार करके सुरेखा सामान तहा रही थी। वेद बाबू मां को टिकट दे गए थे। रात की गाड़ी से सुरेखा को कानपुर जाना था। सब कुछ शान्त होने पर भी उसके मन के भीतर कहीं, डर का कबूतर आंखें बन्द किए बैठा था। एक हलका-सा सहम चेहरे पर हर पल बढ़ता जा रहा था। मां, बाबूजी बहुत-सी बातें कह रहे थे। आश्वासन-सा दे रहे थे। मां ने अपनी कांजीवरम् की सफेद कत्थई बार्डर की साड़ी लाकर सुरेखा के बक्से में रख दी थी। यह साड़ी सूरेखा को भी बहुत पसन्द थी और मां को भी, वह अकसर सुरेखा के उसे पहन लेने पर झुंझलाती :

"तू इतनी नीची बांधती है साड़ी कि सारी की सारी साड़ी नीचे से रगड़ खाकर फट गई है। जाने क्यों इन लड़कियों को अपने कपड़ों से सडक पर झाड़ू देने का मन होता रहता है!"

सुरेखा ने डबडबाए नेत्रों से मां को देखा। मां ने उसके कंधे पर हाथ रखते हुए कहा था :

"तू इस साड़ी को ले जा सुरेखा! नीचे से इतनी सड़ा दी है तूने कि अब यह मेरे पहनने लायक नहीं रही।"

सुरेखा जानती थी, बाबूजी की नियमित आय में मां बहुत कुछ नहीं बना पाती थीं। सुरेखा के लिए भाई से कोई खर्च भी नहीं लेती थीं। जब भी पापा कुछ देना चाहते, वह गुस्से से कहती :

"अगर मेरी एक और बेटी होती तो क्या तुमसे खर्चा मांगने जाती मैं? सुरेखा तो मेरी ही बेटी है—हां, इतना मानती हूं कि तुम बड़े आदमी हो, अपनी बेटी कहकर अच्छा घर-वार ढूंढ़ दोगे। इसीलिए अपनी बेटी कहने का तुम्हारा यह अधिकार बना रहने दिया, नहीं तो क्या सुरेखा पर तुम्हें हाथ रखने देती मैं? फिर भगवान ने तुम्हें और बेटी भी नहीं दी, इसीसे सुरेखा को अपनी बेटी कह लेने देती हूं। नहीं तो मेरे जीते-जी इसे कोई अपना नहीं कह सकता था, चाहे वह मेरा सगा भाई ही क्यों न होता!"

पापा चुप रह जाते। कभी सुरेखा के कानपुर में रहकर आगे पढ़ने का आग्रह करते तो फिर मां बिगड़ जाती :

"क्या कहते हो भैया? दुनिया क्या कहेतीं। सदा तो छोकरी को पाला, पढ़ाया, अब जब ब्याह लायक हुई तो पढ़ाई का बहाना बनाकर बाप के घर फेर दी! न, ऐसा तो अब नहीं होगा। अपनी बेटी कहकर घर-वर ढूंढ़ दो। शादी तो मैं करूंगी, अपने दरवाजे पर। पैसा भी सारा मेरा ही लगेगा।"

पापा उनके मुख पर के छाए दढ़ विश्वास से प्रभावित हुए बिना न रहते और पुनः सुरेखा के लिए वर का जुगाड़ करने के प्रयासों में लग जाते। सुरेखा की भावनाएं क्या हैं, वह क्या चाहती है, इसका पता लगाने की चिन्ता दोनों में से किसीको भी नहीं थी। अपने-अपने कर्तव्य को पूरा करने में दोनों पक्ष व्यस्त हो जाते और सुरेखा अकेली छूट जाती। सोचती, वह केवल एक बोझ ही तो है उन दोनों पर, जिसे ब्याह के डोले में डालकर वे मुक्त हो जाना चाहते थे। कानपुर के लिए तैयारी करते समय सुरेखा सोच रही थी कि वह पापा से साफ-साफ बात कर लेगी कि उसे वकालत करनी है और दिल्ली में वकालत का स्कोप काफी है। बड़ा शहर है। यहां एडवोकेट सिंह का खूब नाम है—उन्हीं के साथ काम करने की सलाह देते हैं सब लोग। इस घर के लोगों से बिछुड़ते मन बोझिल हो रहा था, यदु स्टेशन

छोड़ने आ रहा था और बाबूजी का चेहरा उसके मन में जैसे गड़ा जा रहा था। वह उदास लग रहे थे। चलते समय बाहर तक आए थे—बरामदे की सीढ़ियों पर खड़े कह रहे थे :

"तेरा रिजल्ट आते ही तुझे फोन करूंगा—तू लौट आना बेटी! यहीं प्रैक्टिस शुरू करना। तेरे बिना मन नहीं लगेगा किसीका।"

मां के मुख पर आंसू थे। मिन्ना भी लिपट रही थी। कुछ-कुछ लग रहा था कि अब सुरेखा लौटेगी नहीं। पढ़ाई खत्म हो चुकी थी। मां ने खाने की छोटी-सी डलिया टैक्सी में रखवा दी थी। जब यदु के साथ पीछे की सीट पर सुरेखा बैठी तो आंखें बंद किए हुए थी। उसे लग रहा था, जैसे सारा बचपन पीछे छूटता जा रहा है, और आगे क्या आने वाला है, कुछ भी तय नहीं। स्टेशन आ गया था। यदु ने नाम ढूंढ़ कर उसे एक थी टायर डिब्बे तक पहुंचा दिया था। सामान बगैरा रखवाकर वह स्नेह से कंधे पर हाथ रखकर बोला था :

"अच्छा सुरेखा, चलता हूं, पहुंचते ही चिट्ठी डाल देना, भूलना नहीं, बाबूजी चिन्ता करेंगे..."

सुरेखा माथा हिलाकर स्वीकृति दे रही थी और यदु उसे छोड़कर चला गया था। ट्रेन जाने में कुछ ही मिनट बाकी थे, सुरेखा अपनी ऊपर की सीट पर बिस्तरा जमाकर व्यवस्थित हो जाने का प्रयास कर रही थी। भीड़ तो थी ही। लोग आ रहे थे, जा रहे थे। सुरेखा भीड़ की आया-जायी से अलग अपने में ही गुम थी। बीती हुई यादों और घटनाओं का धुआं उसे घेरे था। ट्रेन जाने कब चल पड़ी थी। जानलेवा शोर पीछे छूट रहा था। हर सीट पर लोग बैठे थे। उसने खाने की डलिया सीट के एक कोने में खिसका दी। भूख ही कहां थी? मन तो हो रहा था कि बस, आंखें बन्द किए पड़ी रहे। ऊपर चढ़कर आराम से लेटते-लेटते अपने सामने की ऊपर की सीट पर नजर जाते ही सुरेखा एकबारगी सकपका गई। उस सीट पर और कोई नहीं, प्रशान्त लेटा था। अब तक उसे देखा ही नहीं था। वह भी आश्चर्य से उसे ही देख रहा था।

"तुम तुम...यहां कैसे?"

"मैं लखनऊ जा रहा हूं। टिकट बाबूजी लाए थे शायद इसीलिए।"

शायद, वह भी उतना ही हैरान था जितनी सुरेखा। वैसे तो इतना सफर अकेले करने की आदत थी उसे। फिर भी साथ में अपना कोई है, जानकर आश्वासन मिला था। उसने प्रशान्त को बहुत दिन बाद देखा था। परीक्षा के दिनों कुछ भी तो होश नहीं रहता था। उसे देखकर सुरेखा के मन में एक बार सारी उलझनों के बीच उसका बीता हुआ व्यवहार सिर उठाकर खड़ा हो रहा था। कुछ देर दोनों चुप बैठे रहे, समझ में नहीं आ रहा था, क्या बातें करें—प्रशान्त ही बोला था :

"उस दिन तुम घर आई थीं, मां कह रही थी.. उसके बाद फिर कभी क्यों नहीं आईं...मेरे होते।"

"मैं प्रशान्त, तुम्हें बता देना चाहती थी..."

"क्या?" वह अधैर्य से बोला, "कि मैं तुम लोगों के योग्य नहीं हूं, यही न?" उसकी आवाज का रूखापन सुरेखा को सहमा रहा था।

"नहीं, ऐसा नहीं है प्रशान्त! सच तो यह है कि मैंने तुम्हें जाना ही कितना है?"

"जानने के पलों में, तुम जानना भी तो नहीं चाहती हो सुरेखा! बचपन से ही तो हम साथ रहे हैं, खेले हैं, साथ बड़े हुए हैं। पर तुमने अपने आसपास के वातावरण से कभी समझौता नहीं किया। सच कहूं तो बचपन से मैं तुम्हारा यह अनमनापन महसूस करता रहा। तुम्हारा यह खोया-खोया-सा अस्तित्व मुझे बहुत आकर्षित करता रहा। मुझे लगता था, जैसे अपने शरीर में रहकर भी तुम वहां भीतर नहीं हो सुरेखा। लगता था तुममें कुछ है, समथिंग इन्वाइटिंग टू एक्सप्लोर। बड़े होने के साथ यह रूखापन और बढ़ता गया, इन्वीटेशन और बड़ा होता गया। कभी लगता, तुम एक बन्द पुस्तक हो, जिसे खोलकर पढ़ लेना चाहिए। तुम्हारे पास आकर ऐसी इच्छा जागती, जैसी एक सी० आई० डी० अफसर की होती है। तुम्हारे पीछे जासूसी करने का मन करता। कभी तुम्हारे कमरे में जाकर देख आता, क्या पढ़ती हो, कैसा टेस्ट है तुम्हारा। कभी मां से तुम्हारे बारे में बातें सुनता। कभी बाबूजी तुम्हारे बारे में बातें करते तो उनमें से तथ्य ढूंढ़ता। पर तुम क्या हो सुरेखा...क्या हो, बता दो। मैं तुम्हें

जानना चाहता हूं।"

सुरेखा पूरे ध्यान से सुन गई थी। फिर जोर से खिलखिला दी। वह भी हंस दिया था, तना हुआ वातावरण थोड़ा हल्का हुआ था। सुरेखा बोली:

"मैं कौन हूं, यह तो तुम ठीक से जानते हो प्रशान्त, इतना लंबाचौड़ा रहस्य नहीं है मेरे जन्म के पीछे, जो तुम्हें जासूसी करनी पड़े। मैं मिस सुरेखा गुप्ता—जो जन्म से सुरेखा सिन्हा है, और कुछ नहीं, बस एक साधारण-सी लड़की हूं जो अपनी लॉ की परीक्षा देकर कानपुर जा रही हूं कि कुछ दिन सुरेखा सिन्हा के खोल में रहकर एक अलग सोफिस्टिकेटेड जिन्दगी जी सकूं।"

"बस, यही दोहरी जिन्दगी तुम्हें अनमना किए रहती है सुरेखा! एक बात कहूं? यह बात जिन्दगी में इतनी बड़ी नहीं है कि तुम इसे इशू बनाए बैठी हो। इतनी-सी बात के लिए इतनी सेन्सिटिव होने की क्या आवश्यकता है? जिन्दगी में तो बहुत कुछ गुजरता है। यह तो केवल प्यार का रिश्ता है। दोहरा प्यार ही तो है, जो तुम्हें मिला है और तुम उसे झेल नहीं पा रही हो।"

सुरेखा इस पल सहज होना चाहती थी। अपनी इस उलझन की बात किसीको समझाना नहीं चाहती थी। यह तो उसके मन के दो अलग-अलग टुकड़ों की कहानी है। और अगर कोई उसे समझा भी तो क्या?

"कोल्ड—लिमका, ऑरेंज..." एक छोकरा मैली-सी बाल्टी में कुछ बोतलें उठाए आसपास के यात्रियों से पूछ रहा था।

"ऐ लड़के, दो कोला दे जाना, खूब ठंडी।"

"अभी लाया साब," और वह मुड़कर बेतरतीब फैले सामान और तीसरे दर्जे के यात्रियों के झुरमुट के पीछे खो गया। शोरगुल के साथ रेलगाड़ी चलती चली जा रही थी। जिन्दगी के पांव आगे को भाग रहे थे और मन पीछे लौट रहा था। वह मन ही तो था, जो कभी शरीर के साथ नहीं जिया था। परिवर्तन के साथ नया नहीं हुआ था। प्रकृति हर क्षण बदलती रही, पेड़ पत्ते फूल हर पल बदलते रहे। नदी बदलती थी, उसका बहाव उसे जाने कहां तक खींच ले जाता

रहा, पर एक सुरेखा ही तो थी जो नहीं बदली। शरीर बदलता हुआ हर पल उम्र का हाथ पकड़ कर आगे की ओर खिसकता रहा, पर मन वहीं-का-वहीं अटल खड़ा रह गया।

प्रशान्त सुरेखा को कंधे से पकड़कर हिला रहा था। कोला की दो बोतलें उसके हाथ में थीं।

"क्या सोचती रहती हो सुरेखा? कब से खड़ा हूं, तुम हो कि पता नहीं कहां गुम हो?"

"मैं...मैं बाहर का दृश्य देख रही थी। बहुत अच्छा नजारा है न...।"

दोनों ने मुड़कर एक बार बाहर देखा। बाहर कुछ भी नहीं था, दूर तक सपाट बंजर मैदान था और कुछ भी नहीं था।

प्रशान्त ने सुरेखा के दोनों हाथ थाम लिए।

"असलियत में जीना सीखो सुरेखा! ऐसा क्या है, जो तुम्हें सहज नहीं होने देता? मुझे बता सको तो बता दो ...मैं शायद तुम्हारी मदद कर सकूं।"

सुरेखा के होंठों पर फिर वही अजनबी हंसी आ रुकी थी—बात को टाल देने वाली हंसी, जिसके पीछे बहुत-से अर्थ होते हैं, जिन्हें खोजकर भी स्पष्ट नहीं किया जा सकता। पर प्रशान्त की आंखों में इतना अधिक अपनापन तैर आया था कि सुरेखा उससे बचने के लिए सहज हो चली थी। उसके हाथों की गिरफ्त से अपनी कांपती उंगलियों को छुड़ा लिया था, उसकी पकड़ का अपनापन उसे छू गया था। पर बस छू भर लेने से कुछ नहीं होता था। कुछ भीतर परिवर्तन लाए, ऐसा कुछ नहीं होता था।

प्रशांत से इस प्रकार, पास बैठकर अकेले बात कर पाने का यह पहला मौका था। पीछे बीते इतने सालों को मुट्ठी में से निकल जाने दिया था। सहजता से वह कितने ही सवाल पूछ रहा था और सुरेखा बता रही थी। नीचे की सीट पर तीन लोग बैठे थे। खाने की ट्रे उनके सामने पड़ी थी। उनके गिलासों में कैम्पाकोला से कुछ हल्के रंग का काला पेय भरा था। खाने के साथ-साथ वे बेहद बोल रहे थे। उनकी बातों में बहकापन था। बहकेपन में वे जो बातें कर रहे थे—उनमें से शिष्टता धीरे-धीरे उठती जा रही थी। बातें हो रही थीं और

क्योंकि बात रात की ही करनी थी इसलिए वे सब महानुभाव अपनी बीती हुई रातें और उन रातों में आती और जाती बिकाऊ औरतों की सुंदरता का वर्णन कर रहे थे। मन बोल रहा था, विवेक खो गया था। बातों का सस्तापन एक हद तक असह्य हो रहा था। उनके भद्दे मजाक और कहकहे साबुन के नर्म बुलबुलों की तरह पूरे डब्बे में भर रहे थे। और प्रायः सभी यात्री उस वार्तालाप को पूरे मनोयोग से सुन रहे थे। सुरेखा भी उससे प्रभावित हुए बिना न रही। डरकर वह प्रशांत की ओर देख लिया करती, इस क्षण उसका अपने साथ सफर करना उसे एक बड़े आशीर्वाद से कम नहीं लग रहा था। रात बढ़ती जा रही थी, पर नींद नहीं थी। नीचे की सीटों पर वे लोग रात्रि की मद्धिम रोशनी जलाकर अपनी-अपनी सीटों पर गुड़ी-मुड़ी हो चले थे। वे सोए कम, बेहोश अधिक थे। सुरेखा को लग रहा था—इस हलके नीले प्रकाश में प्रशांत के गहरे काले नेत्र खूब रंगीन सपने लिए उसे ही खोज रहे हैं। सुरेखा उन रंगों को अपने ऊपर बिखरता छोड़कर पेट के नीचे तकिया दबाए औंधी लेट अपनी पुस्तक पढ़ने के प्रयास में थी। प्रशांत के बेचैन हाथ अचानक सुरेखा के बालों तक आ गए थे, बीच की दूरी लांघकर उसकी उंगलियां सुरेखा के बालों में उलझने लगी थीं। वह अपनी आंखों में एक अनोखा-सा निमंत्रण सहेजे सुरेखा को देख रहा था। फुसफुसाते उसके शब्द सुने जा सकते थे :

"सुरेखा, मैंने तुम्हारी कामना की है। अपने जीवन की हर नई कल्पना में मैं तुम्हारा चित्र लगाता रहा हूं। तुम, मुझे क्या कुछ भी नहीं दे सकतीं? कुछ भी, जीवन भर का साथ मांगने की तो धृष्टता नहीं कर सकता। जानता हूं, मेरे पिता का तुम्हारे यहां नौकरी करना बहुत बड़ा सत्य है, जो मेरे जीवन में कितने ही कॉम्प्लैक्स दे जाता है।"

"प्रशांत, अपने जीवन में यह कॉम्प्लैक्स तुम कभी मत आने देना। हर मनुष्य को कहीं-न-कहीं से तो यात्रा आरंभ करनी ही होती है। हो सके तो मेरे और अपने बीच इस दीवार की बात कभी मत करना। मैं कभी उस दीवार पर चढ़कर तुम्हें नहीं देखा। हां, आज सच कह लेने दो प्रशांत! मैं बहुत चाहती रही कि तुम्हारे निमंत्रण-भरे नेत्रों को स्वीकार कर लूं, पर क्या करूं, मेरे मन

में वैसा कुछ जागता ही नहीं है। मैं जाने किस दूर के सपने को देख रही हूं, जो पता नहीं कभी मुझे वास्तविकता में प्राप्त होगा भी या नहीं। प्रशांत, इस स्थिति से मुझे कोई उबार ले, ऐसा भी नहीं हुआ। तुम्हारी चाहत ने मुझे तिल भर भी नहीं हिलाया। पता नहीं मेरे साथ ऐसा क्यों हुआ? बुद्धि तर्क और मेरा अपनापन सब कुछ दूर तक सोचे हुए सपने के जैसे पास हो चले हैं। अब इस वर्तमान में जो भी कुछ गुजरता है, वह मुझपर असर किए बिना घट जाता है। प्लीज, मुझे समझने का प्रयास करना प्रशांत, मेरी बात का बुरा नहीं मानना। जीवन के इस प्रहर में तो, विशेष रूप से, जैसे मैं अपने-आपमें नहीं हूं, दूर कहीं चल रही हूं।"

प्रशांत की उंगलियां सुरेखा के बालों में एकाएक थम गईं। उनका रुक जाना, उसका अपने प्रति उदासीन हो जाना भी सुरेखा को अच्छा नहीं लगा। 'कैसी विडंबना है!' वह सोच रहीथी। हर नारी की यही स्थिति है कि वह भावनात्मक रूप से चाहे कुछ भी न चाहे, पर वास्तविक जीवन में हर पुरुष कोअपने प्रति आकर्षित देखना चाहती है—चाहे वह उसका पिता हो या भाई। जीवन का यह सत्य सुरेखा में जड़ जमाकर आ रहा था। प्रशांत का अपने प्रति थमा हुआ आकर्षण अच्छा नहीं लगा था। हां, दुस्साहस ही सही, प्रशांत की उंगलियों को अपने हाथों में लेकर वह उन्हें अपने होंठों तक ले आई थी। अपने मरे हुए मन को वह जगाना चाहती थी, भावनाओं को उकसाना चाहती थी। प्रशांत और उसके बीच दूरी थी, बहुत दूरी। नीचे की सीटों पर सोए हुए चार आदमियों की दूरी। नहीं तो अवश्य ही, न चाहने पर भी वह और प्रशांत उस पल उठ आए भावनाओं के ज्वार में डूब जाते। प्रशांत ने हर कदम संभलकर उठाया था, वह चाहता रहा कि सुरेखा के अभिमान को ठेस न पहुंचे, वह उसके प्यार करने का तरीका था। पर सुरेखा उसके संभलते कदमों से आकर्षित नहीं हुई थी। उसके नाप-तौल में सुरेखा की कोई जगह नहीं बनी थी और वह लौट रही थी।

2

कानपुर के सुरेखा के अपने घर के आगे जो ऊबड़-खाबड़ स्थान बहुत सालों से बेकार पड़ा था, वह नई कालोनी में पनप रहा था। नये-नये डिजाइनों के मकान तेजी से उठ रहे थे। इस कालोनी का नाम 'सूरज कुंज' पड़ गया था। कुछ साल से निरंतर यहां इतना शोर मच रहा था कि अपनी कोठी का एकांत शांत वातावरण थरथरा उठा था। गारा मिट्टी, मिट्टियों और रेत के भरे ट्रक धड़धड़ाते हुए दिन-रात आते। सिन्हा-परिवार की पुरानी कोठी, पुराने डिजाइन की चारदीवारी से घिरी मात्र बुजुर्ग-सी एक किनारे पर खड़ी रह गई थी। नई कालोनी में खूब रौनक थी—घरों में अभी भी काफी टीम-टाम लगी हुई थी—थोड़े-बहुत जो पेड़ थे, वे मिट्टी से सन गए थे। सिन्हा-परिवार की कोठी अभी भी खूब साफ चमकती-सी अलग ही नजर आती। रौट आयरन के नक्काशीदार गेट में घुसते ही गोल आकार का लॉन था, जिससे घूमकर पोर्टिको में जाया जा सकता था। चारदीवारी के साथ सटे आम, इमली, आंवला और कटहल के पेड़ लगे थे। बोगनविला के लाल अंगारे-से फलों वाली बेलें—लाल ईंट की मकान की दीवारों को करीब-करीब ढक रही थीं। और भी बहुत-सी बेलें थीं, जिनके रंग-बिरंगे फूल मौसम के बदलने के साथ खिलते-झरते थे।

सुरेखा को सारे नये मकानों से अपना यह मकान बहुत खूबसूरत लगता। हमेशा छुट्टियों में यहां रहने आती रही थी, पर इतने दिन एकसाथ रह जाने का यह पहला मौका था। बस, यहीं रह जाना है, सोचकर मन डूबता था, जैसे सन्नाटा कानों में भरने लगता था। मिन्ना और यदु की आवाजें दूर से बुलाती थीं। मन के एक कोने में जैसे कुछ छूटता जाता था। सुरेखा अपने-आपको समझाने लगती थी कि मुझे यहां रहना है, सबको जानने सहने की आदत डालनी होगी पर यहां रहते-रहते सुरेखा को लगता कि वह एक चक्कर में घूम रही है। कभी लगता कि मस्तिष्क में एक बड़ासा पहिया घूम रहा है जिसकी एक सलाख ऊपर जाती है, दूसरी नीचे आती है। सुरेखा जानती थी कि उसके भीतर का सब कुछ उसका अपना बनाया हुआ है। बाहर के संसार में वैसा

कुछ नहीं है। बाहर की दुनिया रंगीन है, बाहर का सूरज चमकीला है, पर उसके भीतर का अंधेरा उसके निजी विचारों का था, जो उसके मन में उसकी अंतरात्मा में उथल-पुथल मचाए रहता था। उसका शरीर, उसकी आंखें उसे जीवन के सतरंगे इन्द्रधनुष की ओर ले जाती थीं, पर वह थी कि कहीं भीतर-ही-भीतर मर जाना चाहती थी। सतरंगे उजालों को एक किरण के धागे में बांधकर जीवन के हाथों लौटा देना चाहती थी।

सुरेखा को कानपुर में रहते हर पल यही महसूस होता कि उसके वहां रहने से जैसे कुछ ठीक से जुड़ नहीं पा रहा। मम्मी को कोई दोष नहीं दिया जा सकता—कोई भी अठारह-उन्नीस साल की लड़की लाकर सामने खड़ी कर दें और कहें, 'यह तुम्हारी बेटी है,' तो क्या एकाएक उसे बेटी मान लेना होगा? फिर बेटी के पालने, बड़ी होने में और बेटे के पालने-पोसने की प्रक्रिया में बहुत अंतर होता है। बेटे की मांगें भिन्न होती हैं। वह बड़ा होने के साथ-साथ अपने-आप परिवार से दूर होता जाता है, आजादी चाहता है, और बेटी बड़ी होने के साथ-साथ मां से और चिपकना चाहती है, मां की मित्रता चाहती है। मां के साथ अपने छोटे-बड़े रहस्य बांटना चाहती है। बेटी एक तरह से मां की परछाईं है। युवा होने के साथ उसे मां की आवश्यकता और ज्यादा महसूस होती है। और सुरेखा को लगता है, जैसे वह एक लादी हुई बीमारी की तरह उन लोगों के गले पड़ गई थी। सोचकर बहत घटन होती थी, खुब उलझन होती थी, पर रास्ता कोई नहीं था। दिन बीतते रहे, समय तो किसीके लिए रुकता नहीं। इसी बीच सुरेखा का परीक्षाफल आ गया और वह बहुत अच्छे नम्बर लेकर पास हो गई थी। बाबूजी, मां, यदु और मिन्ना ने उसे बधाई का तार भेजा था। पापा ने पढ़कर माथे पर हाथ मारकर कहा था :

"अरे लो और मुसीबत, एक तो वैसे ही हमारी बिजनिस क्लास में अच्छे लड़के नहीं मिलते और सुरेखा ने लॉ में फर्स्ट डिविजन ली है।"

सुरेखा की जी-तोड़ मेहनत का, उसकी कुछ छोटी-सी उपलब्धि का यह इनाम था, जो उसे मिल रहा था। मन में कहीं उठ आई उल्लास की लहर अपने-आप ही लौटने लगी थी। वह सब कुछ सहने की आदी हो गई थी। इस

बात को भी सह गई। हां, सह जाने में ही भलाई थी। विद्रोह किया भी जाए तो किससे? विद्रोह और नाराजगी अपनों से करनी थी, पर अपना तो यहां कोई भी नहीं बना था। सुरेखा तो जिन्दगी के नाम पर एक अरण्य में भटक गई थी। हाथ लग रहे थे अपमान, उदासियां, खालीपन और टूटते सपने। उसकी रोज की दिनचर्या बहुत नीरस हो उठी थी। एक गृहिणी से रूप में ढलने के प्रयास में थोपी हुई दिनचर्या, जो उसे पसंद नहीं थी—सुबह उठो, कमरे ठीक करो, सफाई देखो, नाश्ते से आरंभ करके रात के खाने तक रसोई देखो, कुछ-न-कुछ नई डिशिज बनाओ। माली के साथ बाग देखना होता था—लॉन की घास में मोथा निकल आता तो उसे निकलवाना होता, 'गुलदावरी' के गमले धूप से उठवाकर बाग के छायादार कोने में रखवाने होते। ग्लैडओला' के बल्ब रेत में दबवाने होते थे। फूलों के बीज जमा करके साफ बोतलों में भरकर, उनपर नाम की चिट चिपकानी होती थी कि आते वर्ष उनका उपयोग हो सके। सारे काम अच्छे तो लगते थे, पर रोचक नहीं। सब कुछ एक मशीन की तरह कर जाती थी, पर मन था कहीं दूर—छूटा हुआ, जाने क्या चाहता हुआ? पूरे दस-बारह कमरों के इस घर का हर कोना मशहूर 'इनटीरियल डैकोरेटर' की मदद से सजाया हुआ था, सब कुछ खब सुरुचिपूर्ण और सलीकेदार था। इस पूरे घर की बैकग्राउण्ड में सुरेखा का सादा व्यक्तित्व जैसे फिट नहीं बैठ रहा था। सुरेखा को लगता, उसका एक अलग उदासीन-सा व्यक्तित्व है, जो इस घर की चमकती छाया को धूमिल किए था। शायद वह इसीलिए भी यहां नहीं पली, और अब जब आ गई थी तो लग रहा था, जितनी जल्दी हो, यहां से हट जाए।

सुरेखा की शादी की बातचीत यहां-वहां चल रही थी, पर अभी तक कहीं भी बात नहीं बनी थी। बीच में एकाध बार कोई-न-कोई आकर उसे देख भी गए थे। हर बार वह अपने मन में अपनी भावना को मरता हुआ देखती रही थी। नुमाइश की तरह सजकर अपने मन को अपने शरीर से विपरीत जाता हुआ देखती रही थी। मजबूरी ने हाथ बांध दिए थे। वह चाहती थी, अपने पैरों पर खड़ी हो जाए, प्रैक्टिस करे और अपने जीवन में किसी सार्थकता को खोज ले; पर उसकी बात सुनने वाला कोई नहीं था। पापा कहते थे कि 'प्रैक्टिस

करके क्या करना है? पैसे की कुछ कमी नहीं है। शादी हो जाए, बस...यही काफी है।' सुरेखा के मन में चिढ़ उठती थी। सारा कुछ खोखला लगता था। रह-रहकर बाबूजी के छोटे-से घर की याद आती थी। वहां धन अधिक नहीं था, पर सबके पास सबके लिए समय था। मां बरामदे या आंगन में चारपाई पर बैठ पूरी फुरसत से सब्जी काटतीं। वहीं बैठे-बिठाए मेहतरानी से लेकर वेद बाबू या बाबूजी के मित्रों तक सहज वार्तालाप हो जाता था। हर छोटा-बड़ा उनका आत्मीय था। दोपहर भर वह सिलाई करतीं, किसीका पाजामा सींतीं, किसीका पेटीकोट, किसीके बच्चे का मुंडन, नामकरण होता तो मां को ही परेशानी होती। कभी कुर्ता-टोपी सींतीं, कभी झालरों वाले फिराक। कभी मनों पचरंग अचार पड़ते थे और मित्रों-नातेदारों के यहां बंटते। कभी बड़ीमंगौड़ी की थालों से आंगन भर जाता था।

यहां का वातावरण भिन्न था। हर घर के काम तो प्रायः एक जैसे ही होते थे, पर यहां जो बात खटकती, वह यह थी कि यहां कामों के पीछे आत्मीय वार्तालाप नहीं थे। एक-दूसरे के लिए किसीके पास समय नहीं था। सभी अपने-अपने कामों में फंसे थे। दूसरों की प्रतीक्षा या उनके लिए थोड़ा कुछ कर देने का किसीके पास समय नहीं था। यहां मम्मी थीं, अपने-आपमें वह एक भिन्न चरित्र, पूरे घर में केवल पापा के लिए सुखसुविधाएं संजोती हुई, पैसे के सहारे गृहस्थी को ठीक से चलाती हुई—सर्वगुण संपन्न। सुरेखा के लिए जो तंगदिली थी, वह भी तो सहज ही थी। सुरेखा को देखकर उन्हें पापा का पहला दाम्पत्य याद आता होगा और उसके लिए जो भी सजा देना चाहती, वह सुरेखा को देती थीं। बड़ी सजाएं दिखाई दे जाती थीं, वे चुटकी-चुटकी दुख उसे देती थीं, और सुरेखा कांटो की चुभन की तरह उसे अपने शरीर पर झेलती थी। मम्मी की गृहस्थी में और किसी सुख-सविधा की कमी नहीं थी, इस कारण उनके व्यवहार के इस पहलू को कोई भी देख नहीं पाता था। पापा ने अवश्य ही उनपर मन से विश्वास किया था। जिस सुघड़ाई से वह पूरी गृहस्थी और पापा को सहेज रही थीं, वहां सुरेखा के प्रति कोई लापरवाही बरती जाएगी, ऐसा पापा ने नहीं सोचा था। और फिर उस घर में पापाकी चलती भी कितनी

थी? इतने दिन में यह बात अच्छी तरह सुरेखा ने जान ली थी, इसलिए उसे पापा से कुछ नहीं कहना था। सुरेखा के और पापा के बीच कोई वार्तालाप भी नहीं था। सुरेखा कभी उनके पास नहीं रही थी, अतः सहजता का जो कच्चा धागा अब इस उम्र तक आते-आते पक्का हो जाना चाहिए था, वह वैसे का वैसा ही रह गया था। यह बात बिल्कुल नहीं थी कि पापा उसे दुख देना चाहते थे, पर उन्हें यह भी तो पता नहीं था कि उसके सुख क्या हो सकते थे? और इस बात के लिए पापा ने कोई प्रयास भी नहीं किया था, बस रह जाने दिया वही सब, जो होता रहा था। पापा बहुत गंभीर स्वभाव के थे, पर उनकी व्यस्तता बहुत थी। जिन्दगी में अपनी एम्बीशन या ध्येय के लिए वह खुब परिश्रम करते और अपने आसपास एक खास वातावरण बनाए रखते। उनके साथ हलकी-सस्ती बातों का स्तर बिल्कुल नहीं चलता था, रेडियो के हर पल बजने वाले सस्ते गाने घर में वर्जित थे। हर काम एक खास स्तर पर रखकर किया जाता, बड़े-बड़े संगीतज्ञ और कव्वाल घर पर आते रहते थे। महीने में दो-तीन बार महफिलें लगतीं और बाद में भी वैसे ही स्टैण्डर्ड के रिकार्ड इत्यादि ही घर में चलते। सिनेमा भी जाना बुरा माना जाता था। कोई अच्छा संगीत-कार्यक्रम या बढ़िया कोई नाटक हो तो जा सकते थे। और भाग्य यह था कि सुरेखा उनकी अपनी बेटी संगीत के नाम से भी दूर रह गई थी। पापा एक विशाल वृक्ष की तरह थे—सख्त और मजबूत धरती के भीतर गहराइयों तक जड़ों में विभाजित होकर फैले हुए। पूरी तरह साहित्य और संसार को जानते हुए अपने काम में दक्ष, व्यवहार में शालीन और हर महफिल के खास वक्ता, जिनके बिना न तो क्लब में हर शाम को टेनिस जमती और न मित्रों की बैठक। मन-ही-मन सुरेखा उन्हें उनकी हर सफलता की दाद दिया करती पर चेतना के स्तर पर उनके बीच, कोई संधि नहीं थी। सुरेखा ने अपने लिए चुप रहने को ही चुना था, उसका खयाल था कि चुप रहना एक तरह भेष बदल लेने के बराबर था, अपने को छपा लेने जैसा था। और सुरेखा जैसे यहां किसी दूसरे भेष में थी, उसका अपनापन इस नये भेष के नीचे दबा रह गया था। यह भी एक कारण था कि इस घर के लोग उसे ठीक समझ नहीं पा रहे थे, और उन सबका आपसी

व्यवहार जाने-अनजाने दिखावे में बदल रहा था।

मम्मी की एक सफेद साड़ी पर काले फूलों का प्रिंट था, सुरेखा को वह साड़ी बहुत पसन्द थी, जब-तब उस साड़ी की तारीफ कर दिया करती थी। एक दिन बिल्कुल वैसे ही प्रिंट की दूसरी साड़ी पापा और मम्मी ने उसके सामने दुकान से खरीदी, पर सुरेखा को नहीं दी। अपने किसी मित्र की पत्नी को उपहार में दे दी। सुरेखा को दुख हुआ, उसे लगा कि उसकी प्रत्यक्ष-अप्रत्यक्ष कही बात का अगर कहीं कोई असर नहीं है तो उसे कुछ नहीं कहना चाहिए था। उस दिन उसके स्वाभिमान को चोट-सी लगी थी। सोचने लगी थी, अपने को इन बातों से ऊपर उठा लेना चाहिए, पूजा-पाठ में भी मन लग जाता था। इस बात के लिए मन को टटोलती तो लगता था—'क्या यह मन की महज मजबूरी नहीं है? क्या मैं सच ही भगवान के प्रति समर्पित नहीं हूं?' हां, लगता था, मन के एक कोने में डर, दुख और अपमान के मिले-जुले भावों ने जुड़कर भगवान की एक प्रतिमा प्रतिष्ठित कर ली थी, जहां वह नतमस्तक हाथ बांधे अपने कनफैशन कर लिया करती थी। एक बात वह हर दिन भगवान की प्रतिमा के आगे कहने लगी थी—'हे भगवान, मेरे मन में भावनाएं जन्म न लें।' सुरेखा ने अपने कमरे की दीवार पर एक काला बिन्दु बना लिया था, जब भी मन में कुछ इच्छा जागती, वह भागकर उस काले बिन्दु के निकट जाती और उस बिन्दु पर आंखें गड़ाकर और अपने मन को खूब बांध-बूंधकर उस इच्छा से हटा लेती। वह सारी-की-सारी क्रिया-प्रक्रिया बहुत कष्टप्रद होती थी। कभी सुरेखा अपने मन की प्रसन्नता को उजागर हो लेने देती तो उसकी अपनी हंसी पत्थर की दीवार के पीछे धीरे-धीरे कमजोर होती दम तोड़ देती। कुछ दिनों के लिए सुरेखा की चाची इलाहाबाद से आई हुई थीं। वे जब जी चाहतीं, सुरेखा को डांट देती :

"देखो, कैसी घूमती है छोकरी! दुपट्टा है या गले की रस्सी—अरे पहनती क्यों हो, उतार फेंको न, शर्म-हया तो है ही नहीं आजकल की लड़कियों में, एक हमारा जमाना था, सिर तक खुला नहीं रखते थे... हमारी मां तो कहती थी—जिसका मत्था नंगा, उसका शरीर नंगा..."

सुरेखा अच्छी तरह जानती थी, वे सारी-की-सारी कहावतें केवल उसके

लिए थीं। उनकी अपनी बेटी दिल्ली के कालेज में पढ़ती थी। होस्टल में रहती थी। 'हौट पैंट' पहनकर घूमती थी और 'बिकनी' पहनकर क्लब के पूल में तैरती थी। यही नहीं, यदु बता रहा था, उसके मित्र के किसी कजन के साथ 'डेट्स' पर भी जाती थी। वही चाची सुरेखा को शर्म-हया सिखा रही थी, इसीलिए कि उसकी ओर से बोलने वाला कोई नहीं था। हर चुभती बात मन में कांटों का एक पौधा रोप जाती थी, सुरेखा के पूरे अंतर्मन में कांटों का एक जंगल उठ खड़ा हुआ था, वह जैसे रास्ता भूलकर समय के जंगल में भटक रही थी। एक करुणा की या शायद किसी अवसर की प्रतीक्षा में जो न वह मांग रही थी और जो न उसे मिल रहा था। विसंगत और विडम्बनापूर्ण परिस्थितियों में सुरेखा अपने घर से मधुर तक बंधी एक रस्सी पर कुशल नटी की तरह सधे कदमों से चल रही थी। इस शहर में एक मधुर ही तो थी जो सुरेखा की साफ तस्वीर देखती थी, बाकी के सब लोगों के सामने वह एक चित्र थी, जो मम्मी ने उसका बनाया था।

सुरेखा का भटकाव भी थी मधुर। वह जब भी कानपुर आती, मधुर का साथ मिलता था, बचपन की थोड़ी-बहुत मित्रता अब तक चली आ रही थी। अपने-अपने दायरों में पनपकर दोनों बड़ी हो गई थीं। सुरेखा के जीवन में भिन्न प्रकार के प्रश्न थे और मधुर का जीवन प्रशनहीन था। मधुर के दो बड़े भाई थे—शादी-शुदा और एक छोटी बहन थी। उसके पिता का बचपन में ही देहान्त हो गया था। मधुर बहुत सुन्दर थी। वह स्कूल, कालज की सारी गतिविधियों में सबसे आगे थी— 'ब्यूटी क्वीन'। कभी नाटकों में भाग लेती, कभी फैंसी-ड्रेस में। उसे ग्वालिन का रूप धारना है तो सुरेखा की मालिनसे चांदी के गहने ले जाती। गले की 'हमेल', 'हसली' पहनकर मटकती हुई, पांव के लच्छे, पाजेब बजाती वह सबका मन जीत लेती थी। सदा ही वह कुछ-न-कुछ नया करने में व्यस्त रहती—कुछ ऐसा, जो सबकी चर्चा का विषय बना रहता। उसकी एक एलबम उसके ऐसे ही ढेर सारे चित्रों से भरी पड़ी थी। कालेज में हर साल 'यूथ फेस्टीवल' में दिल्ली जाती और किसी-न-किसी कार्यक्रम के लिए कोई इनाम हथियाकर लौटती। सुरेखा सोचती, हर लड़की को मधुर जैसा होना चाहिए, जीवन्त, जीवन से भरपूर और हर काम में दक्ष। मधुर हर रोज नये

फैशन करती, हर दिन नये डिजाइन के कपड़े पहनती, रोज नई पिक्चर देख आती। खेल-तमाशे में घूमना उसका जीवन था। वह आकर सुरेखा को अपनी चटपटी बातों के धुमावदार जाल में उलझा जाती—तो सुरेखा अपने कमरे की दीवार पर के काले बिन्दु के साथ अटक जाती। मन भटकने से बाज नहीं आता था। भीतर-ही-भीतर सुरेखा की छटपटाहट बढ़ती। मधुर खिलखिलाहट से भर आती, चांदनी-सी बिखेरती सुरेखा की उदासी-भरे बादलों को बिजलियों से भर जाती। कमरे में उसकी आवाज गूंजती रह जाती, "तू अपनी जून भुगत रही है सुरेखा, तेरा जीवन भी कोई जीवन है! तेरी इस कैद में, मेरा तो दम ही घुट जाए।" हां, यह सच ही था। मधुर जी रही थी और सुरेखा जी पाने की सजा भुगत रही थी। उसकी पूरी-की-पूरी लापरवाही और स्वतंत्रता का कारण था उसकी मां का अटूट लाड़-प्यार, जो उसे पूरी छूट दिए था। मधुर की खास सहेलियां नहीं थीं। हां, सुबह-शाम कितने ही युवक मित्र उसके घर आए बैठे होते। उनके जमघटे में कभी मांजी होतीं और कभी नहीं। मधुर हर छोटी-बड़ी बात पर कहकहा लगाकर हंसती थी। हर वार्तालाप को 'साला' या 'उल्लू' कहकर शुरू करती थी और हर एक से खुलकर मिलती थी। सुरेखा के लिए मधुर वह रास्ता बन गई थी, जिसपर जाने की दिलचस्पी हमेशा बनी रहती थी। सुरेखा मधुर के निजी जीवन को कोई सवाल नहीं बनाती थी। पर वह स्वयं ही बताती रहती थी :

"कल राकेश के साथ पिक्चर गई तो साला महिम जलता रहा, परसों महिम ने चाय के लिए इनवाइट किया है तो वह इफ्तिखार का दिया दुपट्टा पहन कर जाएगी।" सुरेखा चुपचाप कौतूहल से उसके वार्तालाप सुनती। कभी कहती :

"मधुर, तू यह सब खेल समझकर आगे बढ़ रही है, कहीं ऐसा न हो, तू इस खेल में इतना उलझ जाए कि फिर उबर न सके। क्या तूने कभी अपने भविष्य के बारे में सोचा है?"

वह सुरेखा की मूर्खता पर हंसी थी :

"जन्म बार-बार नहीं होता। जन्म बरबाद करने के लिए भी नहीं होता।

जब तक जिओ, अच्छी तरह जिओ, उसका एक पल भरपूर जि ओ। मुझे सब अच्छे लगते हैं। मैं सबसे मित्रता कर लेती हूं। मैं आखिर क्या हूं। मुझे दीया ही समझ लो। हर दीये को तेल चाहिए जलने के लिए। पर तेल कहां मिलेगा? प्रेम से, स्नेह से ही तो जीवन-बाती जलती है। मैं सुख बटोर रही हूं, प्रेम जोड़ रही हूं, क्योंकि उसके बिना मैं बिल्कुल भी चल नहीं सकूंगी।"

"मधुर, जो तेरे मित्र हैं, उन्हें तू प्रेम के बदले प्रेम नहीं देती क्या?"

"न, यह गलती मैं कभी नहीं करती, प्रेम के बदले प्रेम नहीं देती। देती हूं केवल दया। मुझे उनपर, अपना कहलाने वाले मित्रों पर दया आती है। भिखमंगे-से लगते हैं सब। मुंह से लार टपकाते हुए मेरे शरीर को हड़प करने की ताक में भूखे भेड़िये की-सी टकटकी लगाए बैठे रहते हैं।"

"इतने लोगों में क्या सब भेड़िये ही मिले तुझे...? कोई भी इंसान नहीं मिला? कोई भी, जिसे तू प्रेम के बदले प्रेम कर पाती मधुर?"

"प्रेम सच पूछो तो मुझे हुआ नहीं, क्या है प्रेम? अपनी आत्मा को किसी और के शरीर में प्रतिष्ठा कर देना—उसके दुख-दर्द को अपने में महसूस करना। पर किसीके साथ मुझे ऐसा लगे—वह मिला नहीं अभी तक। या शायद प्रेम 'सेक्स' से आगे कुछ नहीं है। प्रेम का नाम आते ही सब तुम्हारे हाथ टटोलते हैं। जिस्म पर एक भूखी निगाह डालकर तुम्हें चीर डालते हैं। मैं उस दौर से गुजर चुकी सुरेखा! सिर्फ सेक्स भी बंधन नहीं बना, मैं उसमें भी प्राण प्रतिष्ठा नहीं कर पाई। हां, जिस्म की एक अपनी आवश्यकता है, पूरी हो जाने पर फिर कुछ नहीं होता। सब कुछ वैसा ही रहता है। जिन्दगी शायद 'एडवेंचर' है। एक रहस्योद्घाटन है। हर पल नया रहस्य सामने आता है, उसे खोज लो, फिर और एक नये के लिए चल पड़ो—बस। मैं अपनी कार में बैठी हूं। पेट्रोल खत्म होने पर रुकती हूं। पेट्रोल पाकर मेरी कार फिर तेजी से चलती है। मैं रुकती हूं, पर जुड़ती नहीं। किसी भी रुकावट को अपना पड़ाव या स्टेशन नहीं बनाती। जिन्दगी को यात्रा ही समझें तो अच्छा होता है—उलझन नहीं होती। सफर अच्छा कटे, बस, सुविधाएं जुटाते रहो।"

मधुर का जीवन-दर्शन शीशे की तरह साफ था। वह अपनी भावनाओं

की कुदाल से एक रास्ता तलाश रही थी। सुरेखा को दुख हुआ था—उसपर नहीं, रास्ते पर, जिसने गलत हाथों से निर्मित होने का कष्ट सहा था। मधुर कहती थी, "रास्ता तो बस यही है। फर्क इतना है कि वह स्वीकारती है, सच कह देती है, सच से घबराती नहीं है। बाकी उसकी नजर में ढपोरशंखी थे—'हिपोक्रेट्स'। सफेद को सफेद न कहकर काला कहते हैं। ये लोग बनते हैं—जीते कहां हैं। मन का सच राक्षस की तरह भयानक है। हम अपनी मीठी बातों के देवता से उसे छिपाकर रखते हैं। सच तो यह है कि मन में क्या है, इससे भी हम परिचित नहीं हैं। सब धर्म के ठेकेदार एक अंधे कुएं में पत्थर फेंक रहे हैं। वे स्वयं क्या पूरी तरह सब कुछ जानते हैं? वह तो खुद आधे सोए, आधे जागे हैं। वे हमें कौन-सा जागरण सिखाएंगे? उन्हें तो खुद आकाश में केवल तारे नजर आते हैं। वह आकाशगंगा नहीं, जो अभीष्ट है। हमें गलतियों का एक रास्ता सुझाकर कहते हैं—बस, इसीपर चलते जाओ—और हम चलते जाते हैं। अगर सच के रास्ते पर चलकर हमें आकाशगंगा मिल भी गई तो उसका मूल्यांकन कौन करेगा? वे धर्म के ठेकेदार बैठे-के-बैठे रह जाएंगे। उनका धंधा बंद न हो, इसी डर से वे हममें भटकन पैदा कर रहे हैं और हम उसे ही सच मानकर, सदियों से भटक रहे हैं—और शायद भटकते ही रहेंगे।"

"तुझे डर नहीं लगता मधुर—समाज का, भगवान का या तेरी अपनी 'कौन्शन्स'? तेरा अपना मन तुझे कुछ नहीं कहता?"

जोर से हंसी थी मधुर।

"समाज को कितना समझी तू सुरेखा? समाज क्या है? एक चक्रव्यूह—उलझनें बढ़ाने के लिए बांधा कांटों का एक जाल है, क्योंकि इस संसार में कोई इंसान किसी दूसरे इंसान का सच्चे मन से भला तो कभी चाह ही नहीं सकता। यहां कुछ साफ और सीधा नहीं है सुरेखा! स्लोगन्स हैं, कहावतें हैं, 'यह करो तो यह होगा', डरावे समझ लो या नियम। कुछ बातें हैं, जिन्हें मैं मानती हूं; कुछ नियम हैं, जिनपर मुझे विश्वास है और जिनका परिणाम यहीं दिख जाता है। गणित की तरह उनका हिसाब ठीक से जुड़ता, घटता है, बाकी सब ढकोसला है। 'कर्म' या 'कर्मों का फल', जिसकी हम दुहाई देते हैं, किसने

देखा है दूसरा जन्म? यदि है भी कहीं तो यह क्या तरीका है कि इस जीवन को कठोरता की कसौटी पर चढ़ा दो, अपने शरीर को कष्ट दो, व्रत रखो, पानी मत पियो, पंडितों को दान दो? कैसे फार्मूले हैं बहकावे के! मैं इन सबपर विश्वास नहीं करती। मेरा अपना जीवन-दर्शन है—बिल्कुल साफ, पारदर्शी, कि किसीको दुख मत दो, किसीको गलत कहकर नहीं बहकाओ, झूठ नहीं बोलो। बस, जहां तक हो सकता है, इसी रास्ते पर चलती हूं। हां, खुशी पाने के लिए मेरा मन मचलता है। इसलिए चाहती हूं, जितनी बन पड़े, उतनी खुशी बटोर लूं। मैं अधूरे जागरण में विश्वास नहीं करती। जीना है, तो भरपूर जिओ, कि एक बार जिन्दगी से शिकायत न रहे, कि जिआ नहीं, जिन्दगी ने तुम्हें कुछ दिया नहीं।"

सुरेखा को लगा—मधुर ने भगवान की शक्ति को कभी अनुभव नहीं किया था, या शायद अपने अभाव को नहीं जिया था, इसीसे वह दुख से अनजान बनी और भगवान को नकार रही थी। यह भी तो सच था कि बिना भगवद्-प्रेरणा से मन में उसका' नाम भी नहीं उपजता था। भगवान सर्वप्रेरक होकर भी सबकी प्रेरणा नहीं है। फिर भी मधर ने सच में विश्वास ही नहीं किया, सच को जाना भी था। सच में उसका गहरा आत्मविश्वास भी था और सच भगवान के बहुत निकट की वस्तु है। ऐसा होने पर भी समाज में मधुर का आदर नहीं था, पर सुरेखा जानती थी, बाहर से वह चाहे जो भी हो, भीतर से बहुत साफ है, निर्मल है, कभी अनजाने में भी किसीको दुख नहीं देगी। मधुर आगे निकलकर अपने लिए जीवन का वह चित्र खींच रही थी, जो बिल्कुल अलग था। मधुर कम-सेकम अपने लिए जी तो रही थी। यहां कितने लोग अपने लिए जीते हैं? कोई तो है ऐसा, जिसे जिन्दगी से कोई शिकायत नहीं थी। जीने के नाम पर सब जीने वाले समाज की बांधी हुई नाव पर बैठ जाते हैं, जिसमें कोई गति नहीं है। मधुर बहाव में, लहरों पर उछलते हुए जहाज पर बैठी है, चाहे वह खतरों का जहाज हो, और एक दिन डूब ही जाए। फिर भी मधुर के बहुत-से मित्र थे, मन-ही-मन उसे कुछ भी कहें, बाहर से उसे बहुत चाहते-से लगते थे। सुरेखा भी उसे अंदर से चाहने लगी थी। मधुर अपने आसपास भीड़ इकट्ठा कर लेती थी, उसे बात करने की कला आती थी। सुरेखा भी तो उसकी

एक कुशल श्रोता थी। जब से मधुर को कालेज में लेक्चररशिप मिल गई थी, उसकी जनसेवा बढ़ गई थी, शायद इसका एक कारण उसका आत्मनिर्भर हो जाना भी रहा हो। अपने आसपास के दीनदुखी कर्मचारियों की हर तरह से मदद करती। कोई बीमार होता तो उसे अस्पताल ले जाती—डाक्टरों से बातचीत करके उनका मुफ्त या कम खर्च में इलाज हो, यही कोशिश करती। किसीके बच्चों को पढ़ने का खर्च देती, किसीकी बेटी की शादी है तो सबसे मांगकर दहेज जमा करती थी। सामने के कृष्ण-मंदिर के पंडित की बेटी को दसवीं पास कर लेने पर मधुर टाइप के स्कूल में भरती करवा आई, उस दौरान अपने कितने ही कपड़े, साड़ियां वह उसे पहनने को देती रही थी। अब जब वह लड़की पास हो गई, तो उसे कह-सुनकर किसी दफ्तर में नौकरी दिलवा आई थी। यह सब काम मधुर को बहुत व्यस्त रखते थे, और अवश्य ही उसे इस सबसे एक आंतरिक सुख मिलता होगा। दुनिया के हिसाब से देखा जाए तो उसे अपनी मनुष्यता के प्रति दम्भ होना ही चाहिए था; पर लगता था, इतना होने पर भी वह कहीं आश्वस्त नहीं थी। कुछ था, जो उसके भीतर अशांत किए था। वह जानती नहीं थी क्या? पर अकसर कसमसाती थी। उस पल अगर सुरेखा उसे महसूस कर पाती तो कहती :

"मधुर, तेरा दुख यह है कि तूने भगवान पर विश्वास नहीं किया है। परमात्मा के जिन्दगी में न होने का एहसास तेरे मन के पूरे सूनेपन का उत्तर है—तू मेरी बात मान या न मान ..."

वह जिद्दी थी, मानती नहीं थी, कहती :

"भगवान तो कुछ भी नहीं है सुरेखा, एक आइडिया है, एक विचार है, जिसे हमने अपने देखे हुए सपने के हिसाब से एक शरीर, एक नाम दे दिया है। उसे रहने को मंदिर दे दिया है। मैं छलावों में, किसी झूठी कल्पना और लोगों की बकवास में विश्वास नहीं करती।"

"भगवान को विचार ही मान, पर भक्ति-भावना रख। भावना और भक्ति बिना मंदिर में जाए भी निभाई जा सकती है।"

"हां, सोचूंगी।" और वह टाल जाती है।

हमेशा की तरह उस दिन भी सुरेखा और मधुर साथ ही बैठी थीं।

इधर-उधर की बातों में व्यस्त थीं। तभी मधुर उचककर उठ बैठी। बोली:

"चल सुरेखा, जरा पड़ोस में चल, मैं टेलीफोन की कम्प्लेन कर दूं। कल से खराब पड़ा है, भैया जाते समय कह गए थे, गप्पों में याद ही नहीं रहा।"

उसी फुर्ती से वह चल भी पड़ी थी और साथ ही घिसटती-सी सुरेखा भी। दो घर छोड़कर जिस गेट में घुसी थीं, वह बाहर से ही रहने वाले की सुरुचि का परिचय दे रहा था। बड़ा-सा पान के पत्ते के आकार का 'हार्ट शेप' का लॉन था। लॉन के चारों ओर खूब पुष्ट हरी दुरंटे की हौज थी। लॉन के कुछ कोनों में बोगनबिला की बेलों को लोहे की छड़ों से बांधकर छतरियों के आकार में काटा गया था, जो इस समय लाल या गुलाबी फूलों से लदी थी। नीचे लॉन के फूलों की क्यारियों में बड़ी मेहनत से फूल लगाए गए थे—पैन्जी', 'पिटूनिया', 'फ्लाक्स', 'औस्टर'। सुरेखा बागबानी के पूरे सबक पढ़ गई थी, अतः रुचि से सब देखती रही। घास का गहरा हरा रंग उसे याद दिला रहा था कि उसके लॉन में भी एक बार अमोनिया की खाद छिड़ककर बहुत पानी देना था जिससे वह हरी रहे। सुरेखा बाग के विभिन्न पेड़-पौधों में ही उलझी रहती कि मधुर की रनिंग कमेंट्री ने उसका ध्यान आकर्षित कर लिया :

"यहां के एक बड़े एडवोकेट का घर है भाई, बड़े टेस्टफुल आदमी हैं, सुबह पांच बजे उठकर बाग में लग जाते हैं। सारे पेड़-पौधों की काट-छांट खुद करते हैं। यह सारा बाग उनकी मेहनत का फल है। हर बार शहर का यही गार्डन 'फ्लावर शो' में फर्स्ट आता है। और सुरेखा, यदि तू उस आदमी की पर्सनैलिटी देखे तो भी बस देखती रह जाए .."

अब तक घर का दरवाजा पास आ गया था। मधुर ने घंटी पर हाथ रख दिया। ऐसा लगा, घंटी की आवाज भीतर कुछ खास हलचल नहीं मचा पाई थी, केवल एक कुत्ता जोर से भौंककर डराने लगा था। कुछ देर ऐसे ही बीत गई—सुरेखा ने कहा :

"दोपहर का वक्त है। लगता है, नौकर-चाकर भी आराम फरमा रहे हैं। चल मधुर, लौट चल।"

तभी किसीने दरवाजा खोल दिया, और वे दोनों वहीं की वहीं जड़ हो गईं।

सफेद झकझक करता कुर्ता-पजामा, कंधे पर भूरी कीमती शॉल, हाथ में पाइप और चेहरा तपे हुए तांबे-सा सुनहरी भूरा। लंबा छः फुटी कद, शरीर खूब गठा हुआ। पूरे शरीर से जैसे रोशनी की किरणें उठ रही थीं, जैसे उसके पीछे कहीं एक सूरज चमक रहा था। सुरेखा तो जैसे बोलना ही भूल गई। वाचाल मधुर के होंठ भी एक बार कांपकर बंद रह गए।

"यस...ओह मधुर...भीतर आ जाओ।" उस आवाज में एक गूंज थी, जो कहीं गहरे अन्तर्मन से उठती थी। वह मुड़ गया था। उसकी पीठ के पीछे मधुर सुरेखा का हाथ पकड़कर दबा रही थी। सुरेखा मधुर के हाथ के खिंचाव से खिंचती जा रही थी। उस घर का बाहर का परिवेश जितना सुंदर था, भीतर का भी उतना ही कुशल हाथों से सजा-संवरा, साफ और गृहस्वामी के व्यक्तित्व-सा भव्य। सुरेखा और मधुर भीतरी बरांडे से गुजरकर ड्राइंगरूम तक आ गई थीं। वहीं घुमावदार सीढ़ियों से सटा भीतर जाने का रास्ता था, चारों ओर बहुत-से पौधों के गमले सजे थे। गमलों के 'रबड़ प्लांट' और 'मनी प्लांट' बड़े स्वस्थ और हरे थे। हरे के भी कितने रंग, पत्तियों के भी कितने रूप दिए हैं प्रकृति ने, जैसे वहां उस घर में कदम-कदम पर यही बताने का प्रयास किया था। ड्राइंगरूम भी दो सतहों पर बना था। एक ऊपरी भाग, जहां घुसते ही वे दोनों खड़ी थीं, दूसरा दो-तीन सीढ़ियां उतरकर नीचे थोड़ा-सा धंसा हुआ भाग—मन के भावों को दो हिस्सों में बांटता हुआ। दृष्टि को एक लहर की तरह कभी ऊपर, कभी नीचे ले जाता हुआ वह फर्श सुरेखा को दिलचस्प लग रहा था। सुंदर गलीचे बिछे हुए थे। दो-चार कीमती सोफे, जिनपर हलका बदामी मखमल चढ़ा हुआ था। कत्थई बड़ी-छोटी गद्दियां यहां-वहां सजी थीं।

दो सीढ़ियां उतरकर सुरेखा और मधुर वहां पड़ी हुई बड़ी-सी गुदगुदी गद्दियों पर बैठ गईं जो सीधी कालीन पर रखी थीं। वह ऊपर ही खड़ा रह गया था। उसका पूरा-का-पूरा व्यक्तित्व वहां खड़े एक फरिश्तेसा लग रहा था। शॉल में लिपटा जैसे कोई रहस्य, जिसकी शालीनता के बारे में मन बरबस सोचने लग जाए। पूरे घर के सौन्दर्य ने उसे एक पृष्ठभूमि तैयार करके दे दी

थी जिसके भीतर वह उतना ही फिट बैठ रहा था, जितनी एक सुनहरे कामदार फ्रेम में कोई खूबसूरत तसवीर। सुरेखा जब से कानपुर आई थी, उसको पहली बार किसीने, और उस घर के वातावरण ने आकृष्ट किया था। उसे लगा, वहां कुछ ऐसा था, जो अपने बारे में कुछ कहने को प्रस्तुत था और वह कान लगाकर उस फुसफुसाहट को सुनना चाह रही थी।

"शिव भाई, इससे मिलिए...मेरी सहेली है सुरेखा। दिल्ली से आई है...ओ सुरेखा!"

सुरेखा चौंककर अपने में लौट आई और हाथ जोड़ दिए। उसकी सकपकाहट पर मधुर हंस रही थी और दो अजनबी जलते हुए नेत्र उसके चेहरे पर टिक गए। सुरेखा के मन में एक तपिश-सी जागी थी। उसे लगा, जैसे वह उन नेत्रों की गरमाहट झेल नहीं पाएगी। मधुर उठकर फोन करने चली गई, और वह पास के सोफे पर बैठ गया था। उसका बड़ा काला झबरा कुत्ता भी उसके पैरों के पास आ पसरा था। उसकी उंगलियों में सिगार फंसा था—वह सिगार के कश लेता हुआ सुरेखा को देख लेता था। मधुर परिचय दे चुकी थी। केवल तम्बाकू की सुगंध ही वातावरण को नम कर रही थी।

"दिल्ली में पढ़ती हो?"

"जी।"

"क्या?"

"लॉ किया...इसी साल।"

"इंटरैस्टिग। लॉ क्यों किया? आजकल तो लॉ करने का फैशन नहीं रहा।" उसकी आंखें लगातार सुरेखा के चेहरे पर थीं। उसके खुले बाल बेतरतीब उड़ रहे थे। बदरंग बेमेल-सी शॉल में वह सिकुड़ने लगी थी। मधुर की स्मार्ट साड़ी, उसपर मेलखाती शॉल, आधुनिक ढंग से कटे बाल, और सुरेखा अपने प्रति उतनी ही लापरवाह, साधारण। सुरेखा को अपनी उपस्थिति इस घर में—बेमेल लगने लगी। पर फिर अपना आप भूलकर सुरेखा शिव से प्रभावित होती रही। वह मुड़कर भीतर चला गया था। उसके जाने पर भी उसके वहीं कहीं होने का एहसास सुरेखा को मुग्ध किए था। मधुर फोन करके

लौट आई थी। सुरेखा के कान में धीरे से बोली :

"है न इम्प्रैसिव आदमी! घर चलेगी तो बताऊंगी इसके बारे में।"

सुरेखा भी जैसे उसके बारे में सब कुछ जान लेने को आतुर हो उठी थी। वे दोनों जाने के लिए उठ खड़ी हुईं। जाने के क्षण विदा लेना चाहती थी, पर गृहस्वामी वैलवेट के भारी सुरमई पर्दे के पीछे कहीं गुम हो गया था। वैसे ही, जैसे सपने की तरह, बादलों से एक गुमनाम रंगीन आकार उठता है और कहीं विलीन हो जाता है।

कुछ क्षण इधर-उधर देखकर सन्नाटे को टोहती वे दोनों लौटने लगीं। बाहर तक कोई नहीं मिला। सीढ़ियों के पास झबरा कुत्ता अलसाया पड़ा था। एक नौकर बरांडे के गमलों के स्वस्थ पत्तों को गीले कपड़े से ऐसे पोंछ रहा था, जैसे किसी नन्हे शिशु का मुंह धुला रहा हो। सुरेखा, मधुर, अपना धन्यवाद उसी नौकर को थमाकर चली तो आई थीं, पर गृहस्वामी को एक बार देखने की, अलविदा कहने की बहुत इच्छा थी जो मन में फड़फड़ाती खड़ी रह गई थी। गेट से निकलकर सुरेखा ने गेट पर उसका पूरा नाम पड़ा—'शिवमोहन कौशिक'। जाने क्यों सुरेखा को लगा, वह, जो कुछ, भीतर छूट गया था, एक रहस्य था, जो उसे जाननाथा। सड़क पर अनमने होकर चलते सुरेखा यही सोच रही थी, जैसे आज उसमें कुछ परिवर्तन जागा है वैसा तो कभी नहीं हुआ था। वह कभी भी किसीके लिए उत्सुक नहीं हुई थी, न उसे अभी तक किसीके घर-परिवेश में कोई रुचि हुई थी, आज शिव के बारे में सब कुछ जान लेने का मन पता नहीं क्यों होने लगा था। मधुर को बात करने का टॉपिक मिला था, वैसे भी वह एक वाचाल गाइड की तरह सुरेखा को कानपुर और कानपुर में रहने वालों से अवगत कराती थी। घर पहुंचते ही मधुर शुरू हो गई थीः

"शिव भाई ने कुछ ही साल हुए, यह मकान बनवाया था। पहले वह शहर में रहते थे। नीचे परचून की दुकानें, ऊपर सलहवीं सदी का एक पुराना मकान, जो अब टूट-टाट गया होगा। बड़े अच्छे हैं, पूरे शहर में नाम है, इज्जत है। अपनी शराफत और सच्चाई के लिए खूब प्रसिद्धि पाई है इन्होंने। पर अगर तू

इनकी पत्नी को देखे तो देखती रह जाए, बडी अजीब चीज है मंजरी भी। वैसे देखो तो ठीक ही लगती है। बात करो तो भी ठीक ही लगेगी। पर पति-पत्नी में बिल्कुल नहीं बनती।

" दोनों का व्यवहार दो समानांतर रेखाओं की तरह एक-दूसरे के पैरेलल चलता है—चुम्बक के दो ध्रुवों-सा विपरीत। यह बहुत भारतीय है, मंजरी पूरी पश्चिमी रंग में रंगी है, बड़ी जबरदस्त आधुनिका है। विलायती कपड़े पहनती है और एक के बाद एक सिगरेट ..."

"आधुनिक होना कोई बुराई नहीं मधुर, कपड़े कैसे भी हों, मन ठीक हो तो क्या फर्क पड़ता है?"

"न, यह बात नहीं। मैं कब कहती हूं कि मैक्सी या जीन्स पहन लेने से कुछ बुरा हो जाता है इंसान। वह शायद अपने को सिनेमा की स्टार समझती है। उसे 'फिल्म फिक्सेशन'-सा है। वह अवश्य ही बीमार है सुरेखा, 'सैडिस्ट' है। शिव को भी मार लेती है। जब उसे फिट-सा पड़ता है तो जोर-जोर से चिल्लाती है, नौकर-चाकर सबको भद्दी गालियां देकर तूफान उठा लेती है। अकसर यहां सीन होते रहते हैं। कानपुर जैसी जगह और मंजरी के आधुनिक लिबास, उसका फैशन, शिव को परेशानियों में डाल देता है। पर तू सच मान सुरेखा, यह आदमी इतनी पक्की मिट्टी का बना है कि होंठों पर कभी शिकायत नहीं लाता। उस अधपगली के सारे कारनामे हंसकर सह जाता है। हमारे पास ही है न घर, इसीलिए देखती रहती हूं और जब भी देखो, शिव की दिनचर्या में कोई अन्तर नहीं आता। सुबह-सवेरे उठकर बाग के फूलों को, पेड़-पौधों को, सहेजता-संवारता है। पूरा दिन दफ्तर या कोर्ट में, और आधी रात तक स्टडी में बैठा पढ़ता है। खूब मेहनती जीवन है शिव का और ऊपर से यह उपद्रवी पत्नी, फिर भी उसके चेहरे की एक भी रेखा में कोई सलवट नहीं उभरती। वैसी ही गंभीर, वैसी ही शान्त मुद्रा। कभी-कभी कितने गलत लोग जीवनसाथी बन जाते हैं! इसे तो कोई सीधी-सादी बहुत प्यार-दुलार करने वाली पत्नी चाहिए थी, जो इसके व्यक्तित्व के देवत्व को उभारकर इसे और ऊपर ले जाती। फिर भी आश्चर्य होता है इसकी तटस्थता पर।"

कुछ रुककर मधुर फिर बोली :

"जिन दिनों यह शहर में रहते थे, मसूरी में मकान खरीद लिया था इन लोगों ने। अप्रैल से जुलाई तक मंजरी वहीं रहती है। यहां की गर्मी बरदाश्त नहीं होती। सुना है, इसकी बहन और एक भाई विदेश में हैं। कभी, वहीं चल देती है। पहले बेटा यहीं स्कूल में पढ़ता रहा, अब रुड़की से इंजीनियरिंग कर रहा है। जब कोर्ट बंद होता है, शिव अपने बेटे के साथ मसूरी जाकर रहते हैं। भगवान जाने कैसी गुजरती है दोनों में? लोग कई तरह की बातें करते हैं। कहते हैं, इनके बेडरूम अलग हैं। शायद शिव के लिए यही ठीक हो, नहीं तो साथ रहने से यह आदमी चटख जाए। उसके उत्पात इसे तोड़कर रख दें।"

सुरेखा दम साधे सुन रही थी, जैसे कोई फिल्म देख रही हो। शिव के सारे रहस्य, जो उसके आगे सलवटों-से उभर रहे थे, उन्हें हाथों से छूने का मन होने लगा था। मधुर कह रही थी:

"इधर कई सालों से मैंने इसके बेटे को नहीं देखा। पता नहीं, मां जैसा है या पिता जैसा? जाने कैसी कॉम्प्लैक्स पर्सनैलिटी तैयार हुई है उस बिचारे की?"

"तू इतना सब कैसे जान लेती है सबके बारे में? इनके पूरे इतिहास पर लगता है, तूने रिसर्च कर डाली है।"

"शिव के बारे में पूरा शहर ही जानता है। बड़े भैया के मित्र हैं न, इसलिए मैं जानती हूं..."

3

उस दिन सुरेखा के घर डिनर था। पापा-मम्मी के मित्र आ रहे थे। महाराज के साथ लगकर सुरेखा और मम्मी खाना तैयार करवा रही थीं। 'कुकरी बुक' खोलकर खूब नई डिशेज तैयार हो रही थीं, केक-बेक किए, नई 'पुडिंग' जमाई गई। तरह-तरह से सब्जियों को उबाला-छौंका गया। नये शेप के कटलेट,

दुरुस्त हो गई है। कुछ उन्हें देखकर, कुछ हैल्थ क्लब जाने से। जनाब, देखिए, कितनी जनसेवा कर रही है मेरी पत्नी, जाती हुई जवानी लौटा रही है!"

"आप भी जाते हैं हैल्थ क्लब?" किसीने पूछा।

"जी, बिल्कुल...असल में शुरू से ही विपुला को इन सब बातों का बहुत शौक था, सिर में इतनी बढ़िया मालिश करती थी कि बस..."

"वह तो हम देख ही रहे हैं!" सब लोग उनकी चमकती चांद को देखकर हंस पड़ थे।

विपुला आंटी खूब हंसमुख थीं, बोलीं :

"अरे नहीं, असल में इन्हें मेरी सारी क्रीमें ड्राई करने का शौक है, उसी चक्कर में बालों से हाथ धो बैठे।"

मिसेज धीर सुरेखा के निकट खड़ी थी। सुरेखा से बोली :

"इतना अच्छा खाना पहले कभी नहीं खाया। तुमने, लगता है, खूब मेहनत की है। नये आइडियाज हैं न! अच्छा, क्या इटैलियन डिश की रैसिपी बता सकोगी?"

मिसेज हरबीर पूछ रही थी :

"सुरेखा, मुझे तो फूल लगाना सिखा दो। दिल्ली में कोर्स करके आई हो क्या?"

मम्मी तब तक पास आ गईं, बोलीं :

"अरे, इसे क्यों तंग कर रही हो? किताब का नाम देती हूं, पढ़ लेना। कहो तो कुकिंग क्लास खोल लूं? अभी तो यह भी सीख रही है।"

सुरेखा के हाथ में एकाएक दर्द उठा था। अंडा फेंटते नसें दुख आई थीं। वह दर्द पी रही थी। शिव पुनः पास आ गए थे। धीमे स्वर में, जो केवल सुरेखा के लिए थे, बोले थे :

"बड़ी अच्छी बनाई है पुडिंग आपने—बिल्कुल अपनी तरह..."

सुरेखा जड़-सी खड़ी रह गई थी। सोच रही थी—'कौन-सा अच्छापन था, जो उसे दिख गया? कितनी बातें बना लेते हैं लोग?' मन में हलकी-सी कड़वाहट उठी थी—'मेरा मजाक तो नहीं उड़ा रहा वह?' पर मन में ही कहा—'हां, कोई

तो है जिसने मुझे मेरे लिए नोटिस किया।' उसके बाद शिव, सुरेखा की आंखों में एक हल्के-से सपने का रंग देकर मुड़कर भीड़ में गुम हो गए थे। सुरेखा फिर भीतर नहीं गई, उसे लगा, वहां उसकी आवश्यकता नहीं थी—और मेज पर फैले हुए बचे-खुचे खाने को भी तो सहेजना था। नौकरों के लिए खाना परसकर बाकी सब फ्रिज में रखना था कि दूसरे दिन काम आ सके। मम्मी का ऐसा ही आदेश था। तभी भीतर से गाने की आवाज आने लगी। विपुला आंटी, मिसेज सहाय एक के बाद एक बेतहाशा गा रही थीं—कोई चालू-सी गजलें, या सस्ते फिल्मी गाने। सुरेखा सोच रही थी, इसे पापा कैसे बरदाश्त कर रहे थे। और जाने क्यों पापा के साथ शिव की याद आने लगी थी। सुरेखा से खुद भी नहीं सहा जा रहा था यह संगीत। उसका जी चाह रहा था, भागकर भीतर जाए और उन दोनों के मुंह पर हाथ रखकर उन्हें चुप करा दे।

सब अतिथि विदा ले रहे थे। सुरेखा धुलकर आई प्लेटों को कपड़े से पोंछकर अलमारी में रख रही थी। एक चेहरा दरवाजे के पर्दे को हटाकर शायद सुरेखा को खोज रहा था। गंदे नैपकिनों को समेटते सुरेखा के हाथ रुक गए थे:

"आपसे विदा लेने आया हूं—थैंक्स, बहुत अच्छा खाना था। और हां...'माई औफर स्टैंड्स-काम के बारे में सोच लेना..."

मंत्रमुग्ध सुरेखा चुप रही। नमस्कार को जुड़े हाथ उठाकर वह उस सम्मोहन के धुएं से मुक्त होना चाहती थी, जो वह फैला गए थे।

इच्छाएं फिर जाग उठी थीं, कैसी विभिन्न इच्छाएं, जिनकी अपेक्षा नहीं थी, प्रतीक्षा अवश्य थी। सुरेखा अपनी दीवार पर बने काले बिन्दु के निकट खड़ी थी। उसका संकट-मोचन बिन्दु नन्हा-सा अविचल पड़ा था,

और वह अपने को उसीपर केन्द्रीभूत कर रही थी। "मुझमें इच्छाएं नहीं हैं ... मेरी इच्छाएं मर क्यों नहीं जातीं...मेरे विचार चकनाचूर होकर गिर क्यों नहीं जाते?" सुरेखा बुदबुदाती हुई अपने बिन्दु के निकट माथा झुकाए सिसक

उठती थी। भीतर की खामोशी के लिए प्रार्थना करते उसके होंठ ठिठुर गए थे। पर कहां मिली थी वह खामोशी, वह भावनाविहीन चुप्पी, जिसे पीकर, आत्मसात् करके वह पूरा जीवन जी लेना चाहती थी। विवशताओं का गुच्छा इच्छाओं की उलझन में लिपटता गुच्छम-गुच्छा होता उसके चारों ओर बिखर गया था। और वह काला बिन्दु वैसे ही दीवार पर लटका था। पूरी रात को उलझनों में टांकती सुरेखा आंखें खोले बिस्तर पर पड़ी थी। शिव...शिव—एक चेहरा आकर उसके विचारों में फोकस होने लगता और कभी धुंधला जाता। बार-बार सोचती थी, क्या करेगी वह—सपने बुनने के नाम पर क्या मिला था अब तक? और अब प्रेम के दरवाजे पर जो आकृति आ रुकी थी, वह तो दस्तक भी नहीं दे रही थी, उसका अपना इतिहास था। शिव के पास सब कुछ था, उसका अपना जीवन था। वहां जगह बना रही थी सुरेखा। पर क्या करती? भावनाओं ने हिसाब जोड़ने वाले मस्तिष्क को भटका दिया था। और सुरेखा भावनाओं के ज्वार में सशरीर उतर गई थी। लहरों के साथ वह गाने को आतुर थी। समुद्र के गहरेपन का एहसास मुंहबाये उसे देख रहा था, और सुरेखा आंखें बंद करके अंधे हो जाने का नाटक खेल रही थी। जानती थी, लहर में मिठास नहीं थी, था तो समुद्र का खारापन, शरीर को नमक करता तीता खारापन। फिर भी सुरेखा समुद्र को समर्पित, अपनी कमजोर अंजली में खारेपन को सहेजती खड़ी रह जाना चाहती थी।

प्रशान्त का निमंत्रण में फैला हाथ, उसकी बातों में अपने लिए उभरता स्नेह, उसके शरीर से उठती अपने लिए चाह—सब कुछ सुरेखा नकार आई थी। जबकि यह नया सम्मोहन धुएं की तरह धुंधला और कसैला था, फिर भी वह उसमें लिपटने को आतुर थी। मन कैसे-कैसे छलावों में अटका रहा था! जानती थी, यह रास्ता कांटों का है, फिर भी उस रास्ते को अपने लिए चुन लिया था सुरेखा ने। शिव को देखकर उसे लगता था, कुछ और न सोचे, बस उसीमें गुम होती चली जाए। शिव को देखकर मन में कुछ निर्मित होने लगता था, सुरेखा उसे दबाने की भी भरसक कोशिश करती थी, पर बहुत प्रयास करने पर भी वह उफान, रोके नहीं रुकता था।

'लॉ' पास किए छः महीने बीत चुके थे। इस बीच पापा सुरेखा की शादी के लिए कई प्रयास कर चुके थे, देखने-दिखाने की दो-तीन प्रदर्शनियों से हताश भी थे—पर सुरेखा आश्वस्त थी। हर पल पापा के सामने बेकार घूमती गृहस्थिन का बेमतलब नकाब ओढ़ती सुरेखा अवश्य ही उन्हें अस्वाभाविक लगने लगी थी। पता नहीं क्या सोचा होगा उन्होंने। एक दिन खाने की टेबल पर आमने-सामने बैठने पर पूछ रहे थे :

"सुरेखा, तुम हर समय खाली घूमती हो, यहां कुछ और तो है नहीं, चाहो तो अपनी प्रैक्टिस शुरू कर लो। मेरा मन तो नहीं था, पर जब 'लॉ' किया ही तुमने, तो बर्बाद क्यों करना..."

खुशी से सुरेखा की आंखें डबडबा आई थीं।

"थैंक यू पापा! आपने मेरे मन की बात कह दी, मैं बहुत दिन से यह बात कहना चाहती थी। मैं सचमुच प्रैक्टिस करना चाहती हूं। सिर्फ पढ़ लेने के लिए लॉ नहीं किया था मैंने।"

"ठीक है, अब जमाना बदल गया है, हर लड़की को अपने पैरों पर खड़ा होना चाहिए...गो अहेड—काम करो, मुझे अच्छा लगेगा..."

उस दिन पापा सुरेखा के हक में थे। आंसू आंखों से ढुलककर गालों पर आ रहे थे।

"प्लीज पापा, मेरे लिए एक प्रामिस करेंगे?"

"हां, कहो सुरेखा!"

"जब तक मैं पूरी तरह अपने पैरों पर खड़ी नहीं हो जाती, आप मेरी शादी की बात कहीं नहीं चलाएंगे—इट इज वैरी डिस्टर्बिंग—पहले मुझे कुछ बन लेने दीजिए।"

सुरेखा की कातर हो आई आंखों में पहली बार पापा ने ठीक से देखा होगा। उनका प्रामिस के लिए बढ़ा हाथ ठीक सुरेखा के सामने आ रुका था। सुरेखा का जी चाह रहा था, उस हाथ को अनगिनत चुम्बनों से भर दे—उसकी और पापा की संधि का यह पहला बढ़ा हाथ था। पर मम्मी बैठी थीं। भावनाओं में बहने का अवसर छुट जाने दिया था। पापा के हाथ को हलका-सा दबाकर

सुरेखा अपने कमरे में लौट आई थी। अपने जीवन में अनायास ही आए इस सुख के पल को वह सहेजकर रख लेना चाहती थी। वह भीतर अपने कमरे में चली गई थी—उसका काला बिन्दु कमरे में सफेदी हो जाने के कारण अधमिटा-सा था। उसे जाकर पूरा-कापूरा मिटा देना था—वह बड़बड़ा रही थी, "मैं हूं, मुझमें इच्छाएं हैं—मेरी इच्छाएं आकार ले रही हैं, मैं जाने लगी हूं।" तभी मम्मी का स्वर उसके बढ़े हुए कदमों को कंपकंपा गया।

"क्या करे बाप भी, कितनी जगह बात चलाई शादी की, कहीं बात नहीं बनी। रूप ही ऐसा पाया है छोकरी ने। अब कोई चारा नहीं है तो—ठीक है, कहीं काम-धाम करे—आजकल लड़के कमाऊ लड़कियां ले जाते हैं..."

शिव के साथ काम कर पाने की बात पर पापा तैयार हो गए थे। कानपुर में उस समय उनसे अच्छा और कोई वकील नहीं था। शिव से पापा जाकर बात कर आए थे। शिव ने दूसरे दिन सुबह आठ बजे आने के लिए कह दिया था। सुरेखा बहुत खुश थी। घर के घुटन-भरे वातावरण से छुटकारा मिलेगा। घर की चारदीवारी के भीतर क्या रखा था—उसने क्या देखा अब तक? बस, यही कि एक-दूसरे को नीचा दिखाने, काटने को उद्यत दो पक्ष पूरे संसार की बुराई करते पूरी सामाजिकता के प्रति एक मूक विद्रोह से भरे हुए थे—एक-दूसरे को न चाहकर भी एक छत के नीचे रहते थे। क्योंकि बंधन है परिवार का, समाज का और विवाह का। मां-बाप, जिससे उनका जी चाहता है, अपनी लड़की या लड़के को बांध देते हैं—कि लो, यह तुम्हारा जीवनसाथी है। बस, पकड़े रहो, घुटते रहो, सहते रहो, कि अगर विद्रोह करोगे तो सब कहेंगे, चरित्रहीन है—बुरी है, निभाना नहीं आता; जबकि 'हिन्दू-विधि' में विवाह के लिए वैदिक काल का मंत्र देकर लिखा है—'जब कन्या सुन्दर और सुशिक्षित हो तो वह पुरुषों में से अपने मित्र (भावी पति) को स्वयं ढूंढ़ लेती है।' पर वेद की इस पद्धति को किसने माना? यह हक कहां दिया लड़कियों को कि वह खुद

पति ढूंढ़ ले? यदि किसीने अपनी इच्छा से ऐसा किया तो कितने आरोप सहने पड़े उन्हें—मधुर की तरह!

काम पर जाने का पहला दिन बहुत महत्त्वपूर्ण होता है, ऐसा जानकर सुरेखा सुबह जल्दी उठी, जल्दी-जल्दी अपने हिस्से का घर का काम निबटाया और मंदिर में माथा टेककर बन्द होंठों के बीच गायत्री-मंत्र का जाप करती वह शिव के घर चली गई थी। दरवाजा एक नौकर ने खोला था, वह उसे शिव के दफ्तर में पहुंचा गया था। दफ्तर एक बड़ा-सा कमरा था। चारों तरफ शीशे की अलमारियों से अटा हुआ, जिनमें अनगिनत कानून की मोटी-मोटी किताबें लगी हुई थीं—न्याय, शब्दों में बंधी जीवन-व्यवस्था का लेखा-जोखा। सुरेखा कुछ सहम-सी गई, अपनी बड़ी-सी काम करने की मेज पर से उठकर शिव उसे लेने आगे की ओर आए थे।

"आओ, बैठो। क्या नाम है तुम्हारा..."

"सुरेखा..." उसे बुरा लगा। वह इतने दिनों में उसका नाम ही भूल गया था? और वह केवल उसीके बारे में अब तक सोचती रही थी। खैर, उसकी मेज़ के आगे कुछ कुर्सियां पड़ी थीं—उन्हींमें से एक पर सुरेखा बैठ गई।

"हां...तो सुरेखा, मुझे विश्वास है, तुम्हें यहां काम करना अच्छा लगेगा। पहले ही दिन बता दूं, यह जिन्दगी बहुत कठिन है। बहुत मेहनत करनी पड़ती है। बहुत तरह के लोगों से वास्ता पड़ता है। बहुत तरह की बातें सुननी पड़ती हैं। हमारे पास आते ही ये लोग हैं—क्रिमिनल्स—अपराधी वे लोग जो कानून से टक्कर लेते हैं या वे जो अपने हक में कानून चाहते हैं। सबसे पहले हमें उनका मनोविज्ञान समझना होता है, उनकी भावनाओं की तह तक पहुंचकर कारण ढूंढ़ने पड़ते हैं। खैर, यह सब कुछ धीरे-धीरे समझ लोगी और शायद जानती भी हो। मैं तुम्हारे साथ हूं—जहां मुश्किल लगे, मुझसे पूछ लेना।"

वह समझाते रहे थे—कहां केसों की फाइलें लगानी हैं। टेलीफोन पर मुवक्किल को कैसे समय देना होता है, फिर डायरी में अपोइंटमेंट्स को ठीक से लिख देना होगा, समय पर सब काम जरूरी था। शिव के कोर्ट जाने पर नये केस के लिए पोइंट्स तैयार करने होंगे। घर जाने से पहले केस के पोइंट्स की

एक कापी और किताबें उनके बेडरूम में भेजकर जाना होगा, ताकि वह देख सकें कि प्रोसीडिंग्स ठीक हैं। सुरेखा ध्यान से सून रही थी।

दिन बीतते गए। सुरेखा का मन रमता गया था। ठीक से रफ्तार पकड़कर वह आगे बढ़ रही थी। काम के साथ शिव का सहानुभूति-भरा व्यवहार भी उसे आश्वस्त रखता था। और सुरेखा को भी उनके हर काम में अपनापन लगने लगा था। शिव आमतौर पर बहुत व्यस्त रहते थे। सुबह पता नहीं कितने बजे उठते थे! सुरेखा जब भी वहां पहुंचती, शिव को आफिस में एक स्थिर मुखमुद्रा में काम में उलझा पाती थी। मंजरी को घर में नहीं देखा था। नौकरों ने बताया था, वह लंदन गई हुई है। शिव बहुत कम बोलते थे। जब भी सुरेखा उन्हें ध्यान से देखती, उन्हें केस के तारों में—सिगार के लच्छों के दांव-पेच लगाए बस कुछ-न-कुछ लिखते पाती थी। वह भी नोट्स लेती, टाइप करती, फाइलें तैयार करती, उनके आसपास मंडराती रहती थी। केवल कामकाजी बातें होती थीं, फिर वे दोनों उसी कमरे में घंटों अजनबियों की तरह बैठे रह जाते थे। शिव आंख उठाकर कभी देखने के लिए भी सुरेखा को नहीं देखते थे, पर सुरेखा सारी व्यस्तता को सतर्कता से साधकर भी सिर्फ शिव को देखती थी।

इस बीच सुरेखा में परिवर्तन आने लगा था। आत्मनिर्भर हो जाना उसे मजबूत कर रहा था। पहली तारीख को मेज पर पड़ा एक उसके नाम का चेक उसके मन के विश्वास को और पक्का कर जाता था। उसे लगता था, उसके हाथ सख्त हो चले हैं और मन इच्छाओं से कोमल। इच्छाओं के नाम पर बनाए काले बिन्दु के निकट भी उसका आना-जाना कम हो चला था। पहला चेक दिल्ली में मां को भेजा था। उनके आशीर्वाद और प्यार का पल प्राप्त कर चुकी थी, दूसरा चेक सुरेखा मम्मी को देना चाहती थी पर जाने क्यों उसे डर लगा। वह उन रुपयों से छोटे भाइयों के लिए खिलौने खरीद लाई और पापा के लिए अच्छा-सा टैरीकोट का कुर्ता। मम्मी ने उसके लाए सामान को देखा तो खूब कुटिल-सी मुस्कराहट से बोली थीं:

"लो, कमाऊ हो गई है बेटी! अब क्या कमी है, बैठे-बैठे कमाई खाओ। लो, बढ़िया-सा कुर्ता लाई है बेटी...और भाइयों के लिए खिलौने।"

और सब कुछ ऐसे पटका उन्होंने, जैसे वे चीजें चीजें न हों, छूत की लिजलिजी बीमारी हो। सुरेखा मानती थी, उन खिलौनों से वे बच्चे कभी नहीं खेले और पापा ने वह कुर्ता कभी नहीं पहना था।

दूसरे माह, मधुर के और अपने लिए एक जैसी दो साड़ियां खरीदकर वह मधुर के घर चली गई। कूदकर मधुर ने उसे अपनी बांहों में भर लिया, बोली थी :

"मैं बहुत खुश हूं सुरेखा! आज बहुत खुशी का दिन है—तेरी दी यह साड़ी बेशकीमती है मेरे लिए। यह साड़ी नहीं, तेरा विश्वास है—तेरा प्रेम है, तेरी उन्नति है। आई विश यू आल द सक्सेस—भगवान करे, तू बड़ी एडवोकेट बने, खूब नाम हो तेरा!"

"बस-बस, और दुआएं न दे—कहीं मैं घमंडी न हो जाऊं।"

"वह तू कभी नहीं होगी। सुरेखा! तेरे जन्म के दुखों ने तेरे पूरे जीवन को एक ही तो चीज दी है—इंसानियत। तू कभी अपनी इंसानियत से नहीं गिरेगी—आई एम श्योर आफ इट।"

"हां, मधुर—अब मैं खुश हूं। ऐसा लगता है, अब तक मैं केवल शरीर थी, अब आत्मावान हो गई हूं। आत्मनिर्भर होना अपने भीतर कितने बड़े विश्वास को जगाना है, कितना बल मिलता है अपने को, यह मैंने अब जाना है। अपने-आपको देखने की जिम्मेदारी अब मेरे हाथ में आ गई है, अब मुझे कोई चिन्ता नहीं—अब मेरी जिन्दगी को कोई हाथ नहीं लगा पाएगा—मेरा अपना निर्णय ही मेरा जीवन होगा।"

"एक बात और कहूं सुरेखा, तू अपने जीवन में इतनी गहराई से व्याप्त—'उस दुख' को भी छोड़ दे, जो तुझे बहुत कचोटता है। उस उदासी को अपने ऊपर से उतार फेंक, क्योंकि अब तुझे एक नई यात्रा पर चलने का अवसर मिला है। उदासी और दुख बहुत उबाऊ होते हैं—खुद अपने को तो कमजोर करते ही हैं, सूनने वाले को भी बहुत बोर करते हैं। बहत दिन अपने को जलाया, बहत दिन और किसीको नहीं तो मुझे सताया। आज से उसकी छुट्टी-ओ० के०!"

और वह एक जादू-टोने वाले की गम्भीर मुद्रा बनाकर अपने दुपट्टे से सुरेखा के सामने खड़ी होकर जैसे उसपर व्याप्त उदासी के बादल को झाड़ने लगी थी। एक आध मिनट वह वैसे ही जादू-सा करती रही और फिर सुरेखा खिलखिलाकर हंस दी थी। मधुर ने कहा :

"बस, ऐसे ही हंसती रहना।" फिर पास आकर सुरेखा से सटकर कहने लगी, "बढ़ गई हैं न धड़कनें? हंसने से ऐसा ही होता है—एक्साइटमेंट मिलती है। हंसना, खुश रहना जीवन है—और अब तू जीने लगी है।"

शिव का अपने जन्म की जड़ों से सम्बन्ध इतना जीवन-ग्राही रहा था कि वह कभी भी उसे भूल नहीं पाता था। साधारण गरीब परिवार में जन्म लेकर-स्कॉलरशिप के दम पर पढ़-लिखकर यहां तक पहुंचने की यात्रा भुलाई नहीं जा सकती थी। शिव के मेधावी और खूबसूरत व्यक्तित्व पर रीझकर इलाहाबाद के बड़े जाने-माने जज श्रीनाथ अवस्थी ने अपनी छोटी बेटी मंजरी का विवाह उससे कर दिया था। शिव ने शायद जीवन में इतना ही ग्रहण करने पर संतोष कर लिया होगा, संसार की नजरों में वह अवश्य पूर्ण सुखी भी था। सुरेखा ने शिव को अपने जीवन में कुछ विशेष माना था—शिव के जीवन में बहुत सुरेखाएं आकर वकालत सीखकर जा चुकी थीं। सुरेखा ने उसे एडवोकेट कम, मनुष्य अधिक जाना था। शिव का दफ्तर घर में था और दफ्तर का रास्ता घर के भीतर से ही जाता था। सुरेखा उसी रास्ते पर चलकर दफ्तर जाती थी। उसे लगता था, शिव संतोषी तो था, पर जरूरी नहीं सुखी भी हो। हां, इतना अवश्य था, उसने सुख को अपने लिए मान लिया था। सुरेखा को लगता था, उसके व्यवहार में संत की बानी-सा उदास रंग व्याप्त है। चरित्र का वह तीखापन, वह उद्दीप्ति, जो उसमें होनी चाहिए थी, वह नहीं थी। अपने शब्द जितनी मिठास से भर सकता था, वह भरता तो था, पर काम के प्रति वह. उतनी ही शक्ति बरतता था, जितनी होनी चाहिए थी। शिव का व्यवहार

बहुत पारदर्शी होता था, समूचा स्वच्छ, ठीक से देखा जा सकता था। उसके अंतःसलिल में बहता सरलता का स्रोत शायद उसके रोके भी नहीं रुकता था। वह बहकर आसपास के हर व्यक्ति को कहीं-न-कहीं से छू अवश्य जाता था। सुरेखा देखती, इतनी सरलता के बाद भी वह कठोर संयमी था और काम के बारे में बहुत पाबंदी बरतता था। एक बार एक मुवक्किल फोन पर ही उसकी आवाज सुनकर अपनी कुर्सी से उठकर खड़ा हो गया था। उसकी बहुत इज्जत थी। जिसकी उसे सुध तो नहीं थी, पर उसका हर परिचित, उसे वह आदर देता था।

उसके व्यवहार में जिंदादिली थी, हर अच्छे काम के प्रति उसे सहज प्रसन्नता भी मिलती थी और वह जल्दी से उत्तेजित भी हो जाता था। वह अकसर कहता था :

"जिन्दगी में तो अर्थहीन तो कुछ भी नहीं है, कोई छोटी-सी घटना भी नहीं। दुख का भी अपना एक मतलब होता है। हम दुख को स्वीकार नहीं करते पर दुख धरती में गड़े हुए धन के समान है, जिसे हमें खोज निकालना है। अगर खोज सकें तो पता है, क्या हाथ लगेगा—मनुष्यता।"

सुरेखा ने मंजरी को अब तक नहीं देखा था। बीच में वह कुछ दिन आई थी, तो, उन दिनों कोर्ट बंद होने के कारण सुरेखा दफ्तर गई नहीं थी। कमरों में यहां-वहां मंजरी के चित्र, उसकी स्थिति का एक शीत एहसास कराते थे। जाने क्यों जब भी मंजरी के चित्र देखती तो वह सुरेखा को बेचैन कर देते। उसे लगता, कठोर अंधकार और बेचैनी विकीर्ण करते वे चित्र पूरे घर को एक धुंध से भर रहे हैं। खुशियां उगा सकने वाली उस घर की धरती, उस धुंध के प्रभाव से बंजर हुई जा रही थी। सुरेखा उस प्रभाव से बचने के लिए अपने उपाय करती। पूरे घर की सफाई का ध्यान रखती, सुबह आकर माली के साथ घर में फूल सजवाती। शिव को बाग और फूलों से विशेष प्रेम था, इसलिए भी उस घर में पेड़-पौधों, गमलों की खूब देखभाल की जाती थी।

और शायद इसलिए भी कि सुरेखा शिव को मन के किसी एक कोने से अपना मानने लगी थी। शिव के निकट जाकर एक बार मन में खूब जोर

से डर-सा लगता था, ऐसा डर, जैसे मन में कुछ टूट रहा है। शायद वह टूटना ही नयेपन का प्रमाण बन जाए, यह सोचकर सुरेखा अपने को साध लेती। कभी सोचती—'शिव क्या है ? शिव मेरे लिए फैस्सीनेशन, तीव्रता से अपनी ओर खींचता आकर्षण क्यों है ?' शिव का सधा हुआ व्यवहार उसे एक विशेष सीमा तक बांधता था। फिर भी कुछ था, शायद एक मौन, एक प्रतीक्षा, जिसमें जाने-अनजाने सुरेखा धंस गई थी। बहुत व्यावहारिकता के बीच शिव उसे अपने बाग के एक पेड़ की तरह लगता था। सुरेखा जितना जी चाहे, वहीं पास काम करती, उसे एकटक देखती बैठी रह जाती थी, पर वह तटस्थ निर्विकार बना रहता। कभी सुरेखा को लगता, शिव का अस्तित्व समुद्र की तरह सामने फैला है, एक पूरा विशाल, लहरों से उद्वेलित, वक्ष पर तेज हवाओं को झेलता समुद्र, जिसके पास खड़ी सुरेखा कभी-कभी अपने-आपको बहुत बेवकूफ समझने लगती थी। शिव के निकट उसका अपना-आप इतना निरर्थक होने लगता था कि वह घबराकर लौट आना चाहती थी। दूर तक फैलती शिव की विशालता उसे आश्चर्य में डाल देती। उसका ऊंचापन सुरेखा को बौना कर जाता। सुरेखा सूक्ष्म-सी, शिव के काम का नन्हा-सा सहारा लिए एक एक्स-रे लेती, उसके भीतर का सब कुछ जान लेने को आतुर रहती थी।

कभी-कभी सुरेखा को लगता, शिव और कोई नहीं, मूर्तिकार है। मूर्तिकार की तरह वह जैसे सुरेखा को सुरेखा में समाहित कर रहा था, तराश रहा था, समग्र। सुरेखा को लगा, यदि वह कुछ बन रही है तो वह शिव की ही बनाई हुई है। उसका अस्तित्व इसी संसार से तो उभरा था। प्रैक्टिस में सफलता पाने पर उसे लगता था, जैसे भावनाओं का संसार उसके हाथ से छटा जा रहा था। सुरेखा सिमटती हुई शिव के संसार तक जाने लगी थी, उससे बाहर कदम नहीं निकालती थी, पर जब भी वह कृतज्ञता से भरकर कुछ भी कहती थी, तो शिव टाल देने जैसा कुछ कह देता था। सुरेखा सपनों से जीवन के खालीपन का तादात्म्य बैठाने लगी थी, और पूरे प्रयास में रहती थी कि किसी पल तो—शिव उसके प्रति एक मनुष्य की तरह सजग हो सकेगा।

ऐसा नहीं था कि शिव पत्थर ही हो—किसी एक बिन्दु पर वह अवश्य सजग होता था, उस पल जैसे उसका व्यक्तित्व नयेपन और ताजगी से भर जाता था। एक उद्दीप्त मदिर-सी लहर उसके चेहरे पर उमड़ आती थी। सुरेखा को लगता, समुद्र-तट पर खड़ी होकर वह केवल इसी लहर की ही तो प्रतीक्षा करती रहती थी। शिव के सूने घर में कोई भी तो नहीं था। जब भी सुरेखा वहां आती, उसे लगता, यह घर नहीं, सूना, अकेला छूटा हुआ समुद्र-तट है। वहां पानी के खारेपन का नमकीन एहसास हवाओं में टंगा मिलता था। चारों तरफ तराशे हुए बहुत-से सुन्दर पेड़-पौधे थे या थीं ढेर सारी पुस्तकें। बाहर दीवारों पर चढ़ी फूलों की बेलें जैसे किसी जड़ मुस्कराहट में जमी रह गई हों। कमरों के भीतर रेडियोग्राम, टपरिकार्डर, ढेर सारे टेप एक खामोशी को सीने से लगाए अलमारियों में चिने पड़े थे। एक बड़ी कलाकृति की तरह यह घर सुरेखा को बहुत आकृष्ट करता, पर उसमें कलाकृति की तरह उसके अर्थ को तलाशती थी। उसका जी चाहता था कि उस सोए हुए घर पर जादू की छड़ी धुमाकर जगा दे, इसे श्राप-मुक्त कर दे।

शिव का जन्मदिन पहले भी अवश्य आया होगा, तब सुरेखा की उससे पहचान नहीं थी पर अब तक उस घर ने सुरेखा को पूरी तरह अपना लिया था। मेहतरानी से लेकर रसोइये, चपरासियों की तनखा बांटने का काम भी उसका था। राशन की दुकान पर राशन की लिस्ट लिखकर भेजने के साथ-साथ, नौकरों, चपरासियों की वर्दी कैसी हो, सुरेखा का ही सिरदर्द था। शिव ने दफ्तर के भीतर के काम के साथ-साथ दफ्तर के बाहर के सारे काम भी धीरे-धीरे सुरेखा को पकड़ा दिए थे। शिव कोर्ट जाने से पहले लंच लेते थे—इसलिए सुरेखा को सुबह आठ बजे ही आ जाना होता था। घंटा या आधा घंटा घर की सफाई, खाने इत्यादि की व्यवस्था करके दफ्तर में उस दिन के केस का काम समाप्त करना होता था।

उस दिन सुरेखा जल्दी आ गई थी। फाइलों के बीच छिपाकर शिव के लिए एक भेंट लाई थी—आधुनिक कविताओं की एक पुस्तक, और पश्चिम के बड़े साहित्यकारों की आत्मकथा पर एक पुस्तक, जिसमें 'चेखव', 'हैमिंग्वे'

से लेकर सात्र इत्यादि के जीवन-कथाओं के अंश थे। एक पुस्तक पश्चिम के महान् कलाकारों की कला पर भी थी। उसमें रैमरैंड', 'पिकासो', 'सेंजा' और 'माइकोलोंजिलो' के चित्रों पर लेख और कुछ चित्र थे। सुरेखा को शिव में वहसब कुछ दिखाई देता था, जो वह इन किताबों में लाई थी—उसे लगता था, शिव एक मूर्तिकार, रचनाकार, कवि, लेखक कुछ भी हो सकता है। वह गुणों का समुद्र है, पलक झपकते किसी भी रूप में उजागर हो सकता है। यदि यह समुद्र ज्वार पर आए तो सब कुछ बहा दे सकता है। पर जाने क्यों यह समुद्र ठिठुर गया था, बंध गया था। सुरेखा चाहती थी, उसे उद्वेलित करे, कि वह उमड़कर पूरे घर को अपनी लहरों के संगीत से भर दे।

अपने उपहार को रंगीन कागज में बांधकर वह शिव की मेज पर रख आई थी। खाने के बाद जब वह वहां आएगा तो उसे वह भेंट दिख जाएगी। शाम को ही माली से कह गई थी। फूल बाल्टी में कटे रखे थे, उन्हें कमरों में सजाना था। अपने हाथ से बनाकर एक चौकलेट केक वह रसोई की अलमारी में छुपा गई थी। जल्दी उसे निकालकर उसे मेज पर सजाया और ताजी क्रीम में रंग घोलकर उसपर 'हैप्पी बर्थडे' लिखा, लौटकर अपनी आफिस की मेज पर बैठी तो वहां भी बहुत काम फैला था, सुरेखा फिर उसीमें व्यस्त हो गई। कुछ देर बाद रामसिंह बुलाने आ गया:

"खाने के कमरे में चलिए, साहब बुलाते हैं।"

एकाएक डर लगने लगा सुरेखा को। सारा-का-सारा यह प्रदर्शन बेवकूफी से भरा ही तो था, पर अब तो देर हो चुकी थी और शिव सब देख चुके थे। शिव खाने के कमरे में बैठे थे। मेज पर थाली में खाना रखा था। सुरेखा उसके बिल्कुल सामने की कुर्सी का हत्था पकड़कर खड़ी हो गई।

"गुड मॉर्निंग, मैनी हैप्पी रिटर्न्स ऑफ द डे।"

"थैंक्स, थैंक्स फॉर एवरीथिंग। इतना सब किया तुमने, अरे मैं क्या छोटा बच्चा हूं। ऐनी वे, आओ तुम भी, जॉइन मी। और तो कोई है नहीं, आओ, तुम्हारे सामने तुम्हारा बना केक,तुम्हारे लिए काटकर बर्थडे मना लेते हैं...।"

"शाम को कहें तो आपके कुछ मित्रों को बुला लूं?"

"नहीं...कुछ हंगामा नहीं। बर्थडे बच्चों के मनाए जाते हैं सुरेखा, बूढ़ों के नहीं।" उस दिन वह गम्भीर ही नहीं, उदास भी लग रहे थे।

सुरेखा ने कोशिश करके होंठों पर हंसी बिखेरी और छुरी पकड़ाते हुए कहा :

"लीजिए, केक काट दीजिए।"

केक काटते समय अतीत की कोई परछाईं मन में उभर आई होगी, वह और भी उदास हो उठा था, उसे बुला पाने की सुरेखा की सारी मुखरता भी अब खोने लगी थी—और वह केक काटने पर 'हैप्पी बर्थडे टू यू' कहने की बात भी भूल गई थी। शिव ने केक के दो टुकड़े किए, एक सुरेखा के हाथ में देकर दूसरा खुद खा लिया और चुपचाप झुककर खाना खाता रहा। सुरेखा वहीं खड़ी रह गई और शिव शायद अपने अतीत में खोता चला गया। एकाएक वह अपनी यादों के दायरे से लौटकर बोला:

"अरे, तुम अभी तक खड़ी हो? बैठो न,खाना खा लो—रामसिंह?"

"मैं खाकर आती हूं।" और सुरेखा मुड़कर अपने दफ्तर में लौट गई। फोन की घंटी बज रही थी और सुरेखा के काम ने उसे व्यस्त कर दिया।

शिव पूरी तरह तैयार होकर आ गए थे, कोर्ट जाने का समय हो गया था। मेज पर रंगीन कागज में बंधा उपहार पड़ा था। वह कागज खोलकर पुस्तकें देख रहे थे, तो फिर से उसी पुराने डर से सुरेखा के प्राण सूखने लगे थे। उन्होंने मेज का निचला ड्राअर खोला और सारी पुस्तकें सहेजकर रख दी। फिर वह आकर सुरेखा के निकट खड़े हो गए। उसके कंधों पर दोनों हाथ टिकाकर बोले :

"इतने कीमती उपहार के लिए धन्यवाद। शाम को साथ बैठेंगे, कविताएं पढ़ेंगे। तुमने कैसे जाना मुझे साहित्य से प्रेम है? अब तो समय ही नहीं मिलता।"

फिर भावनाओं के मानसिक स्तर से उठकर वे दोनों धरती की व्यावहारिक सतह पर चलने लगे थे। पूरा दिन व्यस्तता में ही बीत गया था। वह शाम को शिव के साथ ही लौट रही थी। शिव ने उसे उसके घर नहीं उतारा। वह कुछ नहीं

बोली थी। कई बार ऐसा हुआ था। जब भी काम अधिक होता, वह लौटकर निबटा लेती थी। शिव काम के ही बारे में बात करते रहे, फिर 'गुडनाइट' कहकर अंदर चले गए। सुरेखा भी फाइलें समेटकर जाने की तैयारी में लग गई थी। कुछ कागज टाइप करने को पड़े थे, उन्हें भी निबटा लिया। आधा घंटा बीत गया होगा। शिव एकदम से भीतर आए, और कहने लगे :

"यह चाभी लो। मेरे ड्राअर में से कविता की पुस्तक निकाल लाओ। मैं भूल ही गया था, मेरा बर्थडे है—और तुम खाना मेरे साथ खा रही हो। घर पर फोन कर दो, देर हो जाएगी।"

सुरेखा अभी काम में ही उलझी थी। शिव को उसके उत्तर की अपेक्षा भी नहीं थी। वह मुड़कर चले गए। सुरेखा ने घर फोन किया, मम्मी ने फोन उठाया था:

"हां, मम्मी, मैं सुरेखा बोल रही हूं। आफिस में देर लगेगी, खाने के लिए इन्तजार नहीं कीजिएगा।"

उनका उत्तर जाने बिना ही फोन बन्द कर दिया, वह तो मात्र औपचारिकता थी। वहां प्रतीक्षा तो कोई नहीं करता था, हां, केवल खाना रसोई में ढका पड़ा रहता था। मन हो तो खा लो अन्यथा तुम्हारी मरजी।

ड्राअर से कविता की किताब निकालकर सुरेखा ड्राइंगरूम में चली गई थी। वह चुप्पी, फूलदानों में सजे फूलों का अनसहलाया महकापन, उदासी से बोझिल-सा हो आया था। सौन्दर्य का यूं चुप्पी में समाहित हो जाना, सुरेखा को अखर रहा था। शिव कोर्ट के कपड़े उतारकर साफ सफेद कुर्ता-पजामा पहन कर आए थे। उस समय उनके चहेरे की गंभीरता भी जैसे हलकी पड़ गई थी। ड्राइंगरूम का वह नीचे का बैठने का स्थान सुरेखा को बहुत पसन्द था। जब भी यहां बैठना होता, वह उसी कोने में जाकर बैठती थी। शिव ने अपनी 'बार' वाली अलमारी पहली बार उसके सामने खोली थी। सुरेखा दूर से देख पा रही थी। बहुत-सी रंग-बिरंगी, छोटी-बड़ी विभिन्न आकार की बोतलें थीं। बहुत-से कांच के गिलास चुने पड़े थे। शिव के गिलास में बरफ के डुकड़े डालने की आवाज आ रही थी। सुरेखा जानबूझकर उत्सुकता दबा रही थी। उसके सामने

ऐसा अवसर पहली बार आया था।

"तुम क्या लोगी सुरेखा—जिन एंड लाइस, शेरी, बियर या कोनियक...?"

"कुछ भी नहीं।"

"कुछ तो ले लो न—शर्बत ही सही।"

वह मुड़कर किचन में चले गए थे—कुछ देर बाद लौटे तो हाथ में लाल शर्बत का गिलास था।

"लो, शर्बत है, सिर्फ 'रूहअफजा'।"

सुरेखा अपना गिलास पकड़े थी, शिव अपना गिलास हवा में उठाकर 'चीयर्स' कह रहा था। सुरेखा को समझ नहीं आ रहा था, वह क्या करे? गिलास वह भी उठाए या क्या कहे? वह चुप ही बैठी रही, और शिव एक घूंट गिलास में से भरते हुए फिर उठा था। उसने अपने स्टीरियो पर एक टेप चला दिया। एक आवाज गूंजने लगी। कोई गजल थी। सुरेखा ने वह आवाज पहले कभी नहीं सुनी थी। आवाज थी या कोई धुआं होता जादू, जो हवाओं में बिखरकर मन को अपने हाथों लपेट रहा था। शिव बता रहा था, यह टेप पाकिस्तान के एक गायक का था, अस्लम उसका नाम था, उसकी आवाज पाकिस्तान के परिवेश से उठकर यहां तक आ गई है। स्वर दोनों के बीच बिखर रहे थे :

'तुम तो मासूम हो, तुम पर कोई इलजाम नहीं
कोई शिकवा न शिकायत, न कोई हरफो तलब
मेरे होंठों पर न आएगा कभी..."

अस्लम का अनजाना अस्तित्व उनके बीच शब्दों का दरिया बहा रहा था। वह संगीत ऐसे कुछ शब्द बो रहा था जो उन दोनों में से कोई कभी किसीके लिए न कह पाता। शर्बत का पूरा गिलास पी लेने पर भी सुरेखा का गला सूख रहा था। कविताओं की पुस्तक बीच में पड़ी थी, उसे पढ़ने-पढ़ाने की बात विस्मृत हो गई थी। और जैसे सारी कविताएं उसमें से निकलकर टेप के माध्यम से बहती हुई उन दोनों के बीच एक समझौता जैसा करा रही थी।

अचानक शिव ने टेप बन्द कर दिया था और स्टीरियो से टेप निकाल कर सुरेखा को थमा दिया :

"लो, सुरेखा, यह टेप तुम्हारा है।"

"इसे यहीं रहने दीजिए न। जब जी चाहेगा, यहीं आकर सुन लूंगी। इस घर से अलग टेप का कुछ अस्तित्व नहीं है।"

वह टेप वापस स्टीरियो में लगाता हुआ बहुत गम्भीर हो गया था।

"देखो सुरेखा, तुम मेरी जूनियर हो, जानता हूं, तुम मेरे साथ कहीं से इमोशनली इन्वॉल्व ले रही हो। तुम अभी बहुत छोटी हो। मैं तुम्हें भटकाना नहीं चाहता। तुम्हारा पूरा जीवन तुम्हारे सामने है। तुम अपने भविष्य में मुझे मत जोड़ो सुरेखा!"

सुरेखा स्तब्ध रह गई, मन में जो डर की लहर थी, वह जैसे थम गई थी। वह सोच रही थी, इतना खुलासा होकर तो उसने अपने बारे में कभी नहीं सोचा। और शिव भी तो...उसे लगा, आंखमिचौनी के खेल में उसकी आंखें बंद करके मधुर स्वर में स्वयं शिव ही कह रहा है—'बोलो तो कौन है ?"

शिव बिल्कुल पास खड़ा था। उसके गिलास में बर्फ पिघल रही थी। वह फिर कह रहा था, पता नहीं आज कुछ कहना उसके लिए इतना जरूरी क्यों हो गया था?

"मेरा जीवन तो तुम्हारे आगे खुला है—मैं क्या हूं? मेरी जीवनयात्रा कितनी नीरस, एकाकी है! कानून के लिए टुकड़े-टुकड़े जीता मैं कितना बचा हूं? जीवन के इस प्रहर में तुम एक धुएं के गुबार-सी छा रही हो—तुम प्रतीक्षा में हो कि मैं तराशकर, अपनी भावनाओं से संवारकर तुम्हारी कोई आकृति गढ़ लूं, या अपनी खुली खिड़कियों से तुम्हें बाहर बह जाने दूं।"

सुरेखा एक पल सन्न रह गई, अपलक शिव को देखती रह गई, कहा :

"मैं धुआं नहीं हूं, न मैं कोई आकृति हूं। मैं प्राणवान हूं। मेरे भीतर इच्छाएं हैं, मन है—मैं आपके किसी इशारे की प्रतीक्षा में भी नहीं हूं। जो भी होती जा रही हैं, वह बात मेरी अपनी है—उसे आप जानें, यह आवश्यक भी नहीं है। मेरे बारे में ऐसा सोचने का आपको कोई हक नहीं था।"

सुरेखा क्रोधित, उत्तेजित लड़खड़ाती, शर्बत के गिलास को किचन के सिंक में फेंककर भागती हुई उतनी रात के वक्त अकेली घर चली गई थी।

उस दिन सुबह जब काम के लिए गई तो लगा, एक शनिवार इतवार के बीच में आ जाने से यहां सब कुछ बदल गया था। पूरा घर गड़बड़ी से भरा था। भीतर घुसते ही लॉबी में बेतरतीब सामान बिखरा था। सूटकेसों पर विदेश के रंग-बिरंगे लेबल चिपके थे। प्लास्टिक के रंग-बिरंगे लिफाफे, पैकिंग से निकला हुआ भूसा, रंगीन छपे हुए कागज, टूटी पतली रस्सियां और रंगीन फीते। शिव के जन्मदिन पर सजाए फूलदानों के फूल सूखकर उलटे-सीधे लटक आए थे। पूरे वातावरण में बदलाव था। सारे नौकर ऊपर-नीचे आने-जाने में व्यस्त थे। लग रहा था, काफी सारे मेहमान आए थे। शिव रोज की तरह दफ्तर में नहीं थे। सुरेखा आदतन जाकर अपनी मेज पर बैठ गई थी। डायरी में से देखकर केस की फाइलें लगा रही थी। अलमारी से किताबें चुनकर शिव के कोर्ट जाने की तैयारी में लगी थी।

अचानक कड़कड़ाती, बड़बड़ाती एक आधुनिका आकर सुरेखा के सामने खड़ी हो गई। उसने छपा हुआ विलायती गाउन पहना हुआ था, और उंगलियों में एक सिगरेट थमी थी। कटे हुए बाल उसके सुन्दर पर अधेड़ मुख को घेर रहे थे। उसके आते ही ऐसा लगा, जैसे कमरे के वायुमंडल में धुआं-सा उठने लगा था। सुरेखा को वह खूब घूरती नजरों से देख रही थी, मुंह से धुएं का एक बड़ा-सा गुच्छा निकालती वह बोली :

"सो यू आर द न्यू सेक्रेटरी—आई से जूनियर?"

"जी हां।"

"आई सी—सो हैविंग नाइस टाइम विद माई हसबैंड, मजे ले रही हो...!"

सुरेखा स्तब्ध—चकराई-सी फटी आंखों से उसे देखती रही...।

शिव ने आकर वायुमंडल को चिंगारियों से बचा लिया था :

"टाक सैंस मंजरी, शी इज सिन्हास डौटर।"

"सो व्हाट, सिन्हा की लड़की, क्या औरत नहीं हो सकती है? क्यों बेवकफ बना रहे हो? इतने सालों से हम यहां रह रहे हैं, कभी सुना नहीं, सिन्हा के कोई बेटी है। मिसेज सिन्हा तो कहती हैं, उनके दो बेटे ही हैं, बस—तो क्या यह उनकी कोई ऐसी-वैसी औलाद है, या गोद ली हुई?"

सुरेखा अपमान और क्रोध से सन्न होती जा रही थी। शिव ने एकाएक मंजरी की दोनों बांहें पकड़कर उसे झकझोर दिया था :

"मंजरी, तुम्हें किसीके बारे में ऐसी अशोभनीय बातें करने का कोई हक नहीं है। इतने बड़े आदमी हैं वह, सुनेंगे तो क्या सोचेंगे? चलो हटो यहां से, भीतर जाओ।"

"मैं तो नहीं जाती, मेरा घर है, जैसे जी चाहेगा, घूमूंगी, जो जी चाहेगा बोलूंगी। तुम मुझे नहीं रोक सकते।" और खूब धृष्टता से वहीं पड़ी एक कुर्सी पर बैठ गई।

अब शिव के सुन्न होने की बारी थी और सुरेखा मुंह फेरकर किताबों की अलमारी की ओर चली गई थी। आंखें कुछ देखती हैं, मन उस देखे हुए के प्रति कुछ भिन्न-सा सोचता है, इन दोनों को मिलाकर जो बनता है, उसे हम विचार कहते हैं। मंजरी दिखती कुछ और थी, मन उसके प्रति कितना कुछ सोचना चाहता था। पर मन में जो विचार उठते थे, वे इन दोनों को जोड़ते नहीं, विपरीत जा पड़ते थे। सुरेखा चाहती थी कि मंजरी को श्रद्धा तथा आदर के रंगीन चश्मे से देखे, पर ऐसा नहीं होता था। मन के भीतर जो इच्छाएं बनती थीं, वह भी तो दिमाग विचारों के साथ जुड़कर ही बनाता था, और उस पल जो भी इच्छा मन में थी, वह एक-दूसरे के विपरीत जा रही थी। कमरे के बाहर जाकर भी मंजरी की आवाज विभिन्न स्वर बदल रही थी। लग रहा था, वह लॉबी से सामान उठवा रही थी, नौकरों के साथ उसका वार्तालाप भी शिष्ट नहीं था। शिव अपनी मेज पर उसी तटस्थ मुद्रा में बैठे काम कर रहे थे, बीच में जो कुछ भी हुआ था, उसे न सुरेखा ने उठाया न ही शिव ने। शिव कोर्ट चले गए और सुरेखा एक केस के टाइप करने में व्यस्त हो गई थी। घड़ी में देखा, बारह

बज चले थे और रामसिंह कॉफी नहीं लाया था। हमेशा ही ग्यारह-साढ़े ग्यारह के बीच वह कॉफी का एक प्याला सुरेखा की मेज पर छोड़ जाता था। उस समय सुरेखा जब भी दफ्तर में होती, अकेली होती थी।

दफ्तर से बाहर आकर सुरेखा रामसिंह को कॉफी के लिए कहना चाहती थी, पर वह नजर नहीं आ रहा था। लगता था, उस दिन कोई भी चीज अपनी जगह पर नहीं थी। सुरेखा खुद किचन में जाकर कॉफी बनाने लगी। कॉफी के उबलते पानी को कप में डालते हुए वह एक बार फिर सहम गई थी। बिल्कुल सामने मंजरी खड़ी थी। लम्बा जापानी सिल्क का बहुत सुन्दर गाउन पहने थी, जिसपर हाथ से गुलाब के फूलों का गुच्छा पेंट किया गया था। उसके धुले हुए बालों में रोलर्स लगे थे। उसके शरीर से उठती विलायती परफ्यूम की कीमती सुगंध किचन में फैल रही थी। उसकी आंखों में भी अजीब-सा भाव था :

"देखती हूं, दफ्तर ही नहीं, पूरे घर भर को तुम अपना बनाए बैठी हो...।"

सुरेखा के बिल्कुल पास आकर उसने सुरेखा के चेहरे को अपनी दोनों हथेलियों में उठाकर इस तरह देखा, जैसे कोई मिट्टी की मूर्ति खरीदते समय उसे अरखता-परखता है। सुरेखा घबरा तो नहीं रही थी, हां, हत्प्रभ अवश्य थी। मंजरी ने कहा :

"नोट बैड, टिपिकल इंडियन, भारतीय हो सोलह आने, फिगर भी अच्छा है, सच कहो, शिव के बेडरूम में कितना जाती हो।"

सुरेखा को लगा, जैसे उसके दोनों हाथ चेहरे पर से उतरकर गर्दन पर आ गए थे। सुरेखा ने उसे झटककर कहा :

"क्या बक-बक लगा रखी है सुबह से! आपके दिमाग में इतने बुरे विचार आ कैसे जाते हैं? क्या मुझे और कोई काम नहीं है? जिसके पास काम करूं, उसके बेडरूम में भी जाऊं? इतनी ही चिन्ता होती है शिव की तो उनके साथ क्यों नहीं रहतीं? साथ ले जातीं, छोड़ती क्यों हो?"

सुरेखा बिना उसकी ओर देखे आफिस में लौट आई। वह मशीनी हाथों से टाइप कर तो रही थी पर मन नहीं लग रहा था। उसके विचारों को फिर से बिखेरती मंजरी, आफिस में आ गई—उसके हाथों में दो प्याले थे:

"लो, कॉफी पियो।"

अपना प्याला थामकर वह शिव की कुर्सी पर जा बैठी-सुरेखा चुपचाप कॉफी पीती रही।

"तो तुम सिन्हाजी की बेटी हो—पहले कभी नहीं देखा तुम्हें, बाहर थीं क्या?"

"हां, दिल्ली में पढ़ती थी।"

"क्यों?"

"हर क्यों का कोई जवाब नहीं होता।"

वह हंसी थी जोर से, फिर बोली :

"लगता है, आज तुम समझौता नहीं करोगी, न सही, एक घर में रहेंगे तो दोस्ती हो ही जाएगी। न भी हो तो आई डौंट केयर, क्यापरवा है मुझे! तुम जैसी ढेर-सी लड़कियां रोज आती हैं, पैसे लेती हैं, चली जाती हैं।"

फिर पैसा और उसकी खरीद, मंजरी के विचारों में सिर्फ पैसा था और कुछ नहीं, उसपर गुस्सा तो नहीं, झुंझलाहट होने लगी। इससे पहले कि सुरेखा उठकर जाती, मंजरी चली गई। भीतर जाकर उसने स्टीरियो चलाया तो उसमें लगा अस्लम का टेप चल पड़ा। मधुर स्वर घर के उस कड़वे हो आए वातावरण में बह निकले।

मंजरी की झुंझलाती आवाज के साथ एक झटके से टेप बन्द हुआ और कुछ धमाकेदार अंग्रेजी का संगीत बज उठा। सूरेखा अस्लम के स्वर के साथ भावनाओं के पिछले द्रव में बह रही थी। एकाएक जैसे उछलकर बाहर किनारे के सख्त धरातल पर आ गिरी। संगीत ने कैसा-कैसा कर दिया था उसे! संगीत सुरेखा के लिए क्या है? वह सोच रही थी, संगीत, भावनात्मक होना, किसी सबको सीधे-सीधे न देख पाने का बहकावा मात्र है क्या? उस एक बीते हुए दिन में इस संगीत के कारण शिव क्यों बहक गए थे? क्योंकि वह बात सुरेखा के व्यवहार की नहीं थी, वह उसकी अपनी भावनाओं का आरोपण था, सुरेखा पर, सुरेखा के लिए। स्मृतियों में सुरेखा खोई रहती कि आंधी-तूफान की तरह बाहर के दरवाजे से ही, चिल्लाकर सुरेखा को आवाज देती मधुर वहां आ पहुंची, बोली :

"चल सुरेखा, निकल यहां से। बड़ी गर्मी है यहां तो। सुना है, मैडम आ पहुंची है। घर का नक्शा ही बदला है। आ, इस बोरियत से उठ, तुझे ऐसी जगह ले चलती हूं जिसकी तूने कल्पना भी नहीं की होगी। वहां से तू लौटकर भी नहीं आना चाहेगी। बिल्कुल तेरे टेस्ट की जगह है।"

सुरेखा चल दी थी। उसने शिव के लौटने की प्रतीक्षा भी नहीं की-थी। सस्पेंस रास्ते भर उसके साथ चला था। मधुर पहेलियों के चक्रव्यूह में उलझा रही थी।आखिर में ये दोनों क्लब पहुंच गई थीं। क्लब के एक एकांत शांत कमरे में कालीन पर सफेद चांदनियां बिछाकर गावतकिये लगा दिए थे। कुछ लोग बैठे थे, अधिकतर शौकीन मिजाज लगने वाले चेहरे। बीच में तश्तरी पर पान रखे थे—झमझम करते चांदी के वर्क से लैस। एक तरफ बड़ा-सा 'थ्री इन वन' वाला स्टीरियो अपने बड़े-बड़े स्पीकरों के साथ सजा था। वे दोनों महिलाओं की पंक्ति में स्थान बनाती बैठ गईं। मधुर की आंखों में विजेता का-सा भाव था। फुसफुसाकर सुरेखा के कान में कह रही थी :

"सुरेखा, यहां अस्लम नाम के एक गायक का टेप सुनाया जाता है। तुझे शायद पता नहीं, आजकल का लेटेस्ट क्रेज है। यह पाकिस्तान का मशहूर गायक है, क्या गाता है कम्बख्त! इस महफिल को लोग 'रंजिश क्लब' कहते हैं। वैसे तू तो कानून की बकबक में खोकर एकदम नीरस हो गई है। तुझे संगीत-वंगीत का कहां टाइम मिलता होगा?"

सुरेखा निर्विकार बैठी उसके विजेता-से चेहरे को खुशफहमी में रहने के लिए उकसा रही थी। सब लोग कायदे से बैठ गए थे और टेप चला दिया गया था। संगीत—विद्युत तरंगों की तरह ज्योतित होता-सा उस कमरे में फैलने लगा था। मधुरता की लहरों से प्राण फिर उद्वेलित हो उठे। चुने हुए शब्द जीवन को बदल पाने की सार्थकता लिए सामने जैसे आकार लेने लगे थे। आकार, जिसे जीवन कह सकते थे। कैसा आश्चर्य था, उस पतले प्लास्टिक के पट्टे से एक दुर्लभ रस की धार बह रही थी। शब्द, ध्वनि लहरों में बहकर जैसे एक 'साइकिल फोर्स' बन गए थे। आसपास एकदम शान्ति थी, एक मदहोश चुप्पी। कुछ लोग आंखें बंद किए थे, कुछ ऊंची सांसें ले रहे थे और कुछ ऐसे भी थे जो उबासियां मार रहे थे।

मधुर भी हलकी ऊंघ से भरी बैठी थी। उसके मुंह का भाव तब तक ऐसा था जैसा किसी बड़े रेस्तरां में बैठकर 'पॉप-म्यूजिक' सुनने जैसा होता है। सुरेखा जानती थी, संगीत और शब्द उसके ऊपर से गुजर रहे थे, वह 'रंजिश क्लब' आने को फैशन जानकर ही तो यहां आई थी। सुरेखा को लगा, वह संगीत उसकी धमनियों से बहने लगा था। उसी स्वर की सतह पर रुककर ही तो उसकी पहचान विलुप्त हो गई थी। उस दिन शिव और सुरेखा, द्रष्टा और श्रोता इसीमें लीन होकर भावना की सतह पर रुके थे और अपने बारे में कुछ सोच पाए थे। वह संगीत सुरेखा के लिए पुनरुक्ति है उस जीवन की, जिसे उसकी कल्पना ने उसके लिए सजन किया था। गजल के तैरते शब्द भी तो खुलकर उसे बहुत कुछ समझा रहे थे :

'वो गज़ल वालों का अस्लूब समझते होंगे,
चांद कहते हैं किसे खूब समझते होंगे,
कितनी मिलती है, मेरी गज़लों से तेरी सूरत,
लोग तुझको मेरा महबूब समझते होंगे!'

सुरेखा घर लौट आई थी, पर जैसे लौटी नहीं थी.—वह घटना और कुछ नहीं, उसकी भावनाओं का विन्यासमात्र ही तो था। खाने की मेज पर मम्मी ने बहुत कुछ कहा, पर क्या? सुरेखा ने सुना नहीं था। सुरेखा को लगा, जैसे मन में कुछ लहर-सी उठी थी और उस लहर ने मन की और सब आम भावनाओं को डुबा दिया था। मन का क्रोध जो मम्मी की बातों से उपजता था—खीझ, जो सहज हो आती थी। दुख, जो कभी छोड़ता नहीं था। सुरेखा को लगा, शिव की याद से जुड़ा यह संगीत एक अपूर्व सुख की अनुभूति था, जो उसे एक अवचेतन मूर्च्छना-भरी प्रसन्नता दे रहा था जिसमें घुलकर वह सब कष्टों से दूर हो रही थी।

मम्मी ने सुरेखा में गलतियां निकाल लेने का एक तरीका-सा बना लिया था। बस, उसीका सहारा लेकर, सुरेखा के व्यवहार की खटाखट आलोचना कर जाती थीं। पर अब सुरेखा लापरवाह हो गई थी। मम्मी की सारी बातें वह अपने भीतर नहीं आने देती थी। उन बातों से अब तक जो क्षति हो चुकी थी,

वह काफी थी। उसे चुप से चुपतर होते देख मम्मी की वाचालता भी अब थमने लग गई थी। पर मौका हाथ में आते ही वह किसी बिजली के करंट-सी तेज नुकीली बकवास को हाथ में लेकर सुरेखा के मन को चीर जाती।

शिव के साथ एक केस के लिए मद्रास जाना था, बात घर में उठाते ही मम्मी की आलोचना पार करने के लिए सुरेखा जैसे संभलकर बैठ गई थी। सुरेखा ने पापा को बताया था कि वह शिव के साथ मद्रास जाना चाहती है। एक केस है, उसीने प्रा तैयार किया है। प्लीड चाहे वह नहीं कर रही पर अच्छा तजुर्बा रहेगा और सैर भी हो जाएगी। पापा ने कुछ देर सोचना चाहा था—मम्मी ने अपना वक्तव्य दे डाला :

"पागल हुई है सुरेखा? इतनी दूर जाएगी शिव के साथ? सभी तो जानते हैं, उसकी अपनी बीवी से बनती नहीं है। तू जवान जहान, लोग क्या कहेंगे? शादी नहीं बेटी की और ऐसे 'ना बाबा ना, सब मुझे ही दोष देंगे—मैंने देखभाल नहीं की, लड़की हाथ से निकल गई।"

सुरेखा का मुंह अपमान और क्रोध से काला पड़ गया था। उसका रोंया-रोंया जल रहा था। उसने पापा की तरफ देखा, वह भी हतप्रभ से थे पर थोड़ा-सा सिर हिलाकर कह रहे थे :

"चिन्ता नहीं करो। सुरेखा समझदार है—अपना अच्छा-बुरा समझती है। और फिर मेरी बहन की शिक्षा मिली है उसे। सुरेखा कभी गलत कदम नहीं उठाएगी।"

"ओहो बड़ा घमंड है अपनी बहन की शिक्षा का! यदु का नतीजा तो देख ही लिया। अभी परसों ही तो चिट्ठी आई है। 'कॉल गर्ल' घर ले आया है—न शादी की न ब्याह, औरत बन गई। मां-बाप संस्कार लिए टापते रह गए—और लड़का अंगूठा दिखाकर यह जा, वह जा!"

"चुप रहो—राजरानी, हर समय हर बात का मजाक शोभा नहीं देता। वह बेचारे बहुत दुखी हैं, औलाद के आगे कौन नहीं हारा? यदु को चिट्ठी मैंने भी लिखी है, कहा है, मेरे पास लेकर आ उसे, मैं बात करूंगा—शरीफों की तरह रहे, ब्याह करे।"

सुरेखा हत्प्रभ उस वार्तालाप को सुन रही थी। न, यदु ऐसा नहीं कर सकता। सीधा-सादा यदु अवश्य ही उस लड़की के चक्कर में आ गया होगा।

बाबूजी का एकमात्र सपना यदु—कितना कष्ट हुआ होगा उन्हें! मां के इतने अरमान थे अपनी भावी बहू के लिए, कितना टूटे होंगे वे दोनों!

मम्मी बड़बड़ाती हुई भीतर चली गईं, वैसे भी उस दिन वह बहुत व्यस्त थीं, उनकी कुछ सहेलियां आने वाली थीं और उन्हें खाना तैयार करवाना था। शाम को ही वह सुरेखा को बता च की थीं। पापा ने ही फिर कहा :

"देख लो सुरेखा, जाना है तो जरूर जाओ, यह तुम्हारे कैरियर का सवाल है। तुम ठीक से अपने पैरों पर खड़ी हो जाओ, यही मेरी इच्छा है।"

सुरेखा को अपने प्रश्न का उत्तर मिल गया था, वह खुश थी कि पापा उसकी चिन्ता करने लगे हैं। पापा भी चाहते हैं कि वह अपने पैरों पर खड़ी हो जाए। सो जाकर मम्मी के खाने-पीने के काम में लग गई। किचन में जाकर व्यस्त हो गई।

साढ़े ग्यारह तक मम्मी की सहेलियां ड्राइंगरूम में जमा होने लगी थीं। तरह-तरह के वार्तालाप हवा में उछल रहे थे। सुरेखा के मन में यदु के ही सवाल घुमड़ रहे थे—कैसा होगा यदु? क्या सोचकर यह कदम उठाया होगा उसने? कैसी होगी वह लड़की? क्या कर सकती है सुरेखा?

"अरे तू घर में कैसे है, कोर्ट नहीं गई? आ, हम लोगों के पास बैठ न। कभी तो हैल्थ क्लब आया कर। तुझे तो अपने शरीर को देखने, संवारने का भी शौक नहीं।"

विपुला आंटी पास आकर सुरेखा से ही कह रही थीं। वह चौंककर जैसे मुश्किल से यदु को अपने से अलग कर पाई थी। विपुला आंटी के पीछे वह ड्राइंगरूम में चली गई। सबको नमस्ते की—कुछ ने ध्यान से देखा, कुछ ने कौतूहल से देखा और कुछ ने उसकी ओर देखा ही नहीं। मम्मी का खूब जाना-माना फैशनेबल महिलाओं का ग्रुप था। सब ही चालीस या उसके ऊपर की महिलाएं थीं। हाथ से छूटते यौवन को पकड़कर रहने के प्रयास में अपने को सजाती-संवारती शोख, फैशनेबल कपड़े पहनती ये महिलाएं 'हैल्थ क्लब'

और 'ब्यूटी पार्लरों' की दास हो चुकी थीं।

सुरेखा जिस महिला के पास बैठी थी, वह एक के बाद एक सिगरेट पी रही थी। उसके सिगरेट विलायती थे और साड़ी का देशीपन होते हुए भी वह खूब विलायती रंग में रंगी थी। बात करने के ही लिए सुरेखा ने कहा :

"आंटी, आप इतनी सिगरेट क्यों पीती हैं? सेहत के लिए नुकसानदेह है यह।"

"आंटी, हं! आंटी! —मैं कोई आंटी-वांटी नही हूं—कौल मी मिसेज सेठ।"

"जी, मिसेज सेठ!"

"दैट इज राइट—मैं क्या तुम्हें आंटी लगती हूं—हां, अब पूछो, सिगरेट क्यों पीती हूं। सिगरेट मुझे स्लिम रखता है। जब भी भूख लगती है, सिगरेट पी लेती हूं—सिगरेट मुझे खूब रिलेक्सेशन देता है। जब भी टैस होती हूं, सिगरेट पिया, उलझन दूर हो जाती है, दिमाग हलका हो जाता है।"

उसके बाद मिसेज सेठ मुड़कर मंजीत से सिगरेट के बढ़ते हुए दामों पर बातचीत करने लगी। फिर चर्चा का विषय अखबार में किसने क्या पढ़ा, चीनी कितनी महंगी है, कितनी चोरियां हुईं और कितने बलात्कार के किस्से एक महीने के भीतर पड़ चुकी हैं—बना था। किसीने आसाम के राज्य में विदेशी नागरिकों की समस्या का हल नहीं खोजा, न ही उसपर बात की। उनमें से किसीको भी 'रोहिणी' नामक उपग्रह या सैटेलाइट की तीस परिक्रमाओं के पूरी कर लेने में दिलचस्पी नहीं थी। ओलम्पिक कब शुरू हो रहे हैं, उनके लिए जानना जरूरी नहीं था। उनकी चिन्ता सोने और चांदी के बढ़ते भावों तक सीमित थी या कौन-सा परिवार कब कैसे टूटा, किस पति-पत्नी के संबंध खराब हए या फिर किसने अपनी बेटी या बेटे की शादी में कितना दिया, कितना लिया। पता नहीं कैसे वार्तालाप का रुख बदलकर सुरेखा तक आ गया। मम्मी ने ही कहा :

"हमारी सुरेखा तो भई, खूब बड़ी वकील हो गई है। कानपुर ही नहीं, अब तो मद्रास जा रही है केस लड़ने।"

दो-तीन हाय-हूय के बाद मीना डे कह रही थीं :

"खूब एक्साइटिंग होगा तुम्हारा काम भी, रोज नये लोगों से मिलनाजुलना—खास तौर पर उनसे, जो जुर्म करते हैं—क्रिमिनल्स। कैसा लगता है?"

"बहुत अच्छा लगता है आंटी-नो, मिसेज डे, बहुत इंटरेस्टिंग लगता है, हर नया केस मुझे एक नई तरह से सोचने का फील्ड देता है। मुझे लगता है, मैं एक नई दुनिया में जीने लगी हूं—एक नयापन हर बार सामने आता है।"

"शादी-वादी कब करोगी—सुरेखा?"

"अभी तो नहीं विपुला आंटी, पहले पूरी तरह कुछ बन तो जाऊं, उसके बाद सोच लूंगी।"

"फिर देर हो जाएगी, सुरेखा-और हो भी तो तुम शिव के साथ, बेहद बोर और सीरियस आदमी है वह। किसीको लिफ्ट नहीं देता। और वह उसकी फैशन माडल बीवी, न उसे जीने देती है न मरने देती है।" विपुला आंटी ने कहा।

"आंटी, प्लीज, मैं शिव की जूनियर हूं।"

"जूनियर होना भी खूब रोमांटिक होता है।" मिसेज सेठ के सिगरेट के धुएं से अब तक सुरेखा परेशान हो गई थी। वैसे भी उसे उठना था। ताश की टेबल लग चुकी थी और वे सब अपने-अपने बटुए संभालकर बैठ रही थीं। मम्मी का स्वर अब भी सुन सकती थी वह :

"क्या करें, बाप ने कितनी कोशिश की कि कहीं शादी हो जाए, पर किसीने पसन्द ही नहीं किया। हम तो पैसे वगैरा देकर के भी तैयार थे, पर कहीं बात नहीं बनी। हारकर बाप ने वकालत करने की इजाजत दे दी। क्या करें, हर वक्त घर पर जवान लड़की बैठाकर चैन भी तो नहीं आता था। मजबूरी है, गले पड़ा ढोल तो बजाना पड़ता ही है।"

सुरेखा अपने कमरे में चली गई। सूटकेस निकालकर कपड़े रखने लगी। उसे अपने होने के बोझ का एहसास फिर सताने लगा और साथ ही यदु की याद फिर से मन में घुमड़ने लगी। पता नहीं, कौन किस परिस्थिति में होता है कि कदम कुछ ऐसी दिशाएं ले लेते हैं जो समाज स्वीकार नहीं करता।

उनका जहाज धरती छोड़कर उड़ गया था। सुरेखा पहली बार जहाज में बैठी थी, और शायद पहली बार शिव के साथ अकेली थी। अपने इस 'टू इन वन' एक्सपीरियंस को हलकी प्रसन्नता के साथ संजो रही थी। अपनी उसी गंभीर मुद्रा में शिव टाइप किए हुए कुछ कागज पढ़ रहा था। सुरेखा भी अपने आगे की सीट में लगे झोले से अखबार निकालकर पढ़ना चाहती थी, पर मन बाहर बादलों से आंखमिचौनी खेलते नये-नये दृश्यों में उलझा था। सुरेखा का मन भी तो प्रसन्नता से ऐसे ही बिखरा जा रहा था। शिव से अधिक वार्तालाप तो कभी नहीं होता था पर उस पल उसकी चुप्पी सुरेखा को अच्छी नहीं लग रही थी। वह सोच रही थी कि शिव साथ है। धरती की सतह दूर छूट गई है। मद्धम-सा संगीत है। बाहर का दृश्य अनुपम है, और शिव है कि अब भी केस के दांव-पेच में उलझा है। "आप धूम्रपान कर सकते हैं," सुनते ही शिव ने अपना सिगार निकाला और उसके धुएं में हलके से संतोष के साथ गुम होने लगा।

मुस्कानों से सजी एयर होस्टेसेज इधर-उधर आ-जा रही थीं। उनकी चुस्त चाल और एक ही प्रकार की मुस्कान हर यात्री के हिस्से आती थी। खाने की ट्रे सबको बांटती वे खूब मुस्तैदी से घूम रही थीं। सुरेखा को अच्छा लग रहा था, वह हर चीज खुब स्वाद से खा रही थी और यात्रा के उस पल को पूरा जीना चाहती थी। खाते समय भी शिव चुप थे। जूठी ट्रे उठा ली गई थी और एयर होस्टेसेज अपना काम निबटाकर इधर-उधर बैठ गई थीं—आम तौर पर लोग ऊंघने लगे थे—अभी तक घंटा बाकी था पहुंचने में। एक एयर होस्टेस सुरेखा के पास वाली कुर्सी पर बैठ गई थी—बैठकर कहने लगी :

"आर यू अ.फिल्म स्टार?"

सुरेखा ने इधर-उधर देखा, आसपास और कोई लड़की नहीं थी—तो वह जोर से हंस दी थी :

"क्यों मजाक करती हैं आप?" और उसके होंठ क्रोध से फड़फड़ाने लगे थे।

"यू हैव लवली फीचर्स। आपकी आंखें तो बहुत खूबसूरत हैं और फिगर भी। आमतौर पर हमारी फ्लाइट पर वाराणसी से लौटती हुई साउथ की एक्ट्रेसेज जाती हैं, उनका काम्प्लैक्शन साफ नहीं होता। आपकी ग्रेस

और स्मार्टनेस से मैं प्रभावित हुई थी, तभी आपसे पूछा, प्लीज मांइड नहीं कीजिएगा, बुराई नहीं कर रही आपकी।"

वह क्षमा मांगती-सी मुद्रा में देखती रही और सुरेखा का गुस्सा उतर गया, फिर इधर-उधर की बातें होती रहीं। अपना और शिव का परिचय दिया सुरेखा ने और बताती रही, वे क्यों मद्रास जा रहे थे। सब कुछ जानकर वह होस्टेस खूब प्रसन्न हुई, वह भी दिल्ली की थी, अपना पता लिखकर कागज पर दे गई, कि जब भी सुरेखा दिल्ली आए तो उससे मिले। किसीकी सीट पर की बत्ती कई बार जल चुकी थी, अतः वह उठकर चली गई। शिव तब तक हाथ का कागज पढ़ चुके थे और चुपचाप आंखें मं दे बैठे थे। शिव से कहां से वार्तालाप शुरू करे, यही सोचती बैठी थी सुरेखा कि शिव ही कहने लगे :

"काफी दोस्ती कर ली इस एयर होस्टेस से, क्या कह रही थी तुम्हें? फिल्म स्टार..."

सुरेखा एकदम लाल हो उठी थी। उसे लगा, उसके सांवले सादे रूप का अपमान शिव भी कर रहे थे।

"आप तो, ऐसा नहीं कहिए। मेरे जीवन में मेरे रूप को लेकर बहुत-से इलजाम हैं, पर क्या करूं? भगवान ने जैसा भी बनाया।"

उसका हाथ कुर्सी पर रखे सुरेखा के हाथ को सहला रहा था :

"बुरा क्या कहा सुरेखा उसने? तुमने अपने को अंडर एस्टीमेट करने की आदत बना ली है। हर बात के लिए अपने को छोटा मानने लगती हो। तुम बहुत चार्मिंग हो सुरेखा · · वैरी चार्मिंग, किसी भी एक्ट्रेस से कम नहीं हो। मेरा विश्वास करो, मैं झूठ नहीं कहता।"

वातावरण का इतना हल्का हो जाना जैसे अच्छा नहीं लगा था। शिव का इस तरह साधारण हो आना भी अच्छा नहीं लगा था। सुरेखा उठकर चल दी थी। बाथरूम के निकट वही एयर होस्टेस फिर मिल गई थी... उसीसे गपशप करके सुरेखा ने समय को बीत जाने दिया था। बाकी याता के बीच शिव या तो केस के बारे में बात करते रहे या चुप रहे।

जहाज मद्रास की धरती पर उतर रहा था, सुरेखा का दिल बैठा जा

रहा था, आंखें मूंदे वह भगवान को याद कर रही थी। शिव ने हाथ पकड़कर हिलाया था :

"डर रही हो क्या? अब डर कैसा? अब तो पहुंच गए सुरेखा, चलो...।"

उसका हाथ स्नेह से भरा था और सुरेखा को उस स्पर्श से सान्त्वना मिल रही थी। हवाई अड्डे पर उनके होस्ट लेने आए हुए थे, वहां से होटल पहुंचने में असुविधा नहीं हुई। सुरेखा को सब कुछ नया-नया लग रहा था, जैसे सब कुछ सुरेखा के साथ नहीं, किसी और के साथ घट रहा था। होटल के दो अलग कमरों में बुकिंग थी, एक ही लिफ्ट में वे लोग ऊपर आ गए थे, सामान कमरों में चला गया था। शाम हो चली थी, पूरा दिन सफर में बीत गया था, शिव के चेहरे पर थकान झलक रही थी। पर सुरेखा पूरी तरह तरोताजा थी, उसका मन ताजे फूल की तरह महक रहा था। होटल का कमरा काफी अच्छा था, आरामदेह। सुरेखा अपना सामान टिकाकर हाथ-मुंह धोकर, कपड़े बदलकर तैयार हो गई थी। काली शिफौन पर पीले फूल छपे थे—यह साड़ी सुरेखा को बहुत पसन्द थी, वही पहन ली थी। पहली बार बालों को जड़े में बांधा था और हलका-सा मेकअप किया था। शिव के साथ, इतने बड़े होटल में डिनर के लिए बैठना था। शिव ने आठ बजे कमरे में आने को कहा था, उस समय केवल सात ही बजे थे। इतनी जल्दी तैयार हो गई थी सुरेखा, पर्स उठाकर बाहर आ गई थी। लॉबी में खूब चहल-पहल थी—देशी-विदेशी चेहरे, तरह-तरह के फैशन, उनको आते-जाते देखना ही काफी अच्छा लग रहा था। वह घूमती हुई बुक स्टाल तक आ गई थी। वहीं जाकर किताबें देखने लग गई थी, किसीके हाथ का स्पर्श कंधे पर महसूस हुआ, मुड़कर देखा तो शिव था—सूरेखा सकपका गई। शिव की आंखों में सुरेखा के लिए एक भाव तैर आया था, शिव ने कहा :

"तुम्हारे कमरे में फोन करता रहा, फोन की घंटी बजती रही, बजती रही, कोई उठा नहीं रहा था। सोचा, तुम किसी मुश्किल में न हो, इसलिए खोजता हुआ यहां तक चला आया। आर यू ओ० के०? कोई तकलीफ तो नहीं है?"

"नहीं, ऐसा कुछ नहीं है, मुझ क्या तकलीफ होगी भला?"

"चाय पी क्या?"

"हां, कमरे में मंगा ली थी।"

सुरेखा के हाथ में तब भी दो-तीन किताबें थीं। शिव ने मुड़कर किताबें उसके हाथ से ले लीं और बिना कुछ कहे पैसे चुकाकर किताबों का पैकेट ले आए। कुछ कहने को होंठ खुले थे पर शिव ने एक हलके स्पर्श से उसे रोक दिया था। सुरेखा को लग रहा था, वह एक नये संसार में थी, एक नई दुनिया ने उसके लिए जन्म लिया था।

"आज शाम खाली है, कल से तो केस में लग जाएंगे, सुबह आठ बजे गोपीराव आ जाएंगे। चलो सुरेखा, कहीं घूम आते हैं।"

किताबों का पैकेट होटल के रिसेप्शन काउण्टर पर छोड़ दिया था और वे दोनों बाहर आ गए थे। शाम में रात के रंग घुल रहे थे, उजालेअंधेरे का मिलन हो रहा था।

टैक्सी का दरवाजा शिव ने ही खोला थ। सुरेखा के बैठ जाने पर शिव स्वयं बैठा था। उसने टैक्सी ड्राइवर को समुद्र-तट पर ले जाने को कहा,टैक्सी वाले के चहरे पर कोई भाव नहीं था। वह चल दिया था,शीशे चढ़े थे। गर्म हवाएं दूर ही थीं। पर भीतर जैसे कुछ तप रहा था, शिव सिगार जलाने में व्यस्त थे और सुरेखा बाहर का दृश्य देख रही थी। जगमग करते चटख रंगों से सजे बाजार थे और बूढ़ी से लेकर नन्ही बालिकाओं के बालों में लगे फूलों के गजरे खूब अच्छे लग रहे थे। सारे नजारे आंखों से फिसल रहे थे। आखिरकार टैक्सी रुकी और वे समुद्र-तट पर आ गए थे। 'मरीना बीच' कहलाता था वह तट। चारों तरफ काफी भीड़ थी। एक ओर अनजाना, अजनबी शहर ढेर-सी बत्तियों से बिखरा जैसे किसी खुशी का जशन मना रहा था। दूसरी ओर दूर तक फैला हुआ सागर क्षितिज को छूता, सुरेखा की कल्पना की उड़ान पर जैसे जोर से अट्टहास-सा कर रहा था। पानी का यह फैलापन उसे बहुत अच्छा लगा था। सागर की कल्पना तो बहुत बार की थी, परन्तु सागर को देखा पहली बार था। शिव और सुरेखा उसी सागर के किनारे साथ-साथ खड़े थे, जिसे सुरेखा ने अपनी कल्पना में बहुत बार देखा था।

शिव सिगार पीते कम थे, उसे जलाते अधिक थे, इसलिए भी शायद वह बहुत कम बोलते थे। सुरेखा समुद्र की लहरों को उठाकर अपने हाथों पर और शरीर पर झेलना चाहती थी, पर शिव के सामने उसे संयत रह जाना पड़ा। समुद्र की ओर देखकर वह सोचती रही, सागर पास होकर भी, मुझसे इतना दूर क्यों है?

रेत पर खुला समुद्र लहरों में बहकर आता, शोर मचाता, सुरेखा को आमंत्रण देता रहा, सुरेखा शालीनता से अपनी साड़ी के चुन्नट एक हाथ से थोड़ा ऊपर उठाए, शिव के साथ-साथ चल रही थी। शिव रुककर एक बड़े पत्थर पर बैठ गए, सुरेखा भी उनसे कुछ हटकर रेत पर ही बैठ गई। शिव ही ने पूछा :

"कैसा लग रहा है सुरेखा? समुद्र को पहले कभी देखा है?"

"नहीं, यह पहला अवसर है।"

"यहां बैठकर पूरे क्षितिज को देखा जा सकता है—दूर तक।"

"मुझे तो क्षितिज को देखना नहीं है। मैं तो समुद्र को प्यार करती हूं। मेरा ऐसा विचार है कि क्षितिज की कल्पना ही मन में रहे तो अच्छा है। क्योंकि क्षितिज एक छोर है, अंत है। वह सागर को बादलों से जोड़ता है और एक किनारे पर सागर के अस्तित्व को आकाश में बदल देता है क्षितिज। न, आप भी क्षितिज को नहीं देखिए। वह और कुछ नहीं, समाप्ति की एक रेखा है।"

"नहीं सुरेखा, क्षितिज अंत नहीं है। क्षितिज विस्तार है, क्षितिज एक जीवन्त रेखा है—जहां धरती और आकाश का मिलन होता है। और मिलन ही तो जीवन है, जीवन का स्पन्दन है।"

शिव मुड़कर सुरेखा के बिल्कुल सामने हो गए थे। उनकी आंखें सुरेखा पर टिकी थीं। सुरेखा उन आंखों में तिरता हुआ एक स्वप्न देख रही थी। वह स्वप्न उसे बांध रहा था। सुरेखा ने अपने को शिव के भावनाकाश में उन्मुक्त छोड़ दिया था। उनका हाथ सुरेखा के कंधे छूता हुआ उसकी पीठ पर आ गया था। हल्के झटके से शिव ने उसे अपनी ओर मोड़ लिया था। सुरेखा की मुंदी हुई आंखों पर शिव के गर्म होंठ अपनी छाप लगा रहे थे। सुरेखा का पूरा शरीर एक लहर बन गया था। सागर के तट पर टिकी हुई वह एक लहर, जो हर पल

हर क्षण अपने समुद्र में समर्पित होती है।

सुबह ही गोपीराव आ गए थे, भावनाओं की जो आकृति सुरेखा और शिव के बीच बनी थी, वह धमिल होने लगी। फिर से काम का व्यावहारिक रूखापन फैल गया। कैस तैयार था। मशीन की तरह सुरेखा लिख रही थी : 'मद्रास बिल्डिंग्स : लीज एंड रेंट कण्ट्रोल : ऐक्ट १९६० धारा ४ (३) (ख) (i) और (ii) निर्माण की लागत से मूल लागत अभिप्रेत है या अधिनियम के अनुसार उसका बाजार मूल्य (मूल लागत है)।'

केस ठीक से निकल गया। गोपीराव की पूरी जायदाद चालीस साल से छोटे-छोटे किरायेदारों के बीच बंटकर समाप्त हो रही थी क्योंकि किरायेदार रेंट कण्ट्रोल में जाकर गोपीराव को बहुत कम पैसा दे रहे थे। गोपीराव की वह जायदाद करोडों की थी। फैसला अपने हक में हो जाने पर गोपीराव बहुत खुश थे—और बार-बार शिव और सुरेखा के प्रति कृतज्ञता जता रहे थे।

मद्रास का काम समाप्त हो जाने पर गोपीराव ने शिव और सुरेखा के लिए 'कोवलम' की सीटें रिजर्व करा दी। सुरेखा ने तो कहा था कि वह दिल्ली लौट जाती है, पर शिव नहीं माने। कहते रहे, साथ आए हैं, साथ रहेंगे और साथ ही वापस चलेंगे। काम के साथ छुट्टी जोड़कर शिव आराम भी कर लेना चाहते थे। मद्रास से हवाई जहाज द्वारा वे त्रिवेन्द्रम तक पहुंचे और फिर दोपहर के खाने से पहले वे लोग कोवलम पहुंच गए। कोवलम के होटल में पैर रखते ही सुरेखा को लगा, वह सपनों के देश में आ गई है। बड़ा दिलचस्प और आकर्षक स्थल था। चारों ओर अपनी सारी विशालता के साथ समुद्र ही समुद्र फैला था। हरे-भरे रंग-बिरंगे पत्तों के बड़े-बड़े पेड़नुमा क्रोटन थे। पूरे होटल को घेरे हुए थे। नारियल, सूपारी, काली मिर्च के पौधे पहली बार देखे थे सुरेखा ने। वह ख ब उत्सुकता से भरी हरेक पेड़-पौधे को देख रही थी। होटल के भीतर भी अधिकतर सज्जा नारियल की रस्सी या जूट की बनी वस्तुओं की थी। शंखों सीपियों को मिलाकर चित्र बना दिए गए थे। उन्हें देखकर समुद्र के पास जीने

का भ्रम हर पल साथ रहता था। मजे की बात यह थी कि होटल के सबसे ऊपरी भाग यानी चौथी मंजिल पर कार रुकती थी, और कमरों के लिए नीचे जाना होता था। दूसरी मंजिल पर 'स्विमिंग पूल' था—साफ, स्वच्छ, निमंत्रण देता हुआ पानी उसमें भरा था। हरेक कमरे की बालकनी से समुद्र को देखा जा सकता था। उछलती हुई लहरें, गड़गड़ाता हुआ जल था फिर भी कितनी शांति, कितनी चुप्पी थी पूरे वातावरण में! खाने का समय हो चुका था। शिव का विचार था कि पहले खाना खा लिया जाए। खाना खाने का सुरेखा का बिल्कुल मन नहीं था, वह भागकर समुद्र-तट पर नंगे पैर लहरों से टकराती उन्हें पकड़ती घूमना चाहती थी।

खाने के बाद शिव अपने कमरे में आराम करने चले गए और सुरेखा उनका सामान व्यवस्थित करके बाहर आ गई। समुद्र का विस्तार उसे बला रहा था। होटल से समुद्र तक जाने के लिए सीढ़ियां थीं। सीढ़ियां पत्थरों से कटकर बनाई गई थीं। सुरेखा अपनी चप्पल कमरे में छोड़ आई थी। अतः पत्थर पैरों में चुभते जा रहे थे। वह धीरे-धीरे संभलकर उतर रही थी।

"क्या समुद्र के पास जा रही हो?"

एक आवाज उसे रोक रही थी। सुरेखा ने इधर-उधर देखा, थोड़ी ही दूर पत्थरों को जोड़कर बनाई हुई बेंच पर एक मद्रासी लड़की बैठी थी। बहुत गहरे हरे रंग की साड़ी और उतना ही गहरा चेहरे का रंग। सुरेखा का मन हुआ, उसे टाल जाए और समुद्र के पास जल्दी-से-जल्दी पहुंच जाए। पर इस समय उसका मन धरती के हर कण से मित्रता करने का हो रहा था। वह अपने नुकीले पत्थर को छोड़कर उसके निकट चली गई। वह पत्थर पर बैठती बोली, "हां, समुद्र के पास जा रही थी। आपने टोका क्यों? अब थोड़ा रुककर जाऊंगी...।"

"मैंने टोका इसलिए कि समुद्र आज बहुत रफ है। कल पूरी रात बारिश हुई है। आप जाएं तो संभलकर, हो सके तो न जाएं। वैसे वहां पुलिस वाले होते हैं। आपको रोक लेंगे।"

जुलाई का महीना था। बारिशें हो ही रही थीं। उस समय भी आकाश साफ नहीं था। सुरेखा सोच रही थी, 'मेरा समुद्र से मिलना इतना कठिन क्यों

है? कितने व्यवधान बीच में आ रहे थे! इतना ही दुर्लभ है समुद्र से प्रेम करना तो समुद्र इतना आकर्षित क्यों करता है मुझे?'

"आप नाराज हैं, कुछ बोल नहीं रहीं।"

उसने सुरेखा के विचारों को फिर से तितर-बितर किया।

"नहीं, नाराजगी की तो कोई बात नहीं। सोच रही थी, इतनी दूर से आई हूं, समुद्र के पास गए बिना ही लौट जाऊं?" सुरेखा ने पहली बार अपने पास बैठी उस महिला को जैसे देखने के लिए देखा। खब काला रंग, उसीकी उम्र की रही होगी। चेहरे पर बहुत-सी क्रीम लगाकर पाउडर से उसे ढका हुआ था। अजीब-सा सफेद रंग उसके चेहरे का था—जिसपर चिकने हो आए क्रीम-पाउडरविहीन कान और गरदन उसका भेद खोल रहे थे। लम्बे काले घुंघराले बाल उसने कंधे पर खुले छोड़े हुए थे।

"आप यहीं की रहने वाली हैं?"

"हूं तो केरला की ही, पर—यहां पहली बार आई हूं। हम लोग बम्बई में रहते हैं। मैं तो पैदा भी उत्तर भारत में हुई थी। मेरी तो सारी सहेलियां यहीं की हैं या सिंधी हैं।"

"तभी आप इतनी अच्छी हिन्दी बोलती हैं।"

"मुझे मलयालम बोलनी ही नहीं आती। मैं तो घर में बिल्कुल अलग हूं। बहुत बार लोग यही समझते हैं कि मैं पंजाबी हूं, क्योंकि मैं ज्यादातर सलवार-कुर्ता पहनती हूं। बम्बई में तो कोई नहीं मानता, मैं साउथ इंडियन हूं। घर में हम आपस में अंग्रेजी बोलते हैं। खाना-पीना भी हमारा बिल्कुल उत्तर भारत का है। वी हैव चेन्ज्ड कम्प्लीटली।"

उसके चेहरे पर जो मुस्कान थी, उससे सुरेखा को लगा कि वह बारबार यह जताकर कि वह उत्तर भारत की लड़कियों की तरह है, अपना मद्रासी होने का एक कॉम्प्लैक्स है जो छुपाना चाहती है। चेहरे पर इतना कुछ पोतकर वह अपना दक्षिण भारतीय रंग छुपाना चाहती है। खूब साफ हिन्दी बोलती है, अपनी मातृभाषा नहीं बोल सकती, इस बात पर गर्व कर रही है।

"आपने नाम नहीं बताया..."

"सुरेखा, और आप?"

"मृणालिनी।"

"बड़ा खूबसूरत नाम है आपका। अच्छा मृणालिनी, फिर मिलेंगे। अभी हम हैं यहां दो दिन। मैं चलं, समुद्र तक तो मुझे जाना ही है।"

"वैसे बातें करते हैं। समुद्र तक तुम्हें वहां का पुलिस वाला जाने नहीं देगा। यहीं बैठो, खूब अच्छा व्यू है यहां से।"

"नहीं, मैं तो समुद्र को छूना चाहती हूं, बांहों में भरना चाहती हूं। समुद्र से दूर रहकर उसकी कल्पना तो मैं बहुत बार कर चुकी हूं—आज, एक बार ही सही, उसे छूकर पास से देख पाने की मेरी इच्छा को किसी भी दुनिया का सिपाही रोक नहीं पाएगा, तुम देख लेना।"

सुरेखा की आंखों में एक दढ़ संकल्प था--एक अजीब विश्वास-भरी जिद थी। मृणालिनी ने फिर उसे टोकना चाहा :

"समुद्र के पानी से सारा शरीर काला ही नहीं, नीला पड़ जाता है। अपना कॉम्प्लैक्शन खराब नहीं करना सुरेखा!"

उसे कॉम्प्लैक्शन की पड़ी है—और सुरेखा का मन खिचता हुआ लहरों के साथ डोलने को आतुर है। सुरेखा जल्दी-जल्दी अपने पीछे मृणालिनी के संवादों को बिखरता छोड़कर समुद्र के तट पर पहुंच गई। पुलिस के तम्बू का परदा पड़ा था। पता नहीं, उसे किसीने देखा या नहीं। हां, उसे किसीने रोका नहीं। समुद्र का खुला तट था, कोई दीवार नहीं, कोई बंधन नहीं था। उन्मुक्त लहरें जोर के उछलकर आतीं, सुरेखा के पैरों से टकरातीं और जब लौटतीं तो सुरेखा भी अपना संतुलन खोकर उनके साथ बढ़ने को हो आती। पैरों तले की बालू लहरों के साथ खिसकती थी। सुरेखा को गुदगुदाती हुई लहरें एक बार फिर उसे वापस फेंक आतीं। नन्हे-नन्हे शंख-सीपियां तट पर बिखर आते। एक-दो बार लहरों के तेज टकराव से लड़खड़ाकर सुरेखा गिर भी चुकी थी। पर सागर का आकर्षण उसे जकड़े था। एक अनुपम आह्लाद इस पल तन-मन पर सवार था। वह पूरी तरह भीग चुकी थी। पानी इतना ठंडा था कि कंपकंपी हो आती थी। सुरेखा अपने आंचल के छोर में शंख-सीपियां खोजकर बांधती

जा रही थी। सीपियों की खोज में एकबार झुकी थी तो एक लहर बहुत तेजी से उसे समूचा ही गिराकर साथ ले गई काफी दूर तक। एक बार एक पल को सुरेखा को लगा कि बस, अब समुद्र उसे लील लेगा और वह किनारे तक कभी नहीं लौटेगी। पर फिर एक लहर हाथ पकड़कर उसे लौटा लाई थी। दोपहर शाम में बदल गई और झुटपुटा फैल आया। सुरेखा अपने नन्हे खेल में मस्त सीपियों-शंखों का खजाना बटोरती, एक लहर के जाने के बाद दूसरी लहर की प्रतीक्षा करती समुद्र के तट पर खोसी गई थी।

तभी दो सशक्त भुजाएं उसके कंधों को हिला रही थीं। वह एकाएक कांप गई, पुलिस वाला होगा। पर वहां शिव को देखकर एकाएक जैसे अपनी स्थिति का पता हो आया था। लगा, रात होने लगी है। वह कब, कैसे आया, वह स्वयं यहां कब से खड़ी है, उसे कुछ भी तो होश नहीं रहा था। पानी का शोर, सुरेखा का अपना खोयापन उसे एक हद तक बहरा किए था। वह मुड़कर शिव की ओर हो गई थी, वह बहुत पास था। शिव की गर्म सांसें उसके ठंडे हो आए चेहरे से टकरा रही थीं। सुरेखा का गीला तन उससे लिपट गया था। समुद्र की एक चंचल लहर उन दोनों से आकर टकरा गई थी। सुरेखा फिर से लड़खड़ाई थी पर इस बार शिव उसे संभाले था। उस अदभत पल में समुद्र साक्षी था, क्षितिज साक्षी था, कि सुरेखा समुद्र को समर्पित थी। और उस पल रेत के उस बिछौने पर सुरेखा को लगा था, जैसे उसकी सारी काया एक क्षीण-सी लहर में बदल गई है जो एक बार लहराकर समुद्र के विशाल वक्ष पर ढहरती, सिमटती अपना समूचा अस्तित्व समुद्र को समर्पित करके सुखी हो गई थी। खुले आंचल की सारी सीपियां आसपास बिखर गईं थीं। लग रहा था, सागर का वह तट उन्मुक्त हास्य से भर उठा है।

4

पापा की मृत्यु के बाद वह घर, वह शानदार हवेली जैसे मात्र दीवारों का कटघरा बनकर रह गया। उन दीवारों से मन उचटने लगा। स्नेह का एक ही

तो क्षीण संबल था। वह भी अब टूट गया। सुरेखा का स्वप्न उसे जकडता था। पापा, उसके सुख के बारे में सोचते पापा, सुरेखा के ब्याह के सपने देखते पापा, सूरेखा के कष्टों को ढाल की तरह ढकते पापा, एक दृश्य था, वह विलीन हो गया, बस कुछ नहीं बचा था। घर की बंद दीवारों में जैसे फड़फड़ाहट घुटने लगी और उस घर के अचानक हुए दृश्य-परिवर्तन पर सुरेखा मन-ही-मन टूटने लगी थी। भीतर का खालीपन अथाह लगता था। पापा के पास होने का एहसास उसके लिए ऊर्जा की तरह था जो उसमें निरंतर व्यक्त होता था। वह उसीके दम पर सफलता से अपना काम कर पाती थी। पर अब लग रहा था, खाली हो गई है।

घर में मेहमानों की भीड़ थी। बाबूजी, मां और मिन्ना भी दिल्ली से आए थे। दो साल बाद उनसे मिलना हो रहा था। मिन्ना खूब बड़ी हो गई थी। मां के आंचल में लेटकर बहुत अच्छा लगा था, सुरेखा रोती नहीं थी, जैसे आंसू जम गए हों। सुरेखा विचारों के एक तंतुजाल में फंसी थी। उलझनों के ढेर सारे बंधनों में कसी हुई थी, तनाव उसके स्नायु में उतर आया था। प्रायः मामा, मम्मी और घर के लोग एकसाथ बैठकर मीटिंग-सी करते थे। उस भीड़ में एक अकेलापन सुरेखा को कचोटता था। उसे लगता, जैसे एक बार फिर भाग्य के हाथों धोखा खा गई है। चाचाजी, बाबूजी, बड़े मामा, सब अपनी तरह से सुरेखा के भविष्य पर विचार कर लेना चाहते थे। पापा एक ढक्कन की तरह अब तक उसे ढांपे थे। उनके बाद जैसे वह उघड़कर अनावृत हो गई थी और सब ही अपनी तरह से, अपने विचारों से उसे ढांप रहे थे। पापा की वसीयत में उसका कोई नाम नहीं था...। सुरेखा सोच रही थी, ऐसे ही एक बार विदेश से पापा ने एक पत्र टेप पर रिकार्ड करके भेजा था। उसमें सबका नाम था, एक सुरेखा का नहीं था। और अब भी मृत्यु के उस क्षण में पापा ने उसे भुला दिया था, तो यह साफ जाहिर था कि सुरेखा उनके लिए कुछ भी नहीं थी।

सुरेखा तो पैसे के मामले में आत्मनिर्भर हो गई थी, शायद इसलिए? पैसे का मोह उसने कभी नहीं किया—पापा के पैसे का उपयोग उसके बचपन के लिए कभी नहीं हुआ। सुरेखा तो शुरू से अंत तक अपने लिए बस एक रास्ता तलाशती रही। और अब रास्ता मिला था, तो पापा चले गए थे। मम्मी अपनी

तरह से बहुत कुछ कह रही थीं। सुरेखा जानती थी, जो मम्मी स्नेह के दान में इतनी कृपण रही हैं, वे क्या अब सहारा बनेंगी! पर कहीं भूल जाती थी सुरेखा, मम्मी के व्यवहार ने उसका कितना उपकार किया था। उसके आगे बढ़ने के रास्ते को अवगत कराकर वही व्यवहार उसके आगे दाम्पत्य की एक छिछली, असंगत तसवीर से अवगत कराता था। सुरेखा सोचती जा रही थी--मम्मी का ऐसा व्यवहार उसे न मिलता तो वह भी आंख मंदकर किसी भी पुरुष से विवाह करके कब का एक घर बसा चुकी होती। उस पथ-प्रदर्शक दृष्टि के लिए, उसे लगा, मम्मी का उसे कृतज्ञ होना चाहिए था। वह लेटी हुई सोच रही थी, 'वसीयत में। अपना नाम आ जाने से मात्र यह विचार मुझे शांति देता, कि पापा ने मृत्यु के क्षण में भी मुझे याद रखा। पर यह भ्रम भी उन्होंने क्रूरता से मुझसे छीन लिया। कितना बेकार कर दिया पापा ने मेरे जन्म को!'

विचारों के रेले को एकाएक रोकती मिन्ना पास आकर लेट गई। एक तकिया पेट के नीचे दबाकर वह कुहनियों पर अपना चेहरा टिकाए एकटक सुरेखा को देख रही थी—कुछ देर चुप रही, फिर बोली :

"पूरा समय आप क्या सोचती रहती हो दीदी, क्या हाल बना लिया है अपना...?"

"मैं ठाक हं मिन्ना, और जल्दी ही और भी ठीक हो जाऊंगी। समय सारे घाव भर देता है। समय सारी याद समेटकर ले जाता है। देख, मैं अपनी मृत मां की क्या कभी याद करती हूं? ऐसे ही एक दिन पापा को भी भुला दूंगी। बहुत स्वार्थी हूं, हर संतान स्वार्थी होती है। जीवन में अपना स्थान बनते ही झट से जीवन देने वाले माता-पिता को भुला देती है। मैं भी तो वैसी हूं। जल्दी ही दुखों की ओर से आंखें बंद कर लूंगी। अंधेरा रह जाएगा, और मैं उस अंधेरे को पीठ दिखाकर चल दूंगी।"

"क्या कभी अंधेरे से दूर चली हो तुम दीदी ? मैंने तो तुम्हें बचपन से देखा है। हमेशा ही अनमना पाया है तुम्हें। तुमने अपनी मां की मौत से समझौता कभी नहीं किया। एक पल के लिए भी तुम उन्हें भुला नहीं सकीं। उस मृत परछाईं को तुमने पूरी तरह अपने जीवन पर छा जाने दिया। अपने हर

दुख-सुख को तुम उसी परछाईं के नीचे रखकर देखती रहीं। अपने स्वर को तुमने दब जाने दिया। अब इस मौत से तुम कितना समझौता करोगी, मैं नहीं जानती। इतना जानती हूं, यह मौत भीतर-ही-भीतर गहराई तक तोड़ गई है तुम्हें। तुम्हारा अंतर अस्त-व्यस्त हो उठा है और तुम खूब कोशिश में हो कि किसीको दिखे नहीं। इसीसे उसको सहेजने में व्यस्त हो।"

सुरेखा उसे आश्चर्य से देख रही थी।

"मुझे कितना जानने लगी है मिन्ना! कितनी बड़ी-बड़ी बातें करने लगी है मेरी नन्ही गुड़िया! अच्छा, सच-सच बता मिन्ना, क्या मैं बाहर से भी अधपगली या अस्तव्यस्त लगती हूं? ऐसा तो नहीं कि लोग पकड़कर मुझे पागलखाने में बंद कर दें और कहें, सुरेखा पागल है?" सुरेखा हंस भी रही थी, रो भी रही थी। उसका द्वन्द्व मन में कोल्हू की तरह चल रहा था, चल रहा था।

मिन्ना चाय के दो प्याले बना लाई थी। मिन्ना का एक नया परिचय मिल रहा था सुरेखा को। मिन्ना अब केवल बहन ही नहीं, मित्र भी थी। सुरेखा के भीतर झांकती, उसे पहचानने का प्रयास करती मिन्ना बहुत पास आ गई थी। और तो कोई नहीं रुका, किसीने नहीं पहचाना, न दुख बांटा, न सहानुभूति ही रही। शिव भी तो पूरी तरह दुनियावी बने रहे। दूर से ही अपनी सहृदयता का एक आधा वाक्य उसकी ओर उछालकर चले गए। अब मिन्ना ही थी जो उसे उसकी सही पहचान पकड़ा रही थी। वही उसे सहजता तक पहुंचा रही थी।

"तुम पागल नहीं हो सुरेखा दी...! पर अगर तुम ऐसे ही चलीं तो जरूर गड़बड़ होगी। सच-सच बताइए, जिन्दगी के प्रति आपके मन में इतनी उदासीनता क्यों है?"

"पता नहीं, मुझे क्या हुआ है! अपनी सूरत बहुत बार दर्पण में देख लेने पर भी कहां याद होती है मिन्ना? पर मुझे हर समय यही लगता है कि यह सब मेरे साथ नहीं, सुरेखा के साथ नहीं घट रहा है। मैं जैसे घटनाओं के इस क्रम से अलग जी रही हूं। यहां जो कुछ हो रहा है, वह जैसे सपने में हो रहा है, मेरे जीवन में नहीं। शायद मां की मृत्यु के साथ कुछ विध्वंस हुआ है। उस विध्वंस ने मेरे भीतर की उन भावनाओं को तोड़ा है जो सत्य की ओर ले जाती

हैं। अब लगता है, पापा के साथ भीतर फिर कुछ दोबारा मरा है, वह, जो पूरी तरह मुझसे अलग था। वह जीवन, जिसे मैंने आकार दिया था। अब मुझे ही जलाकर धुआं-धुआं कर गया है। मेरा मन चाहता है, भाग जाऊं, भाग भी रही हूं, पर मेरा यह भागना अपने-आपसे है, अपने मरते हुए मन से है। जाने कब दौड़ समाप्त होगी? किस दिन।"

मिन्ना ने सुरेखा के कांपते हाथ पकड़ लिए थे, फिर वे दोनों कुछ नहीं बोली थीं। शायद मिन्ना को प्रश्नों का उत्तर मिल रहा था। पता नहीं कितनी देर उसी तरह बैठी रहीं वे दोनों, खिड़कियों के परदों से लटकती धूप बेबसी से मुड़कर लौट गई थी। शाम के गहरे रंग धरती पर फैल रहे थे। परिवार के लोगों की पंचायत बैठने वाली थी। मौत एक शरीर की मौत नहीं होती, कितने ही रिश्तों की मौत होती है। कितने धीमे से कदम रखती आती है मौत, पर कितने बड़े धमाके को गुंजा जाती है कि उससे आत्मा भी बहरी होने लगती है। परिवार में कितना कुछ टूटता है मौत के साथ और कितने ही प्रश्न हैं जो सिर उठाकर खड़े हो जाते हैं। उस दिन भी कुछ निर्णय लिए जाते थे—कौन क्या करेगा, कहां जाएगा। एक-एक करके सब उसी कमरे में जमा हो गए थे—बाबूजी, मां, चाचा, बड़े मामा, मामी और मम्मी। हर बात में मौत गुंथी थी या आंसू। फिर एक सवाल सुरेखा के ऊपर टिका था, वह शादी क्यों नहीं करती? उन सबके विचार से इस वक्त सबसे गंभीर प्रश्न यही था। मामा की निगाह में अब भी एक लड़का था, पर सुरेखा के कान भी उस पल यह बात सुनने के लिए तैयार नहीं थे। बाबूजी ज्यादा सवाल कर रहे थे। प्रश्नों के साथ उत्तर भी जोड़कर उसे पकड़ा रहे थे। पर तब सुरेखा को उन उधार के उत्तरों की अपेक्षा नहीं थी। बाबूजी उसे दिल्ली लौट चलने का भी निमंत्रण दे रहे थे। पर कानपुर छोड़कर जाना अब सुरेखा के बस में नहीं था। यहां उसका काम था, भविष्य था, एक तय रास्ता था। सुरेखा को लगा, अब वह अपना फैसला औरों पर नहीं छोड़ेगी। सबने अपने फैसले देकर उसके पूरे जीवन को खिलवाड़ बना दिया था। अब अपने भविष्य के नये रेखाचित्र में वह किसीके निर्णय की अपेक्षा नहीं करेगी। कानपुर

में अपने उसी घर में मम्मी के साथ रहने में उसे कोई एतराज नहीं था पर मम्मी उसके साथ नहीं रहना चाहती थीं। परिवार के और किसी भी सदस्य की अतिथि बनकर रहना उसे स्वीकार नहीं था। तब मामा ने ही साफ-साफ कहा :

"तुम्हें यहां रहना है तो रहो, पर अपना कोई इंतजाम कर लो। यह हवेली हम किराये पर उठा रहे हैं। बहन को हम दिल्ली ले जाएंगे। बच्चे होस्टल में हैं, अकेली यहां क्या करेगी? वहां हम सब पास हैं, देखभाल करेंगे।"

"ठीक ही है। मैं अपना रहने का इंतजाम कर लूंगी। मुझे तो यहीं रहना है, मेरी प्रैक्टिस यहीं है। नई जगह पर जाने से दिक्कत होगी।" सुरेखा का निश्चय और भी दृढ़ हो गया था।

बाबूजी को सुरेखा के अकेले रह जाने पर आपत्ति भी थी और दुख भी। मां और मिन्ना बहत आग्रह कर रही थीं कि वह दिल्ली लौट जाए, पर अब स्थिति में बहुत अंतर आ गया था। सुरेखा ने उन्हें कहा था :

"जब भी कष्ट में होऊंगी तो सबसे पहले आपको याद करूंगी मां। तब आपके पास भागी जाऊंगी और आपको प्यार देना ही पड़ेगा। मैं खुद ही मांग लूंगी।"

जाते समय बाबूजी, मिन्ना, मां—सबके नेत्र गीले थे, केवल सुरेखा तटस्थ थी। शायद अब जाके वह चप्पी उसे मिल गई थी, वह भावना-विहीन चुप्पी, जिसकी उसने कामना की थी। मामा ने ही दौड़-भाग करके उसी कालोनी में एक भले परिवार वाले घर में सुरेखा के लिए एक कमरा किराये पर ले दिया था। सुरेखा के कमरे का फर्नीचर तथा कुछ सामान कुछ ही दिनों में वहां पहुंचा दिया था। पूरी हवेली बैंक को किराये पर उठा दी थी मामा ने, और मम्मी को लेकर दिल्ली चले गए थे। सुरेखा बैजल-परिवार की 'पेइंग गेस्ट' बन गई थी। बैजल दम्पति अधिकतर अकेले रहेते थे, उनके बच्चों के विवाह हो चुके थे और बैजल साहब रिटायर्ड थे। धीरे-धीरे सूरेखा ने नये परिवेश से समझौता कर लिया था। शिव का आश्वासन उसके साथ था और मधुर का प्रेम, जिनका अपने जीवन में सहारा मानकर वह चल पड़ी थी।

जिन्दगी चल रही थी। देह और मन के तादात्म्य को बैठाने के प्रयास में जिन्दगी चलती रही। अपने काम में सुरेखा फिर से एकात्म होने लगी। अब जीवन को वही एक मंजिल दिखाई दे रही थी। अनायास ही शिव उसमें एक घरौंदे जैसी सृष्टि कर रहा था। शिव जो भी कुछ सुरेखा को सौंप देता, चाहे वह कितना ही सूक्ष्म क्यों न हो, सुरेखा उसे लेकर अपने भीतर समो कर, उसे अपने कार्य द्वारा सर्वव्यापक कर देना चाहती थी। उसने अपने भीतर के सारे बिखरेपन को जोड़कर बस काम और काम में समाहित कर लिया था। कभी-कभी मन में दुख के साये पनपते थे। कभी मंजरीका व्यवहार सुरेखा को कटुता के जंगल में उतार आता था। पर अब भटकन नहीं होती थी। जैसे वर्षा फूल-पत्तों पर जमी सारी मिट्टी को धो डालती है, वैसे ही अपने रचे हुए संसार के प्रति सुरेखा की संलग्नता उसे स्थितियों से उबार लेती थी। शिव और सुरेखा बहुत पास-पास थे फिर भी उनमें एक अबूझ दूरी थी, कभी मन में उठी उस भावना को उन्होंने उठाकर एक अलमारी में बन्द कर दिया था। जैसे वह भी एक दुर्घटना थी, कोई केस था, जिसकी हियरिंग अब बन्द हो च की थी या जिसे बिना किसी फैसले के बंद कर देना पड़ा था।

मंजरी ने अपने लिए एक दुनिया गढ़ ली थी। उसका पूरा दिन अपने शरीर की देखभाल में बीत जाता था। विपुला आंटी के ब्यूटी पार्लर से एक-दो लड़कियां सुबह ही घर पर आ जातीं। वह कभी उसके शरीर की मालिश करती, कभी उसके हाथ-पैरों की उंगलियां संवारती। सुबह के कुछ घंटे मंजरी के बाल रोलर्स में लगे रहते। कभी मह में भाप देती वह रसोई के चकर काटती, कभी खीरा या नीबू का रस मुंह पर मलती नजर आती। इस संबंध में मंजरी के विचार बिल्कूल निश्चित थे। वह मानती थी, जो लोग अपने शारीरिक सौन्दर्य का खयाल नहीं करते, उन्हें अपने-आपसे प्यार नहीं होता। उसका विचार था, अपने को प्यार करो तभी दूसरे लोग आपको प्यार करते हैं। स्वयं को प्यार करना स्वार्थी होना नहीं है, स्वयं को चाहना एक आदरभाव है, जो अपने से उठकर दूसरों तक जाता है। मंजरी बहुत बार कहती :

"तीस साल की उम्र के बाद ही तो स्त्री सबसे ज्यादा खूबसूरत दीखती है

और उसकी खूबसूरती ही तो बताती है वह जिंदगी में कितनी खुश है।"

फिर भी उसका सबसे बड़ा दुख यही था कि शिव उसकी ओर से उतना ही उदासीन होता जाता था, जितना वह उसे अपनी ओर आकर्षित करना चाहती थी। उनकी रोज की खटपट बन्द दरवाजों के बाहर भी सहजता से सुनी जा सकती थी। सुरेखा के प्रति भी वह बहुत सतर्क रहती थी। सुरेखा भी जितना हो सकता था, अपने-आपको आफिस के कमरे में बंद करती जाती। जितना हो सकता, अपने को कोर्ट या लाइब्रेरी में रखती थी। नित्य प्रति की तू-तू, मैं-मैं के बाद भी शिव का तटस्थ चेहरा,शिव का संतुलित व्यवहार सुरेखा को आश्चर्य में डाल देता था। बहुत बार शिव ड्राइंगरूम में अकेले आरामकुर्सी पर अधलेटे पड़े सिगार पीते रहते और अस्लम का टेप चलता रहता था। सुरेखा की उससे काम के अतिरिक्त और कोई बात नहीं होती थी।

सुरेखा मंजरी को जितना जानने लगी थी, उतनी ही उससे हमदर्दी होती जाती थी। मंजरी सुरेखा से कभी सीधे मुंह बात नहीं करती थी, न ही उसे कोई आदर देती थी। मंजरी का कहना था कि हिन्दुस्तान में औरतों को रहने का बिल्कुल सलीका नहीं है। कानपुर उसके लिए बिल्कुल 'डेड सिटी' था—मृत, स्पंदरहित। जो ग्लैमर या जीवन वह जीना चाहती थी, वह यहां बिल्कुल भी नहीं चलता था। और शिव उसके ग्लैमर के सबसे कटु आलोचक थे। सुरेखा उसके लिए कुछ नहीं थी। उसका अस्तित्व मात्र घर के कूड़े जैसा था, जिसे मंजरी चाहती तो शिव की सारी कानून की किताबों के साथ झाड़-बुहारकर बाहर फेंक आती।

जिन दिनों वह बीमार होती थी, उसे फिट-सा पड़ जाता, वह जोरजोर से चिल्लाने लगती। ऊपर से देखने पर ठीक ही लगती थी, पर जब बोलना शुरू करती तो जैसे उसे होश नहीं रहता था। चिल्लाती थी, कुछन-कुछ तोड़ डालती या अपने को कमरे में बंद करके रोने लगती थी। डाक्टर आते, दवाइयां-इंक्जेशन लगते। वह ठीक हो जाती तो काफी समय सोई रहती और फिर कुछ दिन बाद फिर वैसी ही हो जाती। शिव के कार्यक्रम में कभी कोई बाधा नहीं आती थी। मंजरी को दवाइयां इत्यादि देकर वह उसकी व्यवस्था करके वैसे ही

तटस्थ काम करते रहते, जैसे कुछ हुआ ही न हो!

सुरेखा उन दिनों शिव से अधिक उद्विग्न हो जाती। शायद उसकी यह उद्विग्नता दोनों के लिए होती। मंजरी के लिए भी कि वह इतनी अस्वस्थ है, और शिव के लिए भी कि उसे सहना पड़ता था। सारी व्यवस्था के बीच भी कभी-कभी उदासी की एक लहर ऐसी उठती कि सुरेखा को अन्दर दूर तक डुबोती चली जाती। तब मधुर अपनी उन्मुक्तता की डोर का एक सिरा सुरेखा को पकड़ा देती और झल्लाती हुई कहती :

"देख सुरेखा, तेरा यह उदास होना मुझे बिल्कुल पसन्द नहीं है। तेरे में यह एक बहुत बड़ी बुराई है कि तू सामने आए किसी क्षण को नहीं जीती, जो गुजर जाता है, बस उसीमें भटकी रह जाती है। मेरा खयाल है, तू किसी एक ऐसे सुख की प्रतीक्षा करती है जिसके बारे में तूने कभी सोचा भी नहीं था। और इसीलिए जो आसपास दीखता है, उसे स्वीकारती नहीं है, गुजर जाने देती है।"

"ऐसा कौन-सा सुख था जो मेरे लिए आया और मैंने गुजर जाने दिया...?"

"ऐसा कौन-सा सुख है जो तेरे पास नहीं है? पर मुश्किल तो यह है कि हमारी-तुम्हारी आंखों को दूर का कोई बड़ा सुख तलाशने की आदत पड़ गई है। इसलिए हम पास खड़े सुख का हाथ नहीं पकड़ते। गंगा में बोटिंग करने का सुख नहीं है, फूलों को देखना सुख नहीं है, अच्छी फिल्म देखना सुख नहीं है क्या? 'रंजिश क्लब' में अस्लम का टेप सुनना सुख नहीं है...?"

"शायद तू ठीक कहती है। छोटे-छोटे सुखों को, जो हमें आनंद तो देते हैं, पर हम ही उन्हें सुख की संज्ञा नहीं देते। शायद ये इतने छोटे हैं कि सूरज जैसे तीव्र सुख की प्रतीक्षा में हम नन्हे तारों-से इन सुखों को देख ही नहीं पाते। इन दिनों तो मौत ने मुझे इतना सन्न कर दिया है कि मुझे कुछ सूझाई नहीं देता। मृत्यु अभावस्वरूप है, मेरे माता-पिता की मृत्यु मेरे लिए अभावों का गड्ढा खोदती चली जा रही है। मैं धंस रही हूं—जाने कब कैसे इस दुख से छूट पाऊंगी!"

"यही तो मैं तुझे कुछ बताना चाहती हूं सुरेखा, अभावों की पट्टी तू आंखों पर मत बांध। इनसे उबरकर, तू रगड़कर दुख के लेप को अपने शरीर पर से उतार दे, और अपनी असलियत को सामने आने दे। जीवन इतना सस्ता नहीं कि हमपर समय हावी होता जाए, और उम्र हाथ से खिसकती चली जाए और तब हमें बोध हो कि, अरे, हम दुख के हाथों ठगे गए। हमारी उपलब्धि तो कुछ भी नहीं हुई और अब खेल खत्म होने को है।"

"मेरी उपलब्धि है, मेरी प्रैक्टिस। मेरा काम। मुझे अपना काम ठीक से करने में सुख मिलता है। शिव के पास कार्य करने में सुख मिलता है। उस दिन, तूने पूछा भी था, मैं शिव से किस रिश्ते की अपेक्षा करती हूं। अब बात चली है तो क्यों न यह भी खलासा हो जाए।"

मुझे लगा था कि तुझमें कुछ जागा है। एक अनोखा-सा सौन्दर्य जो तुझमें दीप्त हुआ है, तू शिव को चाहने लगी है। अगर इस बात को नकारेगी भी तो मैं नहीं मानूंगी।"

"हां, अगर त उसे चाहत कहती है, तो मान लेती हैं, वह चाहत है। लेकिन वह केवल मेरी अपनी है, मुझ तक रुकी हुई। शिव को समुद्र के तट ने अवश्य ही बहकाया था, वह कुछ दिन मैंने भरपूर जिए थे। शिव ने मुझे प्यार किया या नहीं—तय नहीं कर पाती। वह सब महज एक्सीडेंट भी हो सकता है। क्योंकि अब लौट आने पर शिव फिर उतने ही तटस्थ हो गए हैं जितने थे। वह अब कुछ देते हैं तो एक रास्ता, पर कितना अकेला है रास्ता, सन्नाटा है, वातावरण में मन को कचोटती-सी फुसफुसाहट है। जाने कैसी भावनाएं हैं, जो मैं समझ नहीं पाती। क्या मैंने ही गलत फैसला लिया मधुर, या फैसला मेरे लिए गलत होता गया? मैं जीना चाहती हूं, मधुर, पर लगने लगता है कि जीवन के बीच से मैं अलग हो गई हं। घटनाएं अपने-आप घट रही हैं, और उस भीड़ में मैं मात्र दर्शक बनी खड़ी रह गई हूं। सच को मैं पकड़ती हूं, पर सच मेरे साथ लुकन-छुपी का खेल खेलता है, दूर निकल जाता है। मैं जिन्दगी से कतराकर नहीं चलना चाहती, मैं चाहती हूं, मुझे भी जिन्दगी अपने माया-जाल में उलझा ले; पर जिन्दगी पता नहीं क्यों मुझसे कतराकर निकल जाना चाहती है। मैं शिव

के शब्दों की प्रतीक्षा में थकने लगी हूं, वह कुछ नहीं कहते—और मेरी थकन को तू मेरा परिवर्तन कह रही है मधुर...!"

"तेरी इस बेकार की भावुकता से ही तो मुझे बहुत चिढ़ होती है सुरेखा! तूने किसी देवी का अवतार नहीं लिया। किसी देवता के आप से पाया जन्म भी नहीं है तेरा। तुझे बहुत साधारण जन्म मिला है सुरेखा! इसे आम जिए जाने वाले स्तर पर ही जी। क्या डाक्टर ने कहा है कि तू आदर्शवादी जरूर बन—दुख सहती जा, दुख सहती जा! हां, मौत का तो कोई इलाज नहीं है। पर जहां तक तेरी चाहत की बात है, उसका इलाज है। शिव सशरीर तेरे सामने है, हर रोज तू उसके पास जाती है। वह पूरी प्रैक्टिस अब तुझे थमाता जा रहा है। तुझे कुछ अपने से बड़ा बनाने का सपना देख रहा है। यह सब क्या है? तू ही गलत है, तू उसे सामने पाकर भी कुछ नहीं कहती—उसके इशारे को नहीं समझती। उसकी कमजोरी को आदर्शवादिता का खोल चढ़ाकर सजावट की तरह घर में लटका देती है, उसका उपयोग नहीं करती। वह तो एक द्वार तैयार कर चुका है, अब तू अन्दर न जाए तो यह तेरी बेवकूफी है...।"

"तुझे गलत लग रहा है। वह कोई इशारा नहीं करता। इतना गंभीर रहता है पूरे दिन कि मुझे डर लगता है। जहां तक बात प्रैक्टिस की है, वह कहता है, मैं ठीक से उसकी बात को ग्रहण कर लेती हूं, मेरी ग्रास्प उसे अच्छी लगती है। और क्योंकि मैं समझ लेती हूं, इसलिए कि इसकी पूरी प्रोसीडिंग ठीक हो जाती है। इसीसे वह मुझपर विश्वास करने लगा है।"

"विश्वास कह, अच्छा लगना कह—नाक को कैसे भी पकड़, वह तुझे अवश्य प्रेम करता है, पर मुश्किल तो यह है कि तू उसे मानना नहीं चाहती।"

"वह कहता क्यों नहीं कि वह मुझे प्रेम करता है? मैं इन शब्दों को सुनकर अपने प्राण तक उसपर न्योछावर कर सकती हूं। पर मधुर, अगर वह कहे भी तो इस प्रेम का कोई भविष्य नहीं है, उसके जीवन में मंजरी है, उसका बेटा है।" हताश सुरेखा की आंखों में कुछ आंसू मचलने लगे थे।

"पगलाई तो तू थी, जो उस अधेड़ आदमी से दिल लगा बैठी। इस करोड़ों

की आबादी वाले देश में तुझे कोई और नहीं मिला, प्रशान्त में ही क्या कमी थी?"

"मन की बातें हैं, तू कहां समझेगी! अरे हां, याद आया, वेद बाबू का पत्र आया है। प्रशान्त किसी काम से कानपुर आ रहा है। उसके रहने का इन्तजाम करना है किसी होटल में।"

सुरेखा को प्रशान्त का कानपुर आ जाना अच्छा नहीं तो बुरा भी नहीं लगा था। एक पीछे छूटा हुआ परिच्छेद फिर से खुल गया था। पूरे चार साल बाद सुरेखा उससे मिली थी। मां ने उसके हाथ अचार की शीशी, मिठाई का डिब्बा और पत्र भेजा था। प्रशान्त को होटल के कमरे में पहुंचाकर सुरेखा पहले मां का पत्र पढ़ गई। मां ने लिखा था— डिफेंस कालोनी की एक मशहूर बत्रा फैमिली का एक ही बेटा है उदेश, खूब सुन्दर पढ़ा-लिखा है, इंजीनियर है। बत्रा फैमिली का अपना मोटर-पार्ट्स का बिजनिस है। बड़े भाग्य अच्छे थे जो मणिका को ऐसा घर मिला है। सगाई का सगून दे दिया है, अब शादी की तारीख तय होते ही वह लिखेंगी, कि सूरेखा आ सके। कितनी बड़ी हो गई है मिन्ना! सुरेखा सोच रही थी। उससे पांच या छः साल छोटी होगी, उसकी शादी तय हो गई है, दश्य बदल रहा था, सब बदल गए थे, वह ही नहीं बदली थी। प्रशान्त भी तो बदल गया था। प्रशान्त को सुरेखा ने अब जब ध्यान से देखा तो लगा, प्रशान्त के चेहरे पर एक पुरानी झिझक, पल-पल लाल हो आते गाल, जैसी सारी रेखाएं मिट गई थीं। उसमें जैसे एक शान्त धीर दृढ़ता आ समाई थी। उसकी बड़ी-बड़ी घनी मूंछे थीं, जिससे उसके चेहरे पर थोड़ा रौब और आत्मविश्वास उग आया था। अब वह उन साधारण वेद बाबू का बेटा नहीं लगता था। स्कालरशिप पर ही विदेश होकर आया था। वह कंसलटेंट इंजीनियर बनकर कानपुर किसी बड़ी फैक्टरी का प्रोजेक्ट लेकर आया था। प्रोजेक्ट तैयार करके उन्हें आकार देकर फैक्टरी शुरू करने का उसका काम

है। उसकी तीव्र बुद्धि की धाक बाबूजी सबपर हमेशा जमाते थे—अब लगा था, बाबूजी इतनी दूर तक देख लेते थे।

प्रशान्त पहली बार, सुरेखा के कमरे में उससे मिलने गया तो सुरेखा को अच्छा लगा था। उसे देखकर बचपन याद आता था। वे कुछ खबसूरत दिन. जो अतीत बन गए थे। मिसेज बैजल का नौकर चाय की ट्रे दे गया था। अपने साथ लाए समोसे और केक इत्यादि प्लेट में सजाकर सुरेखा ने उसे पढ़ने की मेज पर रख दिया। प्रशान्त को देखकर जैसे घर की याद आने लगी। सुरेखा को लगा, पिछले एक साल से उसने रसोईघर का रास्ता, पाकशास्त्र सब कुछ भुला दिया था। बना-बनाया जो मिला, भीतर उड़ेला और चल पड़े। चप्पल उतारकर कुर्सी पर पालथी मारकर बैठना सुरेखा की पुरानी आदत थी। वह मम्मी से बहुत बार इस फूहड़पन की डांट खा चुकी थी। जब भी सुरेखा अपने प्रति सजग नहीं होती थी, आदतन वैसे ही बैठ जाती थी। अपने कमरे के परिवेश में प्रशान्त के आ जाने से जैसे अपनापन तैर आया था। सुरेखा कुर्सी पर पैर ऊपर चढ़ाकर बैठ गई। प्रशान्त के लिए प्लेटें सरकाकर कहा :

"लो प्रशान्त, कुछ खा लो। चाची के जैसा तो कुछ नहीं बना है यहां —फिर भी, जो है, ले लो—तकल्लुफ नहीं करना।"

उसने प्लेट में खाने का सामान डाल लिया और चुपचाप खाने लगा था। कुछ कहना होगा, अतः दोनों ही शब्द खोज रहे थे। लग रहा था, कुछ ऐसा भी था जो अनकहा छूटा जा रहा था, और जो कहना है, वह कभी कहा नहीं जा सकेगा। सुरेखा ने ही पूछा :

"चाची कैसी हैं, वेद अंकल कैसे हैं?"

"अच्छे हैं। मां को अब कम दिखाई देता है। उनके काम के लिए नौकर रख दिया है। अब वह कुछ नहीं कर पातीं। बाबूजी अभी भी आफिस जाते हैं। और तुम्हारे घर भी, उसी तरह। मना करता हूं पर मानते नहीं। शायद इसीलिए भी कि खाली बैठ जाने से उनका मन नहीं लगेगा।"

पुराने दिनों का दिल्ली का वह बीता समय आंखों में घूम रहा था। मां का सुबह-सुबह का दफ्तर, वेद बाबू के साथ पूरे आसपास के समाचारों और

कार्यक्रमों पर परिचर्चा, या फिर परिवार के लोगों के आग्रह कर खाना बनवाने की तैयारी में व्यस्त, मां का वह चित्र क्या भूला जा सकता था? और फिर चाची के यहां से बनकर आती उनके हाथ की बड़ी-मंगोड़ी, कटहल का अचार इत्यादि—मां का भेजा अचार याद आ गया। सोलों बाद इतना स्वादिष्ट अचार खाया था।

"क्या सोच रही हो सुरेखा? देख रहा हूं, तुम बिल्कुल नहीं बदली हो। वैसी ही हो, वैसे ही पालथी मारकर कुरसी पर बैठना, बातें करते-करते चुप होकर सोचने लग जाना, कहीं खो जाना। अभी तक सोचने से छुटकारा नहीं मिला तुम्हें? तुम्हारे दो व्यक्तित्वों का अभी तक क्या कोई समझौता नहीं हुआ?"

सुरेखा हंसने को थी, प्रशान्त गुस्सा हो आया था :

"ऐ, हंसकर मत टालना, हमेशा की तरह। मैं बात करना चाहता हूं सुरेखा! हां, तुमसे।"

सुरेखा की हंसी वहीं रुक गई, कुर्सी से पैर हटाकर नीचे किए। चाय के कुछ घूंट गले में उतारकर वह सतही बातों से उठकर वास्तव में ही कुछ कहने के लिए अपने को तैयार कर रही थी; क्योंकि उसका हलका हो आना जैसे नियति को रास नहीं आता था :

"बात यह है प्रशान्त, तुम्हें देखकर बचपन की याद आ गई। पुराने दिन याद आ गए। वही सोच रही थी, अब और कुछ सोचने को बचा ही कहां है! मैंने अपने भविष्य को चुन लिया है। मेरी दो हिस्सों में बटी जिन्दगी इस रास्ते पर चलकर ही संधि कर पाई है। अब मन में जैसे युद्धविश्राम की सी शांति है। पर अब जब सब टूटा हुआ जुड़ा है, मैं नार्मल हो पाई हूं, तो पापा नहीं रहे। मेरे नाम का एक अस्तित्व उनके साथ समाप्त हो गया। मैं अब केवल सुरेखा हूं, अकेली छुटी सुरेखा। लॉ कर लेने के बाद कानून मेरा पाथेय बना, प्रैक्टिस करती हूं। यहां के एक मशहूर एडवोकेट हैं शिव, उन्हींकी जूनियर हूं, और उनके साथ काम करना मुझे बहुत अच्छा लगता है।"

यह तो बहुत अच्छा हुआ। एक राह चुन ली तुमने। लग रहा है, खुश भी हो। खुश न सही, संतुष्ट तो हो। यहां मन लग जाता है, अकेले में। खाली होती

हो तब क्या करती हो? तब इच्छा नहीं होती कि मां पास हों, बाबूजी हों; या मिन्ना हो ? उन सबको तो तुम बड़ी प्यार करती थीं। उन सबके पास रहकर दिल्ली में प्रैक्टिस क्यों नहीं की तुमने? वहां स्कोप अधिक है।"

"मां, बाबूजी से बहुत प्यार करती हूं प्रशान्त, तभी तो यहां रहती हूं, उनसे दूर। दूरी पर रखकर किया प्यार ज्यादा लम्बा चलता है प्रशान्त! पापा से प्यार था, दूर रही, प्यार बना रहा। पास आई तो प्यार क्या, पापा ही नहीं बचे।"

फिर एक तनाव-सा कसने लगा था वातावरण में। सुरेखा प्रयास कर रही थी, उबरकर गुबार छांट दे :

"अपने बारे में नहीं बताओगे प्रशान्त, इतने दिन कहां थे तुम? अब तक विवाह भी नहीं किया...?"

"दो साल भारत से बाहर रहा, यूरोप घूमा, वहां फैक्टरियों में काम करने की प्रणाली पर रिसर्च की और अच्छी तरह वहां की लेबर के मनोविज्ञान को समझा। डिगरियां तो होती ही हैं, प्रैक्टीकल या खुद हाथ से काम करना अलग बात होती है। एक 'क्रिएटिव इंटेलीजेंस', जिसे प्राप्त करने मैं गया था। अब नये प्रोजेक्ट प्लैन करता हूं। भारत में आधुनिकतम कारखाने लगाने और नई कार्य-पद्धति से यहां के लोगों को अवगत कराना मेरा काम है। नया कुछ निर्माण करना मेरा पेशा है। निर्माण अपने-आपमें बहुत सार्थक है। निर्माण का अर्थ ही है कि निर्मित वस्तु को दर्शनीय बना देना।"

"बहुत अमीर हो गए होगे अब तक तुम—प्रशान्त?"

"हां, अमीर तो हूं। धन से इतना नहीं जितना अनुभव से। ऐसा कुछ अर्जित करने वाले के पास कितना धन जुड़ पाता है, यह क्या तुम नहीं समझती? हां, शादी अभी नहीं की। कोई पसन्द की लड़की अभी मिली नहीं, मिलेगी तो अवश्य करूंगा। और तुम, तुम भी अभी तलाश में ही हो ? या तुम्हें मिल गया कोई? वह, जिसके लिए तुमने मेरी चाहत को ठुकरा दिया था सुरेखा?"

"चाहत तुम्हारे लिए क्या है प्रशान्त? मन में किसीके प्रति मोह जाग जाना, किसीके प्रति इतना आकर्षित हो जाना कि मन चाहने लगे कि हर पल

उसीके पास रहे, उसमें मन का, तन का, पूर्ण समर्पण कर दे। कोई आनन्द तो होगा ही जो इस चाहत के साथ जुड़ा है, कोई खुशी जो आत्मा तक उतरकर सुख का संचार करती है, पर क्या वह सुख आत्मा तक आता है? यदि वह सुख आत्मा को छू भर जाए तो सारे प्रश्न अपनेआप समाप्त हो जाएं। मुश्किल तो यह है कि इतनी चाहत कैसे हो जो शरीर लांघकर मन तक उतर आए, मन से उठकर आत्मा को छू दे। प्रशान्त, तुमने चाहत को मात्र शरीर तक आते देखा है। वह तुम्हारे लिए एक सहज प्रेरणा है, जीवन में भरने के लिए एक रंग, जिसे भर लेने से जीवन रंगीन भी होता है और जीने की इच्छा होने लगती है। मेरे लिए जीवन रंगीन इच्छा बनकर नहीं आया। मेरे लिए चाहत ने जिन्दगी के चेहरे को बदल डाला। मेरा सहज सीधा बचपन का स्नेह, जो केवल मेरा होना चाहिए था, मेरा नहीं हुआ। शायद इसीलिए मैं बहुत क्रूर हो गई हूं। मां, बाबूजी या तुम्हारे प्यार को अपना नहीं मानना चाहती। वह प्यार सच नहीं लगता मुझे।"

सुरेखा सांस लेने को कुछ पल रुकी थी, फिर बोली :

"और अब, प्रशान्त, भाग्य देखो। जब मैंने अपने भीतर की चाहत को पहचाना है, तो वह आ रुकी है 'शिव' तक। शिव, जहां जाने के लिए दरवाजे बन्द हैं। और मेरी चाहत है, वहीं रुकी खड़ी है। जानती हूं, प्रतीक्षा बेकार है। मेरी यात्रा सूरज तक आती है। मेरा सफर आग पर चलने का सफर है। शिव, पैगम्बर या पाथेय की तरह मुझे जो भी रास्ता बताते हैं, उसपर मैं 'नॉट टू क्वैश्चन व्हाई' कहती हुई टैनेसन की 'लाइट ब्रिगेड' की तरह मौत की घाटियों में उतरने को तैयार हूं। जो भी है इस चाहत के दम पर, जी भी तो रही हूं। मुझे एक लक्ष्य तो मिला है, नहीं तो मैं धुएं की परतों पर चल रही थी। जब धुआं छंटा है, परिवर्तन जागा है, और मैं कुछ बन सकी हूं। जीने का एक प्रयोजन होता है। अब ही तो मैं वह जान पाई हूं।"

प्रशान्त सुरेखा की तरफ देखता, चुप बैठा रह गया था। फिर वह एकाएक उठकर खड़ा हो गया। अपने हाथों से सुरेखा के बाल सहलाकर वह उसे किसी एक धरातल तक लौटा लाना चाहता था। शायद वह सोच

रहा था कि सुरेखा शिव के प्रति 'हिप्नोटाइज'-सी है। सुरेखा भी खड़ी होकर उसकी आंखों में देखती रही, उसकी आंखें डबडबा आई थीं। सुरेखा बोली :

"अरे, क्या हुआ तुम्हें? आंसू क्यों? मेरे लिए या मेरी क्रूरता के लिए?

वह पूरा-का-पूरा सुरेखा की बांहों के घेरे में आ गया था। सुरेखा नन्हे बच्चे की तरह सांत्वना देती रही और प्रशान्त उसे अपने निकट पा बांहों में लपेटने लगा। एकाएक सुरेखा को महसूस हुआ कि प्रशान्त की जकड़ मजबूत होती जा रही थी। जैसे वह शरीर होता हुआ सुरेखा को शरीर कर लेना चाहता था। सुरेखा किसी नन्ही चिड़िया की तरह उसके बन्धन में अकुला उठी थी। पर शायद प्रशान्त के आश्वस्त होने का इसके अलावा और कोई चारा नहीं था। किसीको अपने ऊपर मनमानी कर लेने देने का यह पहला मौका दिया था सुरेखा ने। पर फिर सुरेखा को लगा, जैसे उसका स्पर्श बर्दाश्त के बाहर हो गया है, और वह छूटना चाहती थी। पर उसकी बांहों की शृंखला कसती चली जा रही थी। तभी दरवाजे पर शिव—और शिव का लौटता हुआ अस्तित्व, सुरेखा को जैसे पत्थर कर गया था।

जो कुछ हुआ था, शिव ने जो कुछ देखा था, उसे लेकर कुछ समय तक सुरेखा अनिश्चय रूप में डूबी रही। फिर जैसे वह स्वयं ही उसका विश्लेषण करने लगी। उसे लगा कि वह खुश थी। शिव को चिढ़ा पाने की खुशी थी उसे। अब तक तो सुरेखा वही बनी थी, जो शिव उसमें देखना चाहता था। थोड़ा ही सही, सुरेखा अलग तो चली थी। उस नन्ही घटना से संसार का कोई रचना-तंत्र तो बदलने वाला नहीं था। पर कोई हल्का-सा विस्फोट होगा, इसकी सुरेखा को प्रतीक्षा थी। पर ऐसा नहीं हुआ। शिव के नपे-तुले व्यवहार में कोई परिवर्तन नहीं आया। जिन दो समानांतर रेखाओं पर वे दोनों अलग-अलग और साथ-साथ चल रहे थे, चलते रहे। शिव को कुछ नहीं हुआ। पर सुरेखा

को जैसे अपनी एक पहचान मिली थी। प्रशांत के उस धृष्ट स्पर्श से मन में कुछ नहीं जागा था। शरीर के किसी कोने में कोई स्पंदन नहीं कौंधा था। तो क्या सुरेखा में कुछ नहीं बचा था? जब भी वह अपने बारे में सोचती तो चिन्ता होने लगती थी। और उन दिनों सुरेखा अकेलेपन से डरने लगी थी। अकेलापन भी तो एक रोग है, एक ऐसा रोग, जो दिखाई नहीं देता, पर अंग-अंग को जोंक की तरह चिपककर चूसता है। सुरेखा को लगा था कि वह थकान की एक सीढ़ी तक आ गई है, फिर भी जीवन्तता का नाटक कर लेने का प्रयास कर रही थी। यही सोचकर वह प्रशांत के साथ अपना खालीपन बांटने लगी थी।

मधुर भी प्रशांत के साथ घुल-मिल रही थी। सप्ताह में एक या दो बार तीनों मिलकर घूमने निकल जाते, कभी कहीं डिनर खाने, 'रंजिश क्लब' या फिर गंगा-किनारे। मधुर के साथ रहने का एक फायदा था। वह किसीको चुप नहीं रहने देती थी। कम बोलने वाले प्रशांत और सुरेखा को वह खूब उलझाए रखती। एक दिन पता नहीं कौन-से रास्ते से घुमाकर मधुर गंगा के तट पर ले आई। बहुत सूना तट था। पानी के बहने की आवाज और रेत पर पैर धंसाते हुए चलना सुरेखा को बहुत अच्छा लगता था। दूर तक घूमते रहते। वहां जाकर बहुत शांति मिलती थी सुरेखा को। तट के दूसरे छोर पर इक्के-दुक्के कच्चे झोंपड़े थे। स्नान को आए कुछ व्यक्ति शाम की उस शांत बेला में भी मिल जाते थे। एक बार वहां जाने पर लगा, कहीं कुछ परिवर्तन है। एक झोंपड़े के आगे टूटे तिरपाल और चटाइयों को जोड़-जोड़कर एक वितान-सा तान लिया गया था। एक युवा साधु वहां धूनी रमाए बैठा था। भभूत मले उसके शरीर, हाथ-पांव से भक्ति या श्रद्धा उपजती हो, ऐसा तो नहीं लगता था। पर भक्तों की कमी नहीं थी। भक्त अनेक प्रकार के आसन जमाए होते थे, कोई कांटों पर लेटा था, कोई सिर के बल खड़ा था, किसीने अपना बदन रेत में दबा दिया था। ईश्वर की प्राप्ति कष्टों से होगी, इसी बात को वह साधु-महात्मा सिखाते थे और भक्त मानते थे। पता नहीं इन क्रियाओं से उन्हें कितना मनोबल मिला! पर सुरेखा, प्रशांत और मधुर को एक नया कौतूहल मिल गया था। कभी-कभी जल्दी आने पर वहां सस्वर रामायण का पाठ सुनने को मिल जाता था। महिला भक्तों की संख्या दिन-पर-दिन

बढ़ती जा रही थी। जब भी सुरेखा इत्यादि आते, भक्तों को मिल लेते। मधुर के कहने पर एक दिन तीनों श्रोताओं की पंक्ति में बैठ गए। स्वामीजी महाराज. रामचन्द्रजी के बन-गमन का प्रसंग बड़े रस से ऊंचे स्वर में बखान कर रहे थे। शब्दों का असर हो रहा था कि एकाएक स्वामीजी की आवाज भर्रा गई। दशरथ का विलाप और फिर मृत्यु-प्रसंग कम दुख-भरी घटना नहीं थी। श्रोताओं में भी सिसकियों की खड़ताल बज उठी। दो युवतियां सफेद साड़ी पहने स्वामीजी के निकट बैठी थीं, उन्होंने ही रोने का क्रम आरंभ किया था,अब रोना छोड़कर स्वामीजी की सेवा-शुश्रूषा में लग गई थीं। एक पंखा झल रही थी, दूसरी दौड़कर उनके लिए पानी ले आई थी। उनके पूरे व्यवहार को देखकर वे तीनों वहां कीर्तन से उठे और कुछ दूर आकर सुरेखा, मधुर ने अपनी साड़ी के पल्ले से ढकी हंसी को बिखर आने दिया था। प्रशांत कह रहा था :

"कितना ढपोरशंखी है! बेईमान कहीं का! एक-दो आंसू बहाने का नाटक करके भोली-भाली स्त्रियों को पटा रहा है। क्या भक्तिभाव है, जैसे साक्षात् गोस्वामी तुलसीदास का अवतार हो, राम-भक्ति में विह्वल!"

"प्रशांत, सच मानो, ये स्त्रियां भी एक हद तक जानती हैं कि वह इन्हें पटा रहा है। पर सच तो यह है कि उन्हें इस प्रकार की बेवकूफी में मजा आता है। और तभी वे उसे उकसा रही हैं..." मधुर ने कहा।

सुरेखा ने टोका :

"तुम्हें क्या पता, शायद वह हो ही सच्चा भक्त। किसीके भीतर क्या है, यह तो उसे ठीक से जानने पर ही पता लगता है।"

प्रशांत उसके सामने, उसे रोककर खड़ा हो गया था, बोला :

"यहां गलत कह रही हो सुरेखा! ठीक से जान लेने पर भी कुछ मन ऐसे हैं, जिनके सच की थाह नहीं पाई जा सकती। तुम्हें क्या जानता नहीं हूं, पर तुम्हारे भीतर को कहां जानता हूं?"

सुरेखा हंसकर टाल रही थी। उस पल गंभीर हो जाने का मन नहीं था। मधुर ने वातावरण को हलका बनाते हुए कहा :

"प्रशांत, इन स्वामीजी से ही सीख लो कूछ। देखो तो साला, कितनी

औरतों को वश में किए बैठा है। और वे दो सफेद साडीवालियां हैं न, वे तो उसकी स्पेशल लगती हैं—बॉडी गार्ड्स...।"

"ठीक कहती हो मधुर, कल से मैं भी धूनी रमाता हूं। इसी स्वामी के पास, योग साधता हूं। बोलो तो कौन-सा आसन पसंद है—आग पर बैठूं या कांटों पर, या अपने को रेत में गाड़ लूं? अब तो यह कला सीखे बिना काम नहीं चलेगा। देखो तो, यह कम्बख्त पूरा माहिर है इस वशीकरण की कला में, पूरा ग्रैजुएट है। एक में तो इसका विश्वास नहीं है, तभी अनेक जोड़कर बैठा है। और एक हम हैं कि एक भी हाथ नहीं लगी।"

तीनों हंसते हुए दूर निकल आए थे। तब से उस संन्यासी का नाम 'ग्रैजुएट' रख दिया था। जब भी उस तट पर टहलने आते तो 'ग्रैजुएट' और उसकी मण्डली को देखने की उत्सुकता बनी रहती। इन तीनों के वार्तालाप का वह एक खास विषय बन गया था। इसके माध्यम से वे तीनों अपने बीच के कितने ही संवादों को तलाशते थे।

बहुत दिन बाद एक बार जब प्रशांत और सुरेखा, मधुर उसी तट पर पहुंचे तो आश्चर्य का ठिकाना न रहा। उनके 'ग्रेजुएट' का दूर-दूर तक कोई चिह्न नहीं था; जैसे अलादीन के जादुई चिराग ने उसे उड़ाकर रातों रात किसी दूसरी धरती पर पहुंचा दिया हो। उसे न देख पाने के निराशामिश्रित कौतूहल ने उन्हें पूछ-ताछ करने पर मजबूर कर दिया। पता चला, बेचारा 'ग्रेजुएट' पुलिस के जादुई डंडे के दम से जेल में बंद है और उसकी उजड़ी हुई सल्तनत उन सीखचों के पीछे चक्की पीस रही है। भक्ति-भाव की निर्मल सरिता के बहाव के पीछे स्वामीजी का छुपा असली रूप रहस्य नहीं रह सका। गांजा, हशिश, अफीम की पुड़ियों का प्रसाद जाने कैसे पुलिस के हाथ लग गया और निर्मोही पुलिस वाले प्रसाद के साथ भगवान की मूर्ति भी उखाड़कर ले गए। वे तीनों अपने मनोनीत 'ग्रेजुएट' के संबंध में सब जानकर दुख से अभिभूत होते हुए लौट आए थे। और फिर जैसे यह घटना उन तीनों को हतोत्साह कर गई थी। उसके बाद उन तीनों का उस तट पर आना-जाना कम हो गया था।

उस बीच सुरेखा को लगा कि जितना मधुर साथ-साथ रहती है, प्रशांत

उससे दूर होता जाता है। कारण तो प्रशांत ही रहा होगा, प्रशांत की मधुर से पटी नहीं थी। मधुर भी तो इतनी अधिक मैच्योर हो गई थी, उसके अपने विचार इतने परिपक्व हो गए थे कि उसके सोचने के तरीके में बहुत कमजोर फिट बैठते थे। प्रशांत इतना पढ़ा-लिखा होने पर भी, विदेश यात्राएं कर लेने पर भी सीधा-सादा सहज-सा व्यक्ति था। प्रशांत ही कभी-कभी सुरेखा से कहता :

"यह कैसी सहेली ढूंढ़ी है तुमने सुरेखा? बड़ी अजीब लड़की है। इतने दिन उसके साथ रहकर देखा है। उसकी बातें कितनी अजीब होती हैं! उसका धृष्ट व्यवहार कभी-कभी कैसी कठिनाई में डाल देता है! तुम्हारा व्यक्तित्व उसके बिलकुल विपरीत है। फिर कैसे झेल पाती हो उसे? यहां, जिस किसीसे बात करता हूं, वे सब ही मधुर के साथ जुडी एक कहानी सुना देते हैं—देखो, उसके साथ रहने से ऐसा न हो कि तुम्हारा भी नाम खराब हो।"

सुरेखा ने कहा, "अगर लोगों का कहना ही मापदण्ड है किसीके भी चरित्र का, तो, उसे ही मानकर चलो। पर एक बात जरूर कहूंगी कि मधुर से मित्रता करने के लिए उसे पूरा समझना आवश्यक है। खैर, कोई मजबूरी नहीं कि तुम उससे दोस्ती रखो।"

वैसे सुरेखा के मन में यह भी बात आई थी, यदि प्रशांत मधुर को समझने की कोशिश करे तो वे दोनों अच्छे जीवनसाथी बन सकते हैं। पर प्रशांत में एक परिवर्तन आ चुका था। वह अपने से नीचे तो क्या, अपने आस-पास भी नहीं देखता था। उसकी दृष्टि के फोकस में मधुर नहीं आती थी। और मधुर, मधुर का विवाह नाम की व्यवस्था में विश्वास ही नहीं था। उसके जीवन में पुरुष का स्थान, शरीर की आवश्यकताओं का मात्र एक इंतजाम था। वह अपने सारे रोमांसों के किस्से ऐसी आसानी से सूनाती थी, जैसे किसी नई पुडिंग की रैसिपी बता रही हो। वह सेक्स को जीवन की एक बहुत ही साधारण भावना मानती थी। वह कहा करती थी कि जीवन में जब वह क्षण आता है तो पशु-पक्षी, वृक्ष या मनुष्य में कोई अंतर नहीं रह जाता। उसके लिए टुथ-ब्रुश लेना या संभोग कर लेना एक जैसा था। क्या हुआ? नहा-धो लो, साबुन मलकर साफ कर लो, तौलिये से पोंछो, बस सब कुछ धुल-पुंछ जाता है।

एक दिन मधुर मिली तो सुरेखा ने सोचा, खुलकर उससे प्रशांत की बात करेगी। पर उस दिन मधुर कुछ दूसरे ही मूड में थी। अखबार से पढ़कर सुना रही थी।

"सिटी हॉल के बड़े सभागार में इन दिनों एक शिविर लगा हुआ है। हरिद्वार से 'महर्षि देवेश' आए हुए हैं। उस शिविर में ध्यान, अध्यात्म और समाधि तक की यात्रा और जीवन-दर्शन पर विचार होता है। महर्षि का विचार है कि ध्यान ही अपने भीतर की खोज...का एकमात्र मार्ग है। हर जीवात्मा को अधिकार है कि वह अपने भीतर की आत्मा को, या ब्रह्म को पहचाने। महर्षि का कहना है कि दो घंटे 'भावातीत ध्यान' या 'ट्रांसेंडेंटल मैडीटेशन' कर लेने पर मनुष्य अपने भीतर के देवता या ब्रह्म को पा जाता है। 'भावातीत ध्यान' अपने भीतर के 'उस' तक पहुंचने का एकमात्र उपाय है। यह 'उस' क्या है? मैं भी 'उस' हो सकता हूं। हम सब 'उस' हो सकते हैं। अपने भीतर के 'उस' को पहचानना ही हमारे जीवन का ध्येय है।"

अखबार एक ओर रखकर वह कुछ देर सोचती रही। सुरेखा के उत्तर की उसे अपेक्षा थी, पर सुरेखा कुछ नहीं बोली थी, तो वह खुद ही कहने लगी :

"तेरा क्या खयाल है सुरेखा? चल चलें, रमेश भी वहां होकर आया है। वह कह रहा था, 'इट्स एन एक्सपीरियंस', वहां जाना अपने-आपमें एक अनुभव है। एक अजीब-सा भावनात्मक परिवर्तन आने लगता है वहां जाने पर। चल सुरेखा, तैयार हो जा, अभी चलते हैं।"

"नहीं मधुर, वहां नहीं जाएंगे। हर नई बात का जायजा लेना तेरे लिए इतना जरूरी क्यों है?" सुरेखा झुंझलाकर बोली थी।

"पता नहीं क्यों मेरा वहां जाने का मन होने लगा है। सूरेखा, शायद ऐसा हुआ हो कि मैं अपने-आपसे बहुत थक गई हूं। शरीर से थक गई हूं। मैं कभी मंदिर नहीं जाती, भगवान में भी विश्वास नहीं करती। जिसकी लोग पूजा करते हैं, उसकी मैं पूजा नहीं करती। मुझे हिपोक्रेसी से चिढ़ है। अपने 'ग्रेजुएट' को बनते-मिट ते तूने अपनी आंखों से देखा था। इस महर्षि के पास जाने की मेरी इच्छा इसलिए हुई कि इसकी बातों में कुछ तर्क है, खोज है, शक्ति है, जो मुझे

आकर्षित कर रही है।"

उस समय तो मधुर कहीं नहीं गई, पर सुरेखा को मालूम था कि वह उस महर्षि के पास जाएगी अवश्य। जो कुछ भी उसे आकर्षित करता है, मधुर उसे अवश्य ही जानना चाहती है। जब तक वह भीतरी तह तक उतरकर उस तथ्य का अनुसंधान कर नहीं लेती थी, उसे चैन नहीं आता था।

5

गर्मियों की छुट्टी के कारण कोर्ट बंद हो गए थे। इस बार शिव मंजरी के साथ मसूरी चले गए थे। काम लगभग नहीं के बराबर था। सुरेखा को सूनापन कचोटता था। सुबह उठकर शीशे के आगे बैठते ही उसे अपने प्रतिबिम्ब को देख-देखकर रोना आने लगता था। कारण कुछ नहीं था। प्रशान्त भी कानपुर से बाहर ही था। मिसेज बैजल की बेटी वीना जब भी कलकत्ता से आती थी, साड़ियों की एक सेल लगाया करती थी। उसीकी सेल में जब सुरेखा गई तो उसे कानपुर की अतिआधुनिक महिलाओं से मिलने का अवसर मिला। मधुर के लिए फोन किया तो पता चला, वह भी अपनी मां के साथ बाहर गई हुई है। सेल से आकर सुरेखा को एक बात अवश्य पता चली कि उसे देखकर मकान मालिक बैजल साहब, या और सब व्यक्ति यही समझते हैं कि वह सुरेखा अपने-आपमें एक आत्मनिर्भर सफल व्यक्तित्व है। पर जैसा सुरेखा ने सोचा था, काम में डूबकर, काम में सफलता पा लेने से सब कुछ मिल जाएगा, वैसा नहीं हुआ। मन में कितनी परतें होती हैं, एक परत को सान्त्वना मिलती है काम से, दूसरों को ठीक से भोजन पा लेने से या ऐसी ही कुछ क्रियाएं, जो तृप्ति देती हैं। सुरेखा सोच रही थी, अवश्य ही कुछ परतें ऐसी होती हैं जिनकी जीवन में कभी तुष्टि नहीं होती। संतोष या आत्मतुष्टि पूरी तरह क्यों नहीं मिलती? सफलता के रास्ते पर चलते-चलते कभी किसी कील से पांव में छेद हो जाता है तो कभी कांटे में उलझकर वस्त्र फटने लगते हैं।

सोच-सोचकर सुरेखा को बुखार रहने लगा था। सुरेखा को लगा, अपने

अकेलेपन से कहीं दूर चले जाना चाहिए। एक अजीब उलझन उसके चारों ओर बिखरी रहती थी। लगातार ऐसी बेचैनी महसूस होती जिसका वह खुद ही विश्लेषण नहीं कर पाती थी। उस स्थिति में उसे लगा कि उसमें कोई रोग पनप रहा है। और उस उलझन से पलायन का एक ही रास्ता है कि कुछ दिन के लिए कहीं भाग जाना चाहिए। जाने की और कोई जगह तो थी नहीं। मां-बाबूजी भी नाराज होंगे कि वह मणिका की शादी पर दिल्ली नहीं गई। मिन्ना के पास जाने का मन होने लगा, उसे गृहस्थिन के रूप में देखने में आनन्द होगा। पर वह दिल्ली में ही थी, तो मां-बाबूजी के पास ही जाना होगा। बस, उसी मनःस्थिति में अपने को पकड़कर सुरेखा दिल्ली के लिए चल पड़ी थी।

दिल्ली वह पूरे छः साल के बाद लौट रही थी। बस-स्टेशन से बाहर पांव रखते ही लगा, इस दिल्ली से उसकी बिल्कुल पहचान नहीं थी। चारों तरफ मकानों-बाजारों की जैसे बाढ़ आई हुई थी। भीड़ का जैसे दरिया बह रहा था। ऊंची-ऊंची बिल्डिगें आकाश को छू रही थीं। सड़कें चौड़ी कर दी गई थीं। यात्री, स्क टर, कारें एक-दूसरे पर चढ़ते चले आ रहे थे। कितनी प्रगति, कितना बदलाव, कितना आधुनिकीकरण हुआ था दिल्ली का इन कुछ सालों में, वह सब सामने दिख रहा था। सुरेखा स्कूटर की तेज धक्केदार चाल की अभ्यस्त नहीं थी, पर वह उसे उड़ाए लिए जा रहा था। जो भी दिखता, वही खूब स्मार्ट तेजी से जाता हुआ लड़के-लड़कियां खूब आधुनिक कपड़े पहने हुए थे। सुरेखा को अपनी साड़ी अजीब लगने लगी। राजपुर रोड के अपने मकान के आगे स्कूटर के रुकते ही उसकी जान में जान आई। पैसे चुकाकर सूटकेस हाथ में लिए हुए घर के दरवाजे पर रुककर सुरेखा पक बार पूरी तरह अपने छूटे हुए परिवेश को जी भरकर देख लेना चाहती थी। अपना बीता हुआ बचपन, कालेज के दिन, भोलीभाली सादी-सी उन्मुक्त शामें जो वहां लॉन पर कभी गपशप करते, कभी बैडमिंटन खेलते बीत जाती थी। भीतर जाने का द्वार खुला ही था, सुरेखा को लगा, यह द्वार हर किसीके स्वागत के लिए खुला ही रहता है। शाम के छः बजे थे—मां को खोजती सुरेखा रसोईघर तक चली गई। मां रसोई में ही मिलीं। पटरे पर बैठी करैलों में मसाला भर

रही थीं। भूनी हुई सौंफ-कलोंजी की महक उनके आस-पास खड़ी थी। सुरेखा को देखकर वह पटरे पर से उठने को हुई पर सुरेखा ने उन्हें उठने नहीं दिया। पीछे से गले में हाथ डालकर उनके साथ इस तरह लिपट गई कि वह रो पड़ीं। सुरेखा के आंसू उनके आंसुओं में मिलते चले गए। कितनी देर वह कुछ नहीं बोलीं। फिर एक पटरा खिसकाकर सुरेखा उनके पास बैठ गई। वह तब कुछ आश्वस्त होकर बोली :

"भीतर चलकर बैठ। मैं चाय लाती हूं। आने का पता ही नहीं दिया, चिट्ठी लिख देती तो तुझे स्टेशन पर लेने आ जाती। अचानक हम लोगों की याद कैसे आई? छोटी बहन की शादी पर भी नहीं आई तू। उसे क्यों भुला दिया? इतनी कामवाली हो गई है कि तुझे फुर्सत ही नहीं मिली? तेरे बाबूजी तेरे न आने पर बहुत दुखी हुए थे।"

"आपको कैसे भुला सकती हूं मां? बाबूजी, मिन्ना सब मुझे बहुत प्यारे हैं। बस, तब आ ही नहीं सकी, माफ कर दो मुझे। अब आ गई हूं कि अपनी उस नन्ही-सी गृहस्थिन को देख लूं और आप सबसे मिल लूं। अकेले रहते-रहते बहुत थक गई थी।"

मां ने चाय का प्याला पास खिसकाकर पिसी हुई इलायची, दाल-चीनी का चुटकी भर मसाला चाय में मिला दिया था। चाय बड़ी स्वादिष्ट थी। उसे पीकर जैसे सुरेखा पूरी थकावट भूल गई थी। बाबूजी भी शाम की सैर करके लौट आए थे। सुरेखा को देखकर बहुत प्रसन्न हुए थे। मिन्ना की शादी की बातें होती रहीं- कैसे क्या-क्या रस्म हुई, क्याक्या दिया-लिया गया। कमरे में बैठकर मिन्ना की शादी की एलबम भी देख डाली। मिन्ना बहुत अच्छी लग रही थी और उसका पति उदेश भी काफी बांका, अच्छी पर्सनैलिटी का था। मां और बाबूजी बता रहे थे कि उदेश इंजीनियर है। उनका खूब अच्छा बिजनिस है। मिन्ना का एक बड़ा-सा रंगीन फोटो डाइंगरूम में भी लगा था। नव-दाम्पत्य के लावण्य से दीप्त उसका चेहरा जैसे प्रकाश-स्रोत बनकर पूरे कमरे में रोशनी फैला रहा था। उन तीनों को आपस में बातें करते और इतने सारे बीते दिनों के शून्य को भरते रात हो गई। मां बीच-बीच में जाकर खाने में एक नई सब्जी

और बढ़वा आतीं। एकाएक सुरेखा ही बोली थी :

"क्यों न मिन्ना को फोन कर लें ! वह और उदेश यहीं आ जाएं। उनसे मिलने को बहुत अधीर हो रही हूं मैं।"

सुरेखा ने देखा, मां और बाबूजी दोनों के चेहरे पर हल्की-सी कालिमा की छाया उठ आई। उमड़ा हुआ प्रेम और प्रसन्नता का बादल एकाएक जैसे सहमकर थम गया था। कमरे में निस्तब्धता छा गई थी। सुरेखा को लगा, उसने कहीं कुछ गलत कह दिया। कही हुई बातों को याद करने के लिए विपरीत दिशा में कुछ देर चली भी तो कुछ नहीं मिला था। इसीलिए उसे पूछना पड़ा :

"क्या बात है बाबूजी? कुछ गलत कहा क्या मैंने? कोई भूल हो गई क्या...?"

"नहीं बेटी, वैसा तो कुछ नहीं हुआ तुमसे। असल में बात यह है कि मिन्ना की ससुराल वाले बहुत कायदे-नियम पसन्द करते हैं। समय के पाबन्द हैं। खाना-नाश्ता घड़ी की सुइयों के नियत स्थान पर पहुंचने पर मेज पर लग जाता है, और सब लोग अपने-आप ठीक समय पर मेज पर आ जाते हैं। अब तो रात के नौ बज चुके हैं। ठीक आठ बजे खाना खाकर वे लोग इस समय लॉन में बैठे होंगे। ठीक साढ़े नौ बजे सबको अपने बेडरूप में जाना होगा। इस समय वे बाहर तभी आ सकते हैं, अगर सुबह बात हुई हो। तो सुबह आठ से दस तक के बीच में उसे फोन कर लेना, मिन्ना को पूछ लेना, वह यहां आएगी, या तुझे वहां जाना होगा। जैसा भी घर का कायदा हो बेटी, घर की बहू को वह तो मानना पड़ता ही है।"

सुरेखा आश्वस्त हुई कि कोई बड़ी बात नहीं निकली। कहने लगी :

"ऐसा तो होता है, कुछ घरों में। खैर, अनुशासन तो अच्छी बात है। ठीक है, कल फोन कर लूंगी। अब तो वैसे भी मुझे बहुत नींद आ रही है।"

सुबह उठकर मिन्ना को फोन किया। वह बहुत सधे शब्दों में नपीतुली बात कर रही थी। भावनाओं का जो कंपन उसकी आवाज में होना चाहिए था, वह सुरेखा को ढूंढ़े से भी नहीं मिला। खैर, सुरेखा और मां तैयार हो गई थीं।

सुरेखा ने कहा :

"उसके घर चलते हैं। घर भी देख लेंगे और उसे साथ ले आएंगे। बाजार ले जाकर उसे साड़ियां दिलवानी हैं मुझे—वह अपनी पसन्द की ले लेगी। मैं कानपुर से ले आती, पर सोचा, यहां अच्छी मिलेंगी। और फिर मुझे कुछ यहां के फैशन का पता भी नहीं है।"

मां ने फल वाले की दुकान पर टैक्सी रुकवा ली। वह उतरकर बड़ा-सा कटोरा निकलवाकर उसमें फल सजवाने लगी। सुरेखा ने टोका :

"इतना बड़ा टोकरा क्यों मां? क्या आज कोई त्योहार है?"

"बेटी के घर खाली हाथ नहीं जाते। और बड़ा टोकरा इसलिए कि वे बड़े लोग हैं।"

सुरेखा उन्हें देखती रही। अपने घर के लिए मां ने कभी फल नहीं खरीदे थे। वही मां अपने हाथ से चुनकर, खुद हाथ से छांटकर अच्छी किस्म के महंगे फल चुनवाती रही थीं। सुरेखा पास की दुकान से मिठाई लगवाने चली गई तो मां ने कहा :

"अरे, सुरेखा, मिठाई ले रही है तो केवल कलाकंद लेना। वे लोग और कोई मिठाई पसन्द नहीं करते।" और वह सुरेखा से नजर चुराकर लौट गईं। सुरेखा कलाकंद लेकर लौटी तो देखा, मां ने दो सौ रुपये चुकाए थे फलों के टोकरे के। बाबजी की अब खास आय नहीं थी। नौकरी तो कभी की खत्म हो चुकी थी। राजपुर रोड का पुराना पुश्तैनी मकान अब जर्जर हो रहा था। यदु उन्हें मंझधार में छोड़कर चला गया था। वे दोनों चुपचाप चल दी थीं। मिन्ना के मकान के आगे टैक्सी रुकी। वह डिफेंस कालोनी का कोई खास बड़ा मकान नहीं था, पर बना हुआ अच्छा था। टैक्सी ड्राइवर ने फलों का टोकरा बरामदे में रख दिया। घंटी बजाने पर एक नौकर दरवाजा खोलने आया। परदे के पीछे मिन्ना खड़ी दीख रही थी। उत्साह उसकी आंखों में तैर आया था। पर वह कूदकर या भागती हई नहीं आई। संयत कदमों से थोड़ा आगे चली, कुछ ठिठकी तो सुरेखा को ही भागकर उसके गले लगना पड़ा। वे दोनों एक-दूसरे से लिपटी रहतीं कि एक रौबदार आवाज उन्हें छुड़ाकर अलग कर गई। सूरेखा ने मिन्ना के शरीर में उस आवाज से जागा कंपन

महसूस किया पर वह उसे नकार गई, मुड़कर हाथ जोड़े तो एक बहुत शालीन लगने वाली अधेड़ उम्र की महिला को कीमती साड़ी और हीरों के दमदमाते गहनों से लदे खड़े देखा। मिन्ना परिचय करा रही थी :

"दीदी-यह मम्मी हैं। और मम्मी, यह मेरी सुरेखा दीदी है, कानपुर में एडवोकेट है।"

"अच्छा, अच्छा, बैठो—बैठिए समधिनजी! कैसी हैं? मणिका, बैरे को बोलो, कुछ पीने को लाए।"

मिन्ना मुड़कर जाने लगी तो सुरेखा ने उसके हाथ पकड़कर कहा, "अरे बैठो मिन्ना, अभी तो तुझे जी भरकर देखने का, बातें करने का मन है। कुछ पीने-वीने का नहीं है।"

पर मिन्ना सास की आंखों में देखकर मुड़ी और भीतर चली गई। सुरेखा मजबूरन बैठ गई—वह क्यों वकील बनी? कितना कमा लेती है? सुरेखा की फीस क्या है? कानपुर जैसे शहर में मन कैसे लगता है? नाक-मुंह सिकोड़ती हर बात पर अपने को ऊंचा और सुरेखा के परिवार को नीचा गिराकर कुचलती हुई सी वह एक दम्भपूर्ण स्मित से लैस बैठी थीं। मिन्ना के साथ-साथ एक वर्दीधारी बैरा भी आया। चांदी की ट्रे में दो गिलासों में नीबू का शर्बत था। बड़े सलीके से बैरे ने झुककर ट्रे पहले मां के आगे की। मां के झिझकने को एक ही क्षण में पकड़ती सासजी बोली :

"कैसी बैकवर्ड हैं, आप मिसेज गुप्ता? लीजिए, लीजिए—अब वह जमाना बदल गया है, कि बेटी के घर का नहीं खाते। अब कोई परहेज नहीं करता, मैं भी तो अपनी बेटी के घर का खा लेती हूं।"

मां ने चुपचाप शर्बत का गिलास उठा लिया था और सुरेखा ने भी। मिन्ना सुरेखा के पास बैठकर भी खूब संयत स्वर में उसके समाचार पूछती रही। सारा समय सासजी वहीं डटी रहीं और उनके सामने, डरी सहमी मिन्ना विशेष बात नहीं कर सकी। सुरेखा के बहुत आग्रह पर भी उस दिन उन्होंने मिन्ना को उनके साथ नहीं जाने दिया, पर दूसरे दिन जाने की आज्ञा दे दी। ठीक बारह बजे उन्हें मिन्ना को लेकर लंच के लिए जाना है—यह साफ लफ्जों में उन्होंने कह

दिया था। और उनके जाने का समय भी हो गया था। समय की पाबंदी उनके पूरे जीवन का आदर्श है, कहकर उन्होंने बाहर जाने के लिए कदम बढ़ाया था। मिन्ना ने जल्दी से फोन करके सुरेखा और मां के लिए टैक्सी मंगा दी—पोर्च में उनकी कार ड्राइवर के साथ तैयार खड़ी थी।

दूसरे दिन जब मिन्ना आई तो बिल्कुल नार्मल थी। उसके आते ही घर चहचहाने लग गया था। सुरेखा के साथ उसने खूब सारी बातें कीं पर उदेश या अपनी सास का नाम आते ही मिन्ना या तो चुप हो जाती या उदास हो जाती थी। अब तक सुरेखा के सामने यह साफ हो गया था कि वे लोग बहुत लालची निकले थे, उनकी यही इच्छा बनी रहती थी कि मिन्ना के घर से हर समय कुछ-न-कुछ आता रहे। बाबूजी ने मकान का ऊपरी हिस्सा किराये पर चढ़ा दिया था। वह हिस्सा कभी यदु, सुरेखा और मिन्ना के पढ़ने का स्थान था। उस भाग का किराया हर महीने मिन्ना के नाम बैंक में जमा हो जाता था। मिन्ना अपने सारे खर्च उसी पैसे से करती थी। ससुराल में सिर्फ उसे खाना मिलता था और कुछ नहीं। भोली-भाली, मस्त, अल्हड़ मिन्ना को यह एक साल का विवाहित जीवन कितना बदल गया था, यह फिर छुपा नहीं रहा था।

सुरेखा दिल्ली में आठ-दस दिन रही। मां के कहने पर एक बड़े होटल में मिन्ना के साथ उसके पूरे परिवार को खाना खिलाया, उदेश को कीमती सूट का कपड़ा देकर मुंह-दिखाई दी। मिन्ना के सास-ससुर को भी उपहार देकर बड़ी दीदी होने का अपना फर्ज निभाया। जितने पैसे लाई थी, सब खर्च हो गए। पैसे की चिन्ता सुरेखा को नहीं थी। चिन्ता मिन्ना के भविष्य की थी, क्योंकि सुरेखा को वे सबके सब परिवार के लोग बहुत अजीब लगे थे। वे सब बेहद रूखे, व्यवहार-कुशल, लालची और भौंड़े थे। सुरेखा फिर एक दिन बाबूजी से ही लड़ पड़ी :

“बाबूजी, उन लोगों में आपने क्या खासियत देखी थी, जो मिन्ना जैसी गुणवान् लड़की को वहां ब्याह दिया?”

बाबूजी की डबडबाई आंखों में एक टूटा हुआ सपना साफ-साफ झांक रहा था :

“सूरेखा, जब मैं उस परिवार को देखने-भालने गया था, तो वे लोग अच्छे

ही लगे थे। सभी सभ्य, पढ़े-लिखे दिखाई दिए थे। उदेश इंजीनियर है, उनका एक ही बेटा है। जिससे भी बात की, उसने ही उनके परिवार की तारीफ की। पैसे वाले लोग हैं। इस प्रकार तय की शादियों में ऊपर का ही सब तो देखा जा सकता है, भीतर का कोई कैसे देखे? व्यवहार करने से ही तो आदतों का पता चल सकता है, सो अब चल रहा है। जितना हमसे बन पड़ता है, हम कर रहे हैं। वह सुखी रहे, हमारी तो बस यही कामना रहती है।"

बाबूजी इतने निचुड़े लग रहे थे—धन से भी, मन से भी। सुरेखा तब तक पूरी स्थिति भांप गई थी। सोच रही थी, यह हमारा देश कितनी भी प्रगति करे, बेटी पैदा करने वाले मां-बाप का सिर हमेशा झुका रहेगा। जब तक जीते रहे, बेटी की खुशी के लिए बिकते रहे।

दस दिन बाद कानपुर लौट आने पर सुरेखा को ऐसा लगा था, जैसे किसी तपते रेगिस्तान से लौटी थी। गई थी अपने रोग का इलाज करने, वहां से मिन्ना के रोग को देखकर और भी टूट-फूट गई थी। मां-बाबूजी के शांत संयत जीवन में उस गम के तपते रेगिस्तान की धूल उड़ती देखी थी, जो एकसाथ कितनी जिन्दगियों को रोगी कर गई थी। मां का सदा का नौकर-चाकरों का सहज-सा दफ्तर अब नहीं लगता था, वेद बाबू का परिवार वहां से जा चुका था। वह आउट हाउस भी किराये पर चढ़ा दिया था। बरांडे के तख्त पर बैठी राजरानी-सी हुक्म चलाती मां घर के बहुत से काम अपने हाथ से करती थीं, या अकेले में चुपचाप बैठी रहती थीं। बाबूजी और मां, जो कितने हिले-मिले, मीठी तकरारों से भरे-पूरे घर को मधुरता ही सिंचित रखते थे, जैसे आपस में ही अजनबी हुए जा रहे थे। बाबूजी कितनी-कितनी देर पड़ोसी मित्रा बाबू के यहां बैठे ताश या शतरंज खेलते रहते थे, या सुबह-शाम की अपनी सैर में, अधिक-से-अधिक काट देना चाहते थे। यदु की वह कोई बात नहीं करते थे। उसका नाम भी उन दोनों के वार्तालाप में कभी नहीं आता था। सुरेखा के मन में आया कि वह उनकी कुछ आर्थिक मदद करे पर वह जानती थी कि उनका स्वाभिमान, बेटी को देने के लिए बने हाथों का स्वाभिमान कुछ ले लेने की बात पर बहुत टूटेगा...वह उनका अपमान नहीं कर सकी थी।

एक-आध दिन सुरेखा को उस झटके से उबरने और सहज हो आने में लग गया। जब सुरेखा कुछ आश्वस्त हुई तो एक दिन सुबह तैयार हो मधुर के घर चली गई। वहां जाकर उसे यह जानकर बडा आश्चर्य हुआ कि मधुर उन दिनों हरिद्वार गई हुई है। हताश सुरेखा लौटकर घर आ गई। कमरे में मेज पर फाइलों का ढेर भी था। पर काम करने में उसका बिल्कुल मन नहीं लग रहा था। ड्राअर में एक फाइल थी। सुरेखा के कमरे में कोई फोन नहीं था। शिव वक्त-बेवक्त सुरेखा को पचियां लिखकर ड्राइवर के हाथ भेजते रहते थे। छोटे-छोटे नोट, 'यह करना है, 'वह करना है' या 'इतने बजे आ जाना'। वही पचियां फाइल में नत्थी करके रख ली थीं। वही तो बस उसके स्नेह के सम्बल थे, बेहद व्यावहारिक, नीरस और रूखे। सुरेखा फाइल के पन्ने पलट रही थी और सोच रही थी:

'मैंने बालू के ढेर पर पांव रखे थे, एक सूखे कुम्भ से अधर जोड़े थे और पागलपन तो देखो कि मैं, पानी की प्रत्याशा में कब से बैठी हूं!'

पलंग पर लेटकर सुरेखा उसी फाइल को उलटती-पलटती रही, पर मन भटकने लगा था। मिन्ना की शादी के पूरे परिवेश को देख लेने के बाद उस व्यवस्था से कितना चिढ़ होने लगी थी। क्रठघरे में बंद, वह अल्हड़ मस्त जिन्दगी किसकी महिमा गाए—विवाह की उस पद्धति की, जिसने सुहाग के चूड़े की जगह उसकी कलाइयों में मजबूरी बांध दी थी, या बाबूजी के उस अद्भुत त्याग की, जिसे करते-करते वह स्वयं अपनी वृद्धावस्था को कंगाली के कुएं में धकेल रहे थे ? मिन्ना के बड़े-बड़े नेत्रों में समाई सहमी हुई परछाइयां जैसे सुरेखा के साथ आ गई थीं। सुरेखा को लगा, क्या इस स्थिति का कोई विकल्प नहीं है? क्या मिन्ना को उस सतत यातना से छुटकारा नहीं दिलाया जा सकता? कानून हाथ में लेकर उसे बचाया तो जा सकता है, मिन्ना को ही नहीं, बाबूजी और मां को भी बचाया जा सकता है। तभी कानून के साथ जुड़ी शिव की याद सुरेखा के मन में एक पहाड़ी झरने की तरह उतरती चली गई थी।

शिव का एक चित्र मेज पर रखा था। यह चित्र मद्रास के होटल में खाना खाते समय एक फोटोग्राफर ने खींचा था। उस चित्र में सुरेखा के होंठों पर बेहद मीठी मुस्कान थी और आंखें भी सपनीली लग रही थीं—पास की कुर्सी

पर शिव बैठा था, उसका चेहरा भी चमक रहा था। उन मधुमय पलों की बस एक यही स्मृति थी सुरेखा के पास। वैसे दिन फिर कभी नहीं लौटे थे। सुरेखा शिव के साथ जुड़ी थी, उसे रोज देख लेती थी, उसके काम में हाथ बंटाती थी और कहीं जाकर उसके व्यवसाय का एक मुख्य अंग बन गई थी। काम की व्यस्तता के बीच बहुत बार शिव की एक बदली हुई, गहरी-सी दृष्टि सुरेखा के मन में गहराई तक उतरती थी। सुरेखा बड़ी कठिनाई से उसे झेलती थी, हमेशा यही लगता था कि मन उस दृष्टि के साथ डूबने लगा था। उस पल सुरेखा को शिव पर बहुत गुस्सा आता था। उन कमजोर पलों में शिव की क्रूर तटस्थता पर बहुत गुस्सा आता था। वह पल सुरेखा को लड़खड़ा देते थे। इच्छाओं का इस तरह लाश होकर ढह जाना उसे बहुत दुखी कर देता था। तब सुरेखा अपने-आपसे लड़ने लगती थी। एक काला बिन्दु आंखों में आ सिमटता था।

उस पल सुरेखा को लगने लगा, जैसे अन्दर सोई हुई अनेक इच्छाएं पंख झाड़कर फड़फड़ाने को आतुर हो उठी हैं। शिव सामने तस्वीर में अपने दमकते चेहरे के साथ बैठा था। उन्हीं यादों में उसके घर पर सुना अस्लम का टेप बजने लगा था :

अपनी तसवीर जो तूने बड़ी उलफत से
इसलिए दी थी कि जब दर्द का एहसास बढ़े
जब कभी अश्कों का समुंदर फूटे
जब कभी रात के वीरान अंधेरे में मुझे
तेरी याद आए तो तसवीर से दिल बहलाऊं
'मैं अगर आज नहीं आपकी कल तो होऊंगी'
दिल की बेताब उमंगों को यही समझाऊं...।

पता नहीं क्यों, सुरेखा, उस पल अपने पर कोई अंकुश नहीं लगा पा रही थी। मन बहुत बेबस हो रहा था। वह झटपट उठी, मधुर के घर के लिए पहनी काले, सफेद प्रिंट की शफौन की साड़ी कुर्सी पर खुली पड़ी थी, उसे ही पहन लिया। लम्बी चोटी का काम चलाऊ जूड़ा बांधा और चल दी। बाहर गली में ही एक रिक्शा मिल गया। उसीपर बैठ गई।

शिव के गेट पर उतरकर जल्दी-जल्दी अधैर्य से पैसे चुकाकर सुरेखा अपनी-अपनी गेट के भीतर चली गई। दरवाजा रामसिंह ने खोला था। अन्दर सन्नाटा था। सुरेखा किसी अदृश्य तार में बंधी पहले आफिस तक गई। उसका दरवाजा बन्द था, भीतर झांका तो कोई नहीं था। हां, मेज-कुर्सियों पर खूब धूल-मिट्टी जमी थी। सुरेखा फिर लौटती हुई बैठक तक गई। वहां भी खामोशी पसरकर बैठी थी। रसोई में अकेला रामसिंह था। खाना शेरसिंह बनाता है। वह मंजरी के साथ मसूरी ही रह गया था। रसोई भी बहुत गंदी थी। कटी हुई सब्जियां, प्याज के छिलके सारे फर्श पर बिखरे थे। सिंक में जूठे बर्तनों का अम्बार लगा था, जबकि घर में कोई नहीं था। दूध भगौने में बिना ढका पड़ा था, और सड़ी मछली की सी बू आ रही थी। एक ट्रे में मैला-सा ट्रे-क्लाथ बिछा था। उसी में एक प्लेट में कटा हुआ सेब था जो अब तक लाल हो चुका था। उसी में बदरंग खिचड़ी थी और एक कप में भी कुछ था। वह सुरेखा को देखकर बोला :

"आइए दीदी, साहब को खाना दे रहा हूं। आप क्या लेंगी—खाना, चाय या कॉफी?"

"साहब हैं कहां? मेज पर तो नहीं हैं?"

"साहब की तबीयत दो दिन से ठीक नहीं है। ऊपर लेटे हैं, वहीं खाना खाने को कहा है। हमने दाल-भाजी बनाई थी, पर वह बोले, सूप लेंगे, सो बनाकर ले जा रहे हैं।"

"यह कप में सूप है रामसिंह? मैंने तो सोचा, तुमने मैले झाड़न को गीला करके निचोड़ा है उसमें। क्या सूप ऐसा होता है? किचन कितना गंदा किया हुआ है! चलो, पहले किचन साफ कर लो।"

"नहीं दीदी, हम तो आज पिक्चर देखने जा रहे हैं। कल ही साहब को बोला था।"

उसने अपनी जेब से टिकट निकालकर दिखाई, फिर बोला, 'बहुत देर हो गई हमें। दो बार खाना बनाना पड़ा आज तो।" वह बड़ी धृष्टता से बोला था।

उसकी बात पर ही आए गुस्से को पीती वह बोली :

"ठीक है, तुम्हें जाना हो तो जाओ। मैं खाना दे देती हूं। पर पिक्चर के

बाद सीधे घर आना और पहले यहां की सफाई करना।"

वह डिब्बे में से रोटियों का ढेर निकालकर और पतीले में से दालसब्जी उलीचकर खाने बैठ गया था। सुरेखा को वहां खड़े होने का लिहाज या साहब के बीमार होने की कोई सहानुभूति उसे नहीं थी। सुरेखा ने ट्रे का सारा सामान बाहर निकाल दिया। साइड बोर्ड के ड्राअर से साफ ट्रेक्लाथ निकालकर ट्रे में बिछा दिया। शीशी में से अच्छा घी निकालकर खिचड़ी में जीरे का छौंक लगाया। सूप को दुबारा गर्म करके थोड़ा दूध, नमक और काली मिर्च डालकर पीने लायक किया। कटा हुआ सेब रामसिंह को देकर सुरेखा ने फ्रिज से और सेब लेकर प्लेट में रख दिया। रामसिंह जल्दी से चला गया, उसके पीछे सदर दरवाजा नाइट लैच से बंद हो गया।

ट्रे हाथ में लेकर सुरेखा ऊपर चली गई। शिव के बेडरूम का दरवाजा हाथ लगाते ही खुल गया। कमर में एयरकंडीशनर की सुखद ठंडक थी। शिव पलंग पर सफेद चादर ओढ़े हुए लेटा हुआ था। एक खुली पुस्तक पास के खाली पलंग पर औंधी पड़ी थी और चश्मा बेड साइड टेबल पर रखा था। सुरेखा की आहट से शायद शिव के सोचने में व्यवधान पड़ा होगा। वह आंखें बन्द किए ही बोला था :

"रामसिंह, कुछ खाने का मन नहीं हो रहा है। खाना मेज पर रख दो और तुम चले जाओ। जब जी होगा, खा लूंगा।"

सुरेखा उलझन में पड़ गई थी। खाना लिए पलंग के पास तक आ गई थी। उसका वैसे चुपचाप पलंग पर पड़े रहना जैसे बर्दाश्त नहीं हो रहा था। मन चाह रहा था, उसे बांहों में लेकर उसके सारे शरीर के ताप को अपने में उतार ले और शिव को सारे कष्टों से मुक्त कर दे। पर उसे पहले अपने-आपको ही सहज करना पड़ा।

"खाना ठंडा हो जाएगा। पहले खा लीजिए। साढ़े बारह तो बज ही चुके हैं, खाने का समय हो गया है।"

शिव चौंककर उठ बैठा था, जैसे कोई चोरी करते हुए पकड़ा गया हो।

"तुम! ' वह चश्मा लगाकर कुर्ते को ठीक करते हुए बैठने को हो रहा था,

"तुम, यहां कैसे? रामसिंह चला गया क्या...?"

अचानक शिव के बेडरूम में इस तरह आ जाने की अपनी गुस्ताखी पर सुरेखा को शर्म आने लगी थी। उसने खाने की ट्रे मेज पर रख दी, और मेज को पलंग के पास खिसकाकर कहा था :

'आई एम सॉरी, मुझे दरवाजा खटकाकर आना चाहिए था। रामसिंह कह रहा था, आपकी तबीयत ठीक नहीं है, इसीसे मैं सारे मैनर्स भूल गई।"

सुरेखा ने सच-सच कह दिया था। शिव एकटक देख रहा था। उसकी आंखों का भाव जैसे बदल रहा था। सुरेखा भी शिव को ही देख रही थी, परख रही थी। उसे लगा, शिव को बीमारी ने सुखा-सा दिया था। ऐसा लगा, जैसे शिव के भीतर एक लपट जैसी जल उठी थी, एक उजाला-सा उसके भीतर दीप्त हो रहा था। जैसे जीवन बाहर की ओर न आकर भीतर-ही-भीतर बढ़ रहा था। उसका सारा शरीर पारदर्शी हो उठा था। उसकी दृष्टि उद्दीप्त थी, ज्वलन्त। वही गहराती दृष्टि, जो पिघलाकर एक बार फिर लहर कर देगी, सुरेखा का तन एक बार फिर लहर बनकर शिव में समाहित हो जाएगा। सुरेखा पलटकर जाने लगी, कि उसकी हथेली ने झपटकर सुरेखा की कांपती उंगलियों को कैद कर लिया। सुरेखा उसकी वह दृष्टि झेल पाने में अवश, आंखें मूंदकर शिव के शरीर पर आ गिरी थी। सुरेखा का पूरा शरीर उसमें लीन हो जाने को आतुर कांप रहा था। सुरेखा रो रही थी, रोए जा रही थी, पता नहीं अपने-आपको संभाल न पाने की विवशता से, या शिव को उस पल अपने इतने निकट पा जाने की सच्चाई से घबरा गई थी। शब्द उनके बीच कभी नहीं थे। गहराती दृष्टि से आगे बढ़कर उस दिन स्पर्श ने उसे विवश कर दिया था। सुरेखा पिघल गई थी, पिघल रही थी।

सुरेखा ने खाना शिव की फैली हुई टांगों पर रख दिया था :

"तबीयत ठीक नहीं है क्या, ऐसा खाना खा रहे हैं आप?" सुरेखा ने पूछा। पर शिव की गहराई हुई दृष्टि अभी वैसी ही थी, सुरेखा के मन में उतरती, सुरेखा को अव्यवस्थित करती। सुरेखा प्रयास कर रही थी, उससे उबर जाए। देह होने से पहले मन हो जाए। शिव ने उसकी उलझन भांपकर ही कहा था :

"हां, कुछ है, ढीलापन। तय नहीं कर पा रहा था कि रोग शरीर का है या

मन का। अब लग रहा है, रोग अकेलेपन का है। घर का सूनापन काट रहा था मुझे, तुम कैसे चली आईं?"

सुरेखा क्या कैफियत दे? वह तो मन के हाथों विवश किसी अदृश्य आकर्षण में लिपटी बिना कुछ सोचे आ खड़ी हुई थी। सुरेखा बिना कुछ कहे पलटकर फ्रिज से पानी की बोतल लेने चली गई। जब आई तो खाना वैसे ही पड़ा था।

"अरे शुरू नहीं किया आपने? खाना तो बिल्कुल ठंडा हो गया होगा अब तक। क्या गरम करके ला दूं?"

"तुम्हारा इंतजार कर रहा था। तुम बैठ ही नहीं रही हो। आती हो, जाती हो। तुम भी लो न, जो कुछ बना है। अकेले खाते-खाते थक जाता हूं।

वह सूप पीने लगा। सुरेखा सेब के टुकड़े करती रही। एक-आध खुद भी खाती रही। मन में आश्वस्त थी कि ज्वार को उसने लांघ लिया है। पर वैसा नहीं हुआ था। शिव को उसने हमेशा मौन जाना था। शिव को सुरेखा ने केवल प्रतीक्षा पाया था, या एक दूर तक फैलता सागर, पर उस दिन अचानक सुरेखा के कारण मौन की व्यावहारिकता में स्पर्श उग आया था।प्रतीक्षा के कठोर हाथ मिलन के फूलों के गुलदस्ते से भरे हुए थे। शिव के आलिंगन में सुरेखा ने अपने को छुट जाने दिया था। खाने की ट्रे धरती पर खिसकाकर शिव सुरेखा को अपने से लपेट रहे थे। सुरेखा का मनमस्तिष्क एकाएक जैसे सुन्न हो गया था। वह चाहती थी, कुछ सोचे, पर उस क्षण वह फिर लहर में बदलकर उमड़ रही थी कि उसका सागर उसे अपने-आपमें समो ले। शिव ने उससे कहा :

"रो क्यों रही हो?'

"पता नहीं..."

"सुरेखा..."

"न, मुझे कोई सफाई नहीं चाहिए। जो कभी नहीं कहा, उसे आज भी अनकहा रह जाने दो।"

और समुद्र का ज्वार उन्हें बाढ़ग्रस्त कर गया था।

इस बीच प्रशान्त दिल्ली होकर लौट आया। आते ही वह सुरेखा से मिलने चला आया। मां ने फिर से उसके हाथ खाने-पीने का सामान और एक पत्र भी भेजा था :

मेरी प्यारी बेटी सुरेखा,

मां का प्यार।

जब से तुम गई हो, तुम्हारी कोई चिट्ठी नहीं आई। मैं तो प्रतीक्षा करती रही। दो महीने बीत चले, पर मैं तुम्हारी आदत जानती हूं, गोताखोर की तरह गोता लगाकर तुम अपनी ही दुनिया में गुम हो जाती हो और सांस घुटने पर ही बाहर आती हो, इससे पहले नहीं। तभी तुम्हारी चुप्पी का बुरा नहीं मानती। पर अपने मन का क्या करें? एक बेटी पास तो है, पर बहुत दूर है। दूसरी दूर है, पर मन के पास होने पर भी दूरी निभाती है। बेटा ईसाई लड़की घर में डाले है, न जाने शादी की है या वैसे ही रहते हैं। यहां कितने घरों में यदु की शादी की बात चलाई थी, पर वह नाराज होकर चला गया। मिन्ना की शादी में नाममात्र को आया था। उसे हमारे दुख-सुख से कोई मतलब नहीं, मिन्ना के दुख-सुख से कोई मतलब नहीं। और दूसरी तरफ वेद बाबू का बेटा प्रशान्त है। अपने मां-बाप के लिए खूब अच्छा नया मकान बनवाकर यहां के आउट हाउस से निकालकर ले गया है। जो भी कमाता है मां-बाप को देता है—घर पर लगाता है। शादी नहीं करता, कहता है, पहले ठीक से रहने लग जाएं तब देखा जाएगा। तुझे याद होगा, तेरे बाबूजी हमेशा कहते थे, 'वेद बाबू, देखना, प्रशान्त तुम्हारा घर रोशन कर देगा।' सो कर रहा है वह।

मिन्ना तो वैसी ही है। उदेश अपनी मां के कहने पर चलता है। मिन्ना हर बार त्योहार पर पहले ही बता देती है कि यह भेजना है, वह भेजना है। पहली दीवाली आ रही है न, सो टेलीविजन मांगा है, वह भी विलायती। तू सोच, तेरे बाबूजी कभी पड़े देशी-विलायती के चक्कर में? एक दिन प्रशान्त ही मिलने आया था। उसीको कहकर तेरे बाबू जीने टेलीविजन का इन्तजाम कराया है। सब सामान जुड़ गया है, दीवाली पर जाकर दे आएंगे। हो सके तो तू दीवाली

पर आ जाना। हम कितना अकेले पड़ गए हैं! तुम सबका बचपन याद आता है। कितने अच्छे थे वे दिन—क्या दुनिया के और भी मां-बाप इसी तरह अकेले हो जाते हैं सुरेखा? तेरे बाबूजी तुझे आशीष भेज रहे हैं।

सदा सुखी रहो।

—तुम्हारी मां

मां का पत्र स्नेह से बुना था। सुरेखा का मन मां के पास जाने को होने लगा। पर जा कहां सकती थी। वह पत्र उस वर्ग की नग्नता को दिखा रहा था जो बाह्य रूप से कितना सभ्य और सुशिक्षित दीखता है और भीतर से उसका खोखलापन इतनी कुरीतियों और कुत्सित भावनाओं से पटा पड़ा है। मणिका के मन का दर्द फिर से एक बार उसे छुने लगा। पर मिन्ना पर गुस्सा भी आया। पढ़ी-लिखी है। हर प्रकार से समर्थ है। खुलकर उस अत्याचार का विरोध क्यों नही करती, जो उसे, मां और बाबूजी को कुरेद-कुरेदकर खोखला कर रहा है?

सुरेखा ने पत्र प्रशान्त को पकड़ा दिया, कहा :

"लो, तुमसे कुछ छिपा नही है प्रशान्त! यह पत्र पढ़ डालो, और फिर इस पत्र में तुम्हारे लिए भी कुछ है।"

प्रशान्त पत्र पढ़ गया। चुप साधे सुरेखा को देखता रहा, फिर बोला :

"दिस इज टू मच। आज के जमाने में ऐसे भी लोग होते हैं, मैंने कभी सपने में भी नहीं सोचा था। पढ़-लिखकर भी आज के जमाने के नवयुवक इतने कायर और लालची हैं, बड़े ताज्जुब की बात है। बाबूजी और मां की हालत देखकर मैं बहुत कुछ समझ गया था। पर मेरा खयाल था कि यदु की समस्या है। वह मां-बाप की चिन्ता नहीं कर रहा। मिन्ना के लिए तो ऐसा कभी नहीं सोचा था। इतनी अच्छी लड़की उन कसाइयों में कैसे जीती होगी...?"

"क्या करना चाहिए था प्रशान्त—तुम ही बताओ, यदु तो जैसे जिन्दगी से चला ही गया है। बाबूजी, मां कितनी ही चिन्ताओं का बोझ लिए पिसे जा रहे हैं।" सुरेखा ने कहा।

प्रशान्त सोचता हुआ बोला :

"यदु को हमेशा से ही एक सुपीरियोरिटी कॉम्प्लैक्स था सुरेखा। अपने को बड़ा तीस मारखां समझता था। जब जिन्दगी में सफलता नहीं मिली—तो बहाने कर रहा है। तुम भी जानती हो, मां और बाबूजी ऐसे नहीं हैं कि उस औरत को अपमानित करें। जरूर कोई रास्ता निकल सकता है। पर वह कम्प्रोमाइज नहीं करेगा। शायद 'समझौता' शब्द उसकी डिक्शनरी में नहीं है।"

उस दिन के बाद से ही मिन्ना के समाचार मिलते रहे। जो कुछ भी पता लगता रहा, वह बहुत व्याकुल कर देने वाला था। मिन्ना वापस मायके लौट आई थी। कारण भी अजीब थे—यही कि, दहेज की किसी एक साड़ी पर ट्रक में लगी जंग का कोई एक निशान था। मिसेज बत्रा ने फौरन मां को फोन किया कि आकर साड़ी ले जाओ। मां उसी समय वहां गईं। दाग लगी साड़ी के बदले नई साड़ी दी और लौटीं तो उन्हें कहा गया कि, मिन्ना को भी साथ लेती जाओ। कसूर बहुत-से गिनाए उन्होंने—मणिका स्मार्ट नहीं है, मणिका को अच्छे स्कूल में नहीं पढ़ाया आपने, यह ठीक से अंग्रेजी नहीं बोल पाती है। उदेश इसे पार्टी में नहीं ले जा सकता, क्योंकि वह अंग्रेजी डांस नहीं कर सकती। उदेश के दोस्तों के साथ खुलकर बात करने की तमीज नहीं थी उसे। मिन्ना बहुत उदास रहती थी। मां के एक पत्र से यह भी पता चला कि मिन्ना मां बनने वाली है। एक ही बेटा, एक ही बहू थी बत्रा परिवार की। जो खुशी इस समाचार की उनके परिवार में होनी चाहिए थी, उसका वहां नितान्त अभाव था। बच्चे के जन्म पर फिर से देने-लेने का बड़ा-सा सवाल सामने था, और मां उस चिन्ता में घुली जा रही थीं। प्रशान्त ही तो था, जिससे सुरेखा मिन्ना के कष्टों की बात कर सकती थी। जब भी वे मिलते, यह बात अवश्य ही उभरकर आती थी। उस दिन फिर प्रशान्त मिन्ना के कष्टों की लिस्ट दुहरा रहा था। बीच-बीच में उसका एकाध चक्कर दिल्ली का लग जाता था। वही कह रहा था :

"सुरेखा, मुझे यकीन है कि उदेश मिन्ना को मारता-पीटता भी है। कोई कह रहा था कि मिन्ना की बांहों पर सिगरेट से जलाने के निशान हैं। मैं तो इस बार जब बाबूजी से मिला, तो साफ-साफ कह आया था कि मिन्ना को ससुराल बिल्कुल नहीं

भेजो, फालतू नहीं है लड़की। हो सके तो उसका तलाक करा दो। संसार में सब लोग बुरे नहीं होते। ऐसे भी लोग मिल सकते हैं जो उससे अभी भी शादी करके उसे सुखी कर सकते हैं। ऐसे घिनौने हालात में मिन्ना कब तक खुश रह पाएगी और कब तक बाबूजी और मां, धीरे-धीरे बिककर कंगाल होते रहेंगे?"

मिन्ना के समाचार सुनकर सुरेखा जैसे बेचैन हो उठी थी। उसके मन में तरह-तरह के विचार आने लगे। अवश्य ही मिन्ना को बचाना है, कानून का सहारा लेकर बचाना है। बाबूजी से, मिन्ना से बात करना बड़ा आवश्यक लगने लगा। सुरेखा मिन्ना की पीड़ा से दुखी उसी पल उठी और दिल्ली जाने की तैयारी करने लगी। स्टेशन से शिव को फोन कर दिया कि किसी जरूरी काम से दिल्ली जाना पड़ गया है।

अपने ही ऊहापोह में उलझी सुरेखा दिल्ली पहुंची तो घर के भीतर जाने से पहले ही उसे बाबूजी की विपन्नता के आसार नजर आने लगे। घर का एक भाग ड्योढ़ी से नजर आता है। मिन्ना की शादी को डेढ़ साल हुआ था। इस बीच उस घर के लोगों पर क्या बीती थी, यह साफ-साफ दीख रहा था। घर के लॉन में घास मनमौजी कर रही थी। लॉन लॉन न रहकर जंगल हो गया था। पुराने दो-चार पेड़ थे, बाकी सब कुछ अपने-आप उगा हुआ। नागफन बेतरतीबी से बढ़ रहा था। सुरेखा भीतर गई तो सबसे पहले उसे मिन्ना मिली थी। बरामदे में मां के तखत पर अकेली बैठी कुछ कढ़ाई कर रही थी। रंगीन धागों का डिब्बा, कैंची और कपड़े फैले थे। लम्बे बाल पीठ पर बिखरे हुए थी। श्रीविहीन उसके मुंख पर जैसे रक्त का कोई चिह्न नहीं था। पीली मुरझाई हुई मुर्दनी से भरा चेहरा लिए अपनी बड़ी-बड़ी आंखों में आश्चर्य भरे सुरेखा को ताकती हुई वह उठ खड़ी हुई थी :

"अरे दादी-आप?"

सुरेखा उससे लिपट गई। उसपर जितनी दया आ रही थी, उतना ही गुस्सा भी। क्या हालत बना रखी थी मिन्ना ने अपनी! बांहों की लपेट में कितनी देर निःशब्द खड़ी रहीं। खामोशी ने ही बहुत कुछ कह डाला। सुरेखा उससे मिलकर आश्वस्त हुई थी, पर मिन्ना बहत विह्वल हो उठी थी। सुरेखा उसे कुर्सी

पर बठाकर खुद मां को पुकारती रसोई तक गई, पर मां वहां नहीं थीं। कोई नौकर भी नजर नहीं आ रहा था। उसने खुद ही फ्रिज से पानी लेकर गिलास में डाल लिया। कुछ देर में मां और बाबूजी आ गए। वे सुरेखा को देखकर और भी उदास हो गए। इधर-उधर की बातें करते रहे और असली बात को टालते रहे। पर कब तक, सुरेखा ने ही शुरू किया :

"अब मिन्ना का क्या सोचा है बाबूजी?"

"सोचना क्या है बेटी, जो भाग्य में था सो मिल गया, अब जो हमसे बन पड़ेगा, वह करेंगे। बच्चा हो जाने के बाद देखते हैं, ले जाते हैं या नहीं। नहीं तो हम तो जब तक जिएंगे, उसे छाती से लगाकर रखेंगे ही।"

"ऐसे अत्याचारियों के यहां आप फिर कोशिश कर देखेंगे?" सुरेखा जैसे उबल पड़ी, "यह जानते, बुझते हुए भी कि उनकी दिलचस्पी मिन्ना में नहीं, केवल पैसे में है? उनमें इंसानियत तक तो है नहीं, आप ही सोचिए, वहां मिन्ना का क्या भविष्य है?"

"फिर भी, सुखी रहे, दुखी रहे, लड़की अपने घर में ही शोभा देती है। शायद बच्चे के भाग्य से सब ठीक हो जाए।"

बाबूजी जैसे अपने मन को दिलासा दे रहे थे। सुरेखा को गुस्सा आ रहा था :

'आप कैसी दकियानूसी बातें करते हैं बाबूजी! आदतों वालों की आदतें कहां जाती हैं। आप एक 'शायद' पर टिककर मिन्ना को दांव पर लग जाने देंगे? मैं तो यही सोचती हूं कि कानून का सहारा लेना चाहिए, सब कुछ होते हुए लड़की कष्ट क्यों पाए? हम लोगों को कोई ठोस कदम उठाना चाहिए, जिससे मिन्ना को उन राक्षसों से छुटकारा मिले।" मिन्ना का सारा अपमान जैसे सुरेखा की नसों में बह रहा था।

मिन्ना ने सुरेखा का हाथ पकड़कर कहा :

'नहीं दीदी, इतना गुस्सा मत करो। उदेश बुरे नहीं हैं। हालात ऐसे हैं। सब ठीक हो जाएगा। बर्दाश्त कर लेने में ही हम सबकी भलाई है।"

सुरेखा आश्चर्य से मिन्ना का सतयुगी हो आया मुंह देखती रही। फिर कहा :

"कौन-सा कसूर है तेरा जो तू बर्दाश्त कर रही है? क्या पाप किया है तूने जो अत्याचार सह रही है?"

"है दीदी, मैं नहीं पढ़ी। खूब माडर्न नहीं हूं, मेरा अपना रहन-सहन का अपना तरीका है। कितना भी बदलूं, अभी वैसी तो नहीं हो पाई हूं। पूरी रात उदेश के या उनके दोस्तों के साथ कमर में हाथ डाले नाच कहां पाती हूं? फर्राटेदार अंग्रेजी नहीं बोल पाती हूं।"

मां आंखें झुकाए बैठी थीं। उनके हिसाब से यह वार्तालाप बाबूजी के सामने नहीं होना चाहिए था।

"उदेश तुझसे मिलने आता है मिन्ना?' सुरेखा ने पूछा। सब चुप थे।

"फोन आता है उसका या और किसीका?"

सुरेखा के प्रश्न का उत्तर मां ने दिया :

"न, किसीका फोन नहीं आता। अब तुझसे क्या छिपा है बेटी! उन्होंने दीवाली पर टेलीविजन मांगा था, बहुत कोशिश की, विलायती मिला नहीं तो अच्छा-सा देशी ले लिया था। बस, उसीपर भगड़ा बढ़ता गया।" वे मिन्ना की साड़ी में छिपी बांहें खींचती हुई बोली :

"देख, कैसा जलाया है लड़की को उन राक्षसों ने!" मिन्ना की बांह पर छोटे-बड़े काले-काले निशान थे। मिन्ना घबराकर बांहें समेट रही थी और सुरेखा क्रोध से भीतर-ही-भीतर उबल रही थी। न्याय अधिनियम की धारा १३ (१) और १२ (२) के हिसाब से 'क्रूरता' का आधार लेकर मिन्ना का विवाह-विच्छेद कराया जा सकता है। यही सोचकर उस 'कूरता' के सबूत बटोरने लगी थी सुरेखा। दूसरे ही दिन फोटोग्राफर को बुलाकर मिन्ना की जली हुई बांहों के, शरीर के चोटों के निशानों के कई फोटो उतरवाए। डाक्टर को बुलाकर डाक्टरी परीक्षा के कागज तैयार करवाए। सब लोग मना करते रहे। मिन्ना भी झुंझलाती रही पर सुरेखा के ऊपर जैसे गुस्से का भूत सवार था। सुरेखा सोच रही थी—यह सब कुछ मेरे निकट शायद इसलिए घट रहा है कि मैं आंखें खोलकर देख लूं-और अब भी न देखुं तो वह मेरी मूर्खता होगी, मेरा पागलपन।

मन में एक निश्चय घर कर गया था—हां, विवाह के बंधन को सुरेखा

कभी नहीं स्वीकारेगी, कभी नहीं। जितने अपमान ऊपर से गुजर चुके हैं, उनके घाव जितनी क्षति कर गए, उसे ही भरते-भरते वह यहां तक आ गई है। अब यह नया घाव अपने ऊपर नहीं ओढ़ेगी।

6

सुरेखा जब उतने दिनों बाद लौटकर आई तो लगने लगा कि काम बहुत पड़ा होगा। वह जल्दी ही घर से निकली। शिव के आफिस में आकर काम में लग गई। शिव अभी तक आफिस नहीं आए थे। सारा कार्यक्रम देखने पर पता चला, दो क्रिमिनल केसेज की तारीखें पास ही आ रही थीं। ज्ञानदेव नये-नये एम० पी० बने थे। ग्यारह दिसम्बर की रात को उन्होंने अपने मित्र की पत्नी बेला को उसके बहुमंजिला मकान के आगे उतारा था। रात को ग्यारह बजे बेला ने अपने चार मंजिला फ्लैट से छलांग लगा दी और मर गई। बात उस समय आत्महत्या की ही थी। पर ठीक एक सप्ताह बाद ज्ञानदेव की कार का सड़क पर एक्सीडेंट हो गया, उन्हें तो खरोंच भी नहीं आई पर उनके साथ कार में, रंगमंच की प्रसिद्ध अभिनेत्री बैठी थी, उसे बहुत-सी चोटें आई। कार में काफी कुछ था, जैसे बियर, ह्विस्की की बोतलें, सोडे की बोतलें, गिलास इत्यादि। इस घटना से पहली घटना की रूपरेखा भी बदल गई। दुर्भाग्य यह भी था कि ज्ञानदेव अपने बयान में यह भी कह बैठे थे कि वह बेला को छोड़ने ऊपर तक गए थे, उसके फ्लैट में कुछ देर बैठे भी रहे थे। जब वह लिफ्ट से नीचे उतरे थे तो चौकीदार ने बताया कि कोई महिला चौथी मंजिल से कूद गई है। जब इन्होंने जाकर देखा तो वह और कोई नहीं, बेला थी। एक स्थिति इस केस के साथ यह भी जुड़ती है कि घर के सब लोग और डाक्टरी जांच की रिपोर्ट यह बता रही थी कि बेला मानसिक रूप से बीमार थी और उसी मानसिक असंतुलन में ही कूदकर मर गई थी।

सुरेखा उलझी बैठी थी। केस काफी आम था। बेला के बीमार होने के मनोवैज्ञानिक कारणों के पोइंट्स बना रही थी। सोच रही थी, क्यों है इतना

क्राइम? पुरुष-स्त्री के संबंध कहां से कहां तक पतन कर देते हैं? और यह 'व्हाइट कलर क्रिमिनल' तो ऐसे छोटे-छोटे मर्डर एक चुटकी बजाकर कर डालते हैं। किसीके निजी फ्रस्ट्रेशन का फायदा उठाकर उनकी ऐयाशी, उन्हें मौत के मुंह में धकेल देती है। आम तौर पर हर केस की तह में यही तथ्य होता है। सुरेखा कोई भी केस समझने के लिए उस केस से संबंधित सारे पात्रों की मनोवैज्ञानिक उलझनों को सबसे पहले जानने का प्रयास करती थी। उसके बाद, संभावनाओं और परिस्थितियों को समझती थी। कोर्ट के 'बार' में बैठकर जब भी साथी वकील एक-दूसरे के केस पर बातचीत करते तो सुरेखा हमेशा उस केस में आए सभी पात्रों के मन के भीतर छुपे हुए तथ्य को खोजने की कोशिश करती रहती थी।

सुरेखा केस के पोइंट्स लिखने में व्यस्त हो गई। मन-ही-मन किताबों के रेफ्रेंस की बात सोच रही थी कि एकाएक आफिस के दरवाजे से भीतर आते एक पुरुष ने उसे आश्चर्य में डाल दिया। सुरेखा को लगा, जैसे यह पुरुष और कोई नहीं, शिव था। रात ही रात में शिव ने ऐसा क्या किया, जो ययाति की तरह यौवन को पुनः पा गया था? सुरेखा के चौंकने का अक्खड़पन उसे अजीब लगा था। उसीने तपाक से हाथ बढ़ाया था :

"हैल्लो!" सुरेखा ने भी रिफ्लैक्स एक्शन के तहत हाथ बढ़ा दिया था। सकपकाहट उसके चेहरे पर तब भी थी। वही कह रहा था :

"अवधेश हियर—एण्ड यू?"

"ओह—हल्लो—मैं सुरेखा हूं।"

उसके नाम से तो सुरेखा परिचित थी। अवधेश शिव का एकमात्र बेटा था, यह वह जानती थी। वहीं पास ही खड़ा होकर अवधेश उसे देखता रहा। सुरेखा को लगा, जैसे वह देखता नहीं, भीतर तक उतर आता था। उसकी आंखों में भी शिव की आंखों के गहराएपन का-सा गहरा और स्थिर भाव दिखा था। सुरेखा को यह भाव हमेशा विचलित करता रहा था। सुरेखा को लगा, जैसे अचानक ही उसके शरीर के सारे अंग भय से सुन्न पड़ते जा रहे थे। भय—कैसा भय, किसका भय? सुरेखा सोच रही थी, वह डर क्यों रही है?

तभी शिव ने आकर अवधेश से परिचय कराया:

"सुरेखा, मेरे बेटे से मिलो—स्विट्ज़रलैंड से लौटा है। पहले रुड़की में पढ़ता था, वहां बी० ई० करके अब स्विट्ज़रलैंड से एम० ई० करके आया है। अब यहीं रहेगा हमारे पास। और अवधेश, यह मिस सुरेखा हैं, एडवोकेट, मेरी जूनियर।"

अवधेश के आने से जैसे शिव उन कुछ दिनों सजीव हो आए थे। वह बहुत खुश थे, बात-बात पर दोनों बाप-बेटे हंसते थे। एक दिन अवधेश कह रहा था :

"पापा, अब तक आपको जज हो जाना चाहिए था।"

" हां, आफर तो बहुत बार हुआ था, पर मैंने मना कर दिया। तुम्हें पता है कि जब सर पी० सी० रामस्वामी मद्रास में वकालत करते थे तो उन्हें सरकार की ओर से पत्र मिला। उसमें पूछा गया कि क्या वह मद्रास हाईकोर्ट के जज होना स्वीकार करेंगे?

"सर पी० सी० ने अपना उत्तर भेजा, 'मैं बकवास सुनने की अपेक्षा बकवास करना अधिक पसंद करूंगा।"

"तो अभी आप बकवास करना ही पसंद करते हैं पापा?" और वे तीनों हंस दिए थे—शिव को इतना हंसते सुरेखा ने पहली बार देखा था।

अवधेश के साथ-साथ चलते शिव, एक रूप दो परछाईं लगते। बहुत साम्य था दोनों में। शिव के चेहरे के साथ मुक्त हंसी से भरा एक सुलझा हुआ ताजा चेहरा जुड़ जाता था। अवधेश बहुत जल्दी सबसे खुल जाता था। जल्दी उसकी आदत में थी, जल्दी-जल्दी बोलता था, जल्दी ही मित्रता कर लेता था। वह चाहता था कि उसी जल्दी से सुरेखा से मित्रता कर ले। पर सुरेखा भी दूरी बरतती और मंजरी भी बीच में आकर अवधेश के सामने सुरेखा का जितना बन पड़ता, अपमान करती। सुरेखा के व्यवहार में जब मंजरी और कुछ न खोज पाती तो उसे कभी 'चिप आफ ए गर्ल' या 'यू इडियट' कहकर पुकारती। जाने क्यों सुरेखा उसे बिना कुछ कहे छोड़ देती। मंजरी जितना अधिक अवधेश को सुरेखा से दूर रखती, अवधेश उतना ही पास आता और

उसमें कुछ खोजता रहता। अवधेश के आ जाने से शिव का व्यवहार भी बदल रहा था—वह अब उतने अकेले नहीं लगते थे। सुरेखा को लगता, जैसे शिव को अब उसकी अधिक जरूरत नहीं थी, वह उसे टाल रहा था।

सुरेखा भी इन स्थितियों में बहुत तटस्थ रहना चाहती थी। परन्तु अवधेश एक भरे हुए बादल की तरह जब तब उसके सिर पर मंडराने लगता था। वह ऐसे-ऐसे प्रस्ताव रखता जिनमें न कहने की गुंजाइश नहीं रहती थी और सुरेखा को उसके साथ जाना पड़ता था। वह बहुत ही बच्चा और इम्मैच्योर था, इसीलिए वह उसके बचकाने प्रस्ताव कि 'क्वालिटी जाकर भठ रे-चने खाते हैं, या गंगू की कुलफी खानी है...' वह मान लेती। पता नहीं क्यों, उसके कानपुर में बहुत मित्र भी नहीं थे। शायद इस कारण भी वह सुरेखा को घेरे रखता। अपने बीते हुए दिनों के सारे किस्से वह सुरेखा को सुना चुका था। अपने एक सीरियस रोमांस की बात भी कि उसका एक ज्यू लड़की से प्रेम था। वह लड़की वहीं विदेश में उसके होस्टल के पास रहती थी। जब वे बहुत घुल-मिल गए तो उसे लगा कि ज्यू समाज भी भारतीय समाज की तरह बहुत रूढ़िवादी है। उस लड़की के परिवार वालों ने अवधेश से कहा कि या तो वह ज्यू धर्म धारण करके उस लड़की से शादी करे या मिलना-जुलना छोड़ दे। सारी स्थिति की गंभीरता समझ आते ही अवधेश ने अपने उस रोमांस को हवा में उड़ जाने दिया।

सुरेखा ही अवधेश को छेड़ती हुई कहती :

"अवधेश, तुम एल्प्स पर्वत की इतनी खूबसूरती छोड़कर कानपुर में क्या लेने आए हो? तुम्हारी मां कहती है, 'इट इज ए डैड सिटी।"

"सुरेखा, कानपुर मेरे जन्म का स्थान है, इसकी धरती में एक खास तरह की खुशबू आती है मुझे। बड़ा आकर्षण है इस खुशबू में। पापा का जब भी कोई पत्र मुझे मिलता था, मुझे लगता था, यही खास खुशबू उस लिफाफे से निकलकर मेरे कमरे में फैल गई है। पापा के पास रहने की भी बहुत इच्छा है, यू नो, मम्मी इज ए सिक पर्सन। उनकी पापा से कभी नहीं बनी। पता नहीं वे कैसे एक छत के नीचे रहते हैं? मुझे ताज्जुब होता है, कभी-कभी तो मम्मी मुझे भी पहचानने से इनकार कर देती हैं, क्योंकि उस समय इन्हें यह दिखाना

होता है कि वह कितनी यंग हैं। मुझे सहानुभूति है उनसे। कभी-कभी पापा पर भी बहुत दया आती है। पापा और मम्मी दोनों अपने-अपने खोल में अकेले घुट गए हैं—दो लोनली कार्नर्स की तरह।"

अवधेश सेतु की तरह दोनों के बीच बंधा रहा, उन्हें बांधता रहा। घर चलता रहे इसलिए वह मंजरी को अपनी तरह समझता रहता। सुरेखा से कहा :

"ऐ सुरेखा, अपने यह लंबे बाल तुम कभी नहीं काटना।" कभी सुरेखा सलवार-कुर्ता पहनकर आती तो कहता :

"साड़ी में ही तुम अच्छी लगती हो, यह सलवार या जो कुछ भी है—कभी मत पहना करो।"

इसका कारण यही हो सकता था कि मंजरी कभी साड़ी नहीं पहनती थी। वह हमेशा विलायती लंबे-लंबे फ्राक या गाउन पहनती थी। मंजरी के कटे हुए बाल आधा दिन 'कर्ल्स' में बंधे रहते थे। या मंजरी मुंह पर लेप उबटन लगाए घूमती रहती थी। शिव और मंजरी के बीच का शून्य संवादहीनता में बदलता जा रहा था। अवधेश उसीसे कतराकर भागता, सुरेखा में अपनी पनाह खोजता। उस तक आता तो सुरेखा जानबूझकर उससे दूरी बरतती थी। वह प्रयास करती कि अवधेश उसको लेकर कोई सपने न बुने, कुछ न सोचे। पर अवधेश बहुत अकेला था, इसीलिए जहां भी सुरेखा जाती, उसके पीछे-पीछे जाता था।

अवधेश को बरसात के दिनों में बिना वाइपर के गाड़ी चलाने में मजा आता है, सुरेखा टोकती तो वह कहता था :

"शीशे पर ये बूंदें, आंसुओं की तरह बहती हैं, इन्हें बह जाने दो।" और जब उसका हाथ स्टीयरिंग पर लड़खड़ाता था, तो सुरेखा फिर टोकती :

"अवधेश, देखकर कार चलाओ न, कहीं एक्सीडेंट न हो जाए..."

"एक्सीडेंट तो हो चुका है मैडम..."

"एक्सीडेंट हुआ तो जानते हो, स्कैंडल बन जाएगा, ज्ञानदेव बेला की तरह..."।

"हां, जब हमारी लाशें एक-दूसरे में गुंथी मिलेंगी तो बातें तो बनेंगी ही—हेडलाइन्स होंगे :

‘वेलनोन एडवोकेट्स सन कमिट्स सुसाइड विद हिज फादर्स जूनियर एडवोकेट मिस सुरेखा ...(प्रसिद्ध एडवोकेट के बेटे ने अपने पिता की जूनियर एडवोकेट मिस सुरेखा के साथ आत्महत्या कर ली)।”

“ऐसी बातें नहीं करते अवधेश—अच्छा नहीं लगता। मेरी खातिर तुम क्यों बदनामी उठाओगे?”

“आपके साथ मरने में भी मजा है। इटस ए प्लेजर ...” अवधेश की आंखे ढीठ हो आई थीं।

सुरेखा की झल्लाहट बढ़ रही थी :

“ऐसी बातों से मौत का एहसास कितना नजदीक आता लग रहा है...”

अवधेश अभी भी मूड में था :

“ऐसी ही भाषा बोला करो सुरेखा! अच्छी भाषा है उर्दू।”

“मुझे डर लग रहा है, और तुम्हें उर्दू सूझ रही है!”

“डर कैसा बुद्ध?”

“माइण्ड योर लैंग्वेज, मैं तुमसे उम्र में बड़ी हूं। अवधेश, क्या मैं तुम्हें बुद्धू लगती हूं?” सुरेखा झल्लाती।

“हां, बुद्धू तो तुम हो, बात को न समझने वाली बुद्धू और यार, तुम जितनी भी बार कहो, ‘मुझसे बड़ी हो, मुझमें इंटरेस्टेड नहीं हो,’ मुझपर असर नहीं होनेवाला है। देखो सुरेखा, मेरी जिन्दगी का उसूल है, जो चीज पसंद है, जरूर हासिल कर लो—आई डोंट केयर—कि तुम बड़ी हो—मुझे तो बस इतना पता है कि तुम मुझे अच्छी लगती हो...”

सुरेखा चिढ़ने लगी थी। कभी उसे लगता, अवधेश की और उसकी निजी भावनाएं मन में एक तरल सतह पर टकरा रही हैं। इच्छाएं मन के किसी कोर को नहीं कुरेदतीं, मन में वही तटस्थता बनी रहती थी। अवधेश और अधिक नहीं रुकना चाहता था। सुरेखा को लगता था, वह नया है, बच्चा है, स्त्री और जीवन-दर्शन से बिलकुल अनभिज्ञ है, ताजा खिला हुआ, सपनों में चूर मदमस्त संगीत की तरह बहता हुआ। उस पल उसके होंठ सुरेखा के होंठों पर टिक जाते और विरोध में उसके हाथों को अवधेश जकड़ लेता था। सुरेखा

को लगता था, उसकी सांस में एक गंध है, उसके होंठों का गीलापन तुर्श है, खट्टा, जिससे एकदम समुद्र के खारेपन की याद हो आती थी। कितना भिन्न था यह स्पर्श! वह अलग होता, तो होंठों पर का छूटा हुआ वह कसैला-सा स्वाद सुरेखा बना रहने देती थी। फिर उसे लगा था, वह कसैलापन उसके अपने भीतर की अनिच्छा का था।

वह अवधेश को फिर समझाना चाहती, पर अवधेश कुछ नहीं सुनता। उसके आचरण की जल्दबाजी पर सुरेखा को ताज्जुब होता था। इतना तेज क्यों चलना चाहता है अवधेश? अपनी चाल के बीच वह किसी तर्क को स्थान ही नहीं देता, न ही सुरेखा की इच्छा-अनिच्छा को। विवाह की बात आते ही मिन्ना का उदास चेहरा आंखों में उतरने लगता।

सुरेखा ने इस बीच मिन्ना के डाइवोर्स के सारे कागज तैयार कर लिए थे और उन्हें दिल्ली भेज दिया था। सुरेखा चाहती थी कि मिन्ना उनपर विचार कर ले और चाहे तो हस्ताक्षर करके लौटा दे। मिन्ना तलाक के बारे में सोचने लगे, यही सुरेखा का उद्देश्य था। पर बहुत दिनों तक मिन्ना का कोई उत्तर नहीं आया। प्रशांत भी, अपना कानपुर का काम समाप्त करके दिल्ली लौट गया था। वह भी बहुत दिनों से नहीं आया था, न ही मिन्ना के कोई समाचार मिले थे। अपनी व्यस्तता के कारण मधुर से भी मिलना कम होता जा रहा था। एक आध बार फोन किया तो पता लगा, वह कानपुर में नहीं थी। एक बार रंजिश क्लब' गई तो मधुर के बिना सूना-सा लगता रहा। कुछ मित्रों ने बताया, मधुर 'महर्षि देवेश' के शिविर में रोज जाती थी और अब उन्हींके चक्कर में हरिद्वार चली गई है। सुरेखा को सहसा मधुर के इस नये शौक पर जैसे विश्वास नहीं हुआ, पर मधुर वास्तव में कानपुर में नहीं थी, शामों का उदास खालीपन यह ठीक से समझा गया था।

उस दिन मधुर का फोन पाते ही, सुरेखा, आफिस का सारा काम छोड़कर भागती हुई उसके घर चली गई। आदतन सीधे मधुर के कमरे में कदम रुके तो जैसे अवाक् रह गई। उसके कमरे में जैसे किसी अलादीन के जादुई चिराग

के 'जिन' ने अपने जादू से सारा कुछ गायब कर दिया था। मधु र के कमरे की दीवारों पर बहुत-से पोस्टर लगे थे, 'आबा', 'बीजिस' जैसे पॉप सिंगर्स के या ऐसे ही और बहुत-से। एक पोस्टर पर सुरेखा को खूब हंसी आती थी, बड़ा मजेदार पोस्टर था वह। उसपर एक बदसूरतसा मेढक बना था और लिखा था, 'बिफोर यू मीट, ए हैंडसम प्रिंस, यू हैव टू किस ए लौट आफ टोड्स' (अपने राजकुमार से मिलने से पहले तुम्हें बहुत-से मेढकों को चुम्बन देना होगा)। जब भी उस पोस्टर पर बात चलती तो सुरेखा मधुर से कहती, "तभी तू अपने राजकुमार के मिलने से पहले इतने सारे मेढकों को चुम्बन दे रही है, मधुर, अब मैं समझी।"

तो मधुर कहती :

"नहीं सुरेखा, जीवन-दर्शन मेरे लिए बस इतना ही है कि जिसे भी चुम्बन दो, उसे मेढक समझो, बदसूरत गिलगिला—हाथ से फिसल जाने वाला—जो अपना नहीं हो सकता।"

वह हंसने की जगह गंभीर होने लगती, और सुरेखा उसके कमरे की दीवारों पर विविधता से सजे जीवन के अनेक रूपों को देखती जाती। हर एक रूप की व्याख्या मधुर की अपनी थी। पर अब मधुर के कमरे की दीवारें पड़ी थीं, अनावृत-सी बेआवाज। बस, एक दीवार पर किसी महर्षि का बहुत प्रभावशाली चित्र लगा था। सुरेखा मधु र को आवाज लगाती उस चित्र के निकट आ रु की। मधुर गुसलखाने से 'अभी आई' कहकर अपने वहां होने का सबूत दे रही थी। महर्षि का चित्र बड़ा आकर्षक था। लंबे खुले बाल और लंबी श्वेत दाढ़ी के बीच घिरा चेहरा बड़ा प्रभावशाली था, और उनकी वे दो आंखें, जैसे बरबस अपनी ओर खींच रही थीं। उस दृष्टि में कुछ था जो फैलकर सुरेखा तक आ रहा था। सुरेखा को लगा, यदि वह उन दो आंखों को कुछ देर और देखती रही तो जैसे हिप्नोटाइज हो जाएगी—या बेहोश हो जाएगी। मधुर की आवाज ने उसे बचा लिया और वह मुड़कर महर्षि की तस्वीर के आगे पीठ करके खड़ी हो गई। पर—सुरेखा के बिलकुल सामने एक और आश्चर्य खड़ा था—मधुर, सुरेखा की आधुनिका मधुर, लम्बे सफेद काफ्तान जैसे चोगे पर एक लंबी रुद्राक्ष की माला पहने खड़ी थी। उसके कटे हुए खूबसूरत बाल एक

ऊंचे जूड़े में सिर पर बंधे थे। बेहिसाब मेकअप का आदी चेहरा बिलकुल साफ सादा था, सुरेखा जैसे सन्नाटे में आ गई थी। मधुर के विलासी रूप की आदी सुरेखा, उसके इस रूप की कल्पना भी नहीं कर सकती थी। सुरेखा को इस तरह भौचक्का देककर मधुर हंस दी थी :

"कैसी है सुरेखा, इतनी हैरान क्यों हो रही है तू?"

"कहीं तू फैंसी ड्रेस में तो नहीं है मधुर? कोई नया मजाक तो नहीं कर रही मुझसे? कैसी हो गई है? देख मधुर, यह सब, तुझे बिलकुल जंच नहीं रहा है।"

मधुर का चेहरा और कड़ा हो आया था। कहने लगी :

"जाने क्यों? सब ही मुझे यह कह रहे हैं, 'तुझे यह सूट नहीं करता मधुर!' क्यों, क्या मैं इंसान नहीं हूँ? मैं क्या जागृति के इस रास्ते के पकड़ने के योग्य नहीं थी? खैर, सूट करे या न करे, लोग जो भी कहें—मैंने अपना मार्ग चुन लिया है। अपने गुरु के चरणों में जा चुकी हूं।"

'मधुर, यह सब सोच-समझकर करना था न, इतना जल्दी भी क्या थी? संन्यास लेना था, तो सबकी सलाह ली होती। कम-से-कम मुझे तो बताती।" सुरेखा उसके हाथ कसकर पकड़े थी, जैसे उसे हाथों से छुटता पाकर बेबस हो उठी हो।

"सोचने-समझने और सलाह लेने का तो समय ही नहीं आया सुरेखा! पहली बार मैं वहां शिविर में गई थी, बस कौतूहल मन में लेकर, सिर्फ देखने कि वहां होता क्या है। सुबह के आठ बजे थे, गुरु का प्रवचन हो रहा था, सारे-के-सारे शब्द मन में उतर गए। पूरे वातावरण में जैसा आनन्द था, वैसा कहीं नहीं मिला, मेरा मन होने लगा कि बस उसी आनंद से अभिभूत बैठी रहूं। सोचने लगी, घर आकर मां से बात कर लूं, कि संन्यास लूं या न लूं? मैं सोच ही रही थी, द्विविधा में थी कि प्रवचन के किसी उद्धरण के बीच गुरु कह रहे थे, 'जो कार्य आज हो सकता है, उसे कर लो, तुम्हें क्या पता, तुम्हारे पास कितना समय है, मृत्यु का दिन किसने देखा है और जो करना ही है, उसके लिए आज क्या, कल क्या?' उनकी बात का संदर्भ कुछ भी रहा हो, मेरे सवाल का उत्तर वही था। मैं उसी क्षण उठी, दीक्षा पाने वाले भक्तों की

कतार में आगे जाकर बैठ गई। गुरु ने मुझे केवल देखा भर, कहा कुछ नहीं। उनकी असीम शक्ति, उनकी दो ज्वाला-सी दहकती आंखों से निकलकर मेरे भीतर धंसती चली गई। मुझे लगा, मेरे भीतर का सब कुछ जल रहा है—मेरे विचार, भ्रम, महत्त्वाकांक्षाएं, कुण्ठाएं। मैं एकाएक साफ, निर्मल हो उठी थी। शब्द बिलकूल नहीं थे, केवल उनका हाथ मेरे माथे पर रखा था, और वह मेरे भीतर सीधा देखते हुए, मुझे मंत्न का दायित्व सौंप रहे थे। वह छोटा-सा तीन अक्षरों का मंत्न, कवच की तरह मेरे शरीर से आ चिपका। वह तीन अक्षरों का वार्तालाप मेरे पूरे जन्म को बदलकर रख गया है।"

कितनी देर तक दोनों चुप बैठी रहीं। सुरेखा सोच रही थी कि जब मधुर ने इस बदलाव को पूरी तरह ओढ़ ही लिया है, तो उसके प्रति स्वाभाविक हो जाना चाहिए, पर वह बहुत कठिन लग रहा था। कितनी विपरीत थी उसकी दोनों स्थितियां। कहां वह सही अर्थों में पगी आधुनिका, भोग्या, कहां यह मोह-त्यागिनी देवी का रूप धरे संन्यासिनी! बहुत-से पल जैसे थर्राकर बीच में रुके रहे। मधुर फिर से सुरेखा को समझाने लगी :

"बहुत ताज्जुब हो रहा है तुझे? घबरा मत, मैं न तो घर छोड़कर हिमालय की चोटी पर भाग रही हूं, न अपना काम या कर्तव्य छोड़कर गुरु के आश्रम में रहने जा रही हूँ। यहीं रहूँगी, इसी दुनिया में। कालेज में पढ़ाऊंगी भी। बस, गुरु-मंत्न के साथ 'मैडीटेशन' करूंगी-भावातीतध्यान।"

'और ये सब कपड़े, तेरा यह सफेद चोगा—यह माला, तुझे दुनिया से अलग करता तेरा यह वेश?"

"तुझे ये पता है, कपड़ों की मैं बहुत शौकीन थी। वे सब कपड़े मेरी एक खास मनःस्थिति के प्रतीकमाल थे। मैं जीवन को पूरा जी चुकी हूं। मैंने इस जिन्दगी में भरपूर मिठास को पाया है। अब जिसे सब पविलता कहते हैं, वह जीना चाहती हूं। देखना है, इस पविलता में कितनी शांति है, जो 'उस सुख' से बड़ी है। वैसे कोई वचनबद्धता नहीं है, न कोई कमिटमेंट है। मैं तो केवल एक प्रयोग कर रही हूं अपने ही जीवन के साथ—एक एक्सपेरीमेंट। यह सफेद चोगा मेरे शरीर से लगकर मुझे पविलता का स्मरण दिलाएगा। रही दुनिया की

बात, उसके अन्य नियमों की मैंने न पहले कभी चिन्ता की थी, न अब करती हूं।"

फिर रुककर मधुर ही बोली :

"तू जानती है सुरेखा, वह कोई भी तथ्य, जो वैज्ञानिक दृष्टि से ठीक नहीं उतरता, उसे मैं स्वीकार नहीं करती। मैं केवल वही मान पाती हूं जो सच है और जो ठीक से समझ में आ जाता है।"

सुरेखा मजाक का पुट देती बोली :

"तेरे इस रूप में कौन-सी वैज्ञानिकता आ घुसी है?"

मधुर उसके आक्रोश मिले मजाक पर हंसी थी। उसे समझाती हुई कहती रही:

" 'ट्रांसें डेण्टल मैडीटेशन' और कुछ नहीं, चुपचाप बैठे रहने की एक 'ध्यानावस्था है। दिन में दो बार चुपचाप इस प्रकार ध्यान लगाकर बैठने से व्यवहार में एक सहज चुप्पी आ समाती है। सारे स्नायु-तन्तु जो निरंतर काम में लगे रहते हैं, एकाएक शांत हो जाते हैं, उन्हें आराम-सा मिलता है। ऐसा होने से मन में गहरे धंसे सारे कष्ट और उलझनें धीरे-धीरे मिटने लगती हैं, मन साफ होने लगता है और तब भीतर से एक ऐसी ऊर्जा का उद्भव होता है जिसके बारे में हमें बिलकुल कुछ नहीं मालूम था, और जो जीवन का मूल स्रोत है। इस ऊर्जा के जागृत होने से असीम शांति मिलती है मन को, काम करने में भी जैसे स्फूर्ति आती जाती है।"

सुरेखा चुपचाप उसका प्रवचन सुन रही थी। मधुर की ही बातों पर विचार कर उसके इस परिवर्तन से जैसे एक समझौता चाह रही थी और जो हो नहीं रहा था। कुछ देर बाद फिर मधुर ही बोली थी :

"मैंने किन्हीं मानवीय अभिलाषाओं का त्याग नहीं किया है सुरेखा, मैं तो संसार में रहकर ही उस भीतरी ऊर्जा को जागृत करने के प्रयास में हूं, देखूं कहां तक कर पाती हूं!"

जब वह सहज हुई तो फिर सुरेखा की ओर देखती हुई बोली :

"अरे, मैं तो अपनी ही सफाई देती रही हूं। असल में सब इतने सवाल पूछते हैं कि मैं पूरा का पूरा एक लैक्चर दे जाती हूं, जो जवाब न होकर मेरा

ही कवच बन जाता है। उसे लगाकर मैं भीतर को सिकुड़ने लगती हूं अपने-आपमें। वह तो खैर मेरी इस जीवन की ही प्रक्रिया है—पर इतनी नहीं कि अपने आसपास के परिवेश में होती सारी गतिविधियों को मैं नकार दूं। तुझसे अब तक, तेरे जीवन के बारे में कुछ भी नहीं पूछा। हां, अब बता, तेरा काम-धंधा कैसा है? कितना झूठ-सच बोलकर तू लोगों को बहका रही है?" वह फिर अपने पुराने मजाकिया स्तर पर उतर आई थी।

अब सुरेखा के सहज हो आने की बारी थी। वह धीरे-धीरे मधुर को सब बताती गई, मिन्ना के कष्टों की कहानी से लेकर अवधेश के आने तक की स्थिति तक। सुरेखा ने उससे कभी भी कुछ नहीं छुपाया था। बहुत-से सवाल-जवाब के बाद मधुर सुरेखा को समझाकर कहने लगी :

"देख सुरेखा, तू इस नये रंगरूट को छोड़ मत। यही तेरा रेस का घोड़ा है, इसीपर दांव लगा दे। विवाह की उम्र से तू आगे निकल रही है। तू भावुक भी है सुरेखा, कब तक अकेली सहज नारीत्व की भावना को नकारती रहेगी? अब अगर कोई वास्तव में प्रेम करने वाला मिला है तो उसे इसलिए मत छोड़ कि वह शिव का बेटा है, उस पुरुष का, जिसके प्रति तेरे मन में प्रेम जागा था। वह प्रेम नहीं था, था तो मात्र फैस्सीनेशन था जो अक्सर टीन-एजर्स को हो जाता है, उस पुरुष के प्रति जो उनका आइडियल रहा हो। यह भी तो हो सकता है सुरेखा कि तुझे 'फादर फिक्शेसन' हो और शिव में तू वही प्यार खोजती रही। शिव से तुझे क्या मिला? कुछ भी नहीं। अब तेरे हाथ में ट्रम्प कार्ड है। तुरुप चाल करके बदला ले डाल उस मंजरी से, जो तुझे पांव की धूल समझती है और शिव से, जिसने तुझे कुछ नहीं दिया।"

"न, मधुर, शिव ने ही मुझे सब कुछ दिया। जीवन में कुछ पाने का उद्देश्य, उसीके कारण तो पूरा हुआ। उसीने तो मुझे इस योग्य बनाया कि आज मैं आत्मनिर्भर हो सकी हूं। कुछ तो हूं। उसकी अपनी वकालत धीरे-धीरे मेरे हाथों फिसलकर आ रही है। पहले जूनियर थी, अब उसकी पार्टनर हूं।"

"ठीक है, काम के बदले तूने भी खूब मेहनत की, तेरी जगह और कोई लड़की होती, तो भी शिव ऐसा ही करते। कोई खास एहसान तो किया नहीं

उसने। एक तू ही तो नहीं, पचासों वकील उससे सीख-पढ़कर गए हैं। वह तो उसके प्रोफेशन का एक नियम था, जो उसने तेरे साथ निभाया।"

"भूल मत मधुर, एक दिन तूने ही कहा था, शिव का जो भी भाव है मेरे लिए, वह और कुछ नहीं, प्रेम है। अब कह रही है, वह मात्र फैस्सीनेशन था। तेरा क्या मतलब है, जहां जैसे जरूरत पड़े, शब्दों को बदल लेना चाहिए?"

"ठीक है, प्रेम ही समझ। पर यह बता, उस प्रेम से तुझे क्या मिला? कुछ भी तो नहीं! बस, दुख ही दुख या घुटन। इंसान को प्रैक्टिकल होना चाहिए। वहां अगर सुख नहीं है तो जहां सुख है, उसे पकड़ लेना चाहिए। सुख के सहारे की प्रतीक्षा में अनिश्चय में कोई कब तक जी सकता है?"

"प्रेम न हुआ, सौदेबाजी हो गई!" सुरेखा अब तक चिढ़ने लगी थी। "मधुर, एक बात बता दूं तुझे, मुझसे भावनाओं का व्यापार नहीं होता। मैं जानती हूं, शिव ही मेरा प्रेम है और मेरी मजबूरी भी है। अब अगर अवधेश के प्रति कुछ स्नेह है तो वह इसलिए कि वह बहुत कुछ शिव जैसा है, वह शिव का ही जैसा एक रूप है। नहीं तो मैं शायद अपनी जिन्दगी में उसे कोई जगह नहीं देती। अवधेश की मजबूरी यह है कि वह बहुत अकेला है, और जल्दबाज इतना है कि फटाफट इस तरह छा जाता है कि दूसरे आदमी को कोई सफाई, कोई कैफियत पेश करने का मौका ही नहीं देता। बस, यही मेरी उलझन है। समझ में नहीं आता, क्या करूं?"

मधुर ने पूछा :

"उसने तुझे 'प्रपोज' किया है? कहा क्या शादी के लिए?"

"अभी तक तो नहीं कहा। पर वह दिन दूर नहीं है मधुर! मैं ही उसे बढ़ावा नहीं देती। नहीं तो अब तक क्या का क्या हो गया होता।"

'मेरी मान सुरेखा, उससे तू शादी कर ले। फिर शायद ऐसा मौका हाथ न आए...।"

सुरेखा फीकी-सी हंसी से भर उठी थी :

"शादी का नाम मत ले मधुर! इस शब्द से मुझे बहुत घबराहट होती है। शादी के कितने ही रूप देखे हैं मैंने। पहले अपने पापा का, वह कैसे मम्मी के हाथों

बेवकूफ बनते रहे! फिर शिव का, वह और मंजरी चुम्बक के दो विपरीत छोरों की तरह जी रहे हैं। और अब मिन्ना को देख रही हूं। आजकल के जमाने के पढ़े-लिखे आधुनिक घरों में जहां समझदारी की अपेक्षा की जाती है, वहां अव्वल दर्जे के लालची लोगों से पाला पड़ता है। मेरी ही बहन घुटकर मर रही है। मैं बहुत चाहती हूं, वह अधिक न सहे; मैं चाहती हूं, वह तलाक ले ले। क्या कसूर है उसका? यही कि बाबूजी के बताए लड़के से सिर झुकाकर उसने शादी कर ली?"

मधुर ने कहा, "नहीं, कसूर उसका नहीं, कसूर है उसके संस्कारों का जो उसे उबरने नहीं देते और कसूर है उस समाज का जो नियम बनाकर हमारे सामने रख देता है—और हम पल-पल मरते हुए भी उन्हीं नियमों के आगे सिर झुकाए चलते जाना चाहते हैं, चल रहे हैं।"

"जानते भी हो, प्रेम क्या है?"

"क्या है?"

"प्रेम एक प्रक्रिया है जहां भावनाओं की दो लहरें मानसिक स्तर पर एक-दूसरे से जुड़ती हैं।"

"बड़ी साइंटिफिक है तुम्हारी यह परिभाषा।"

"हां, मनोविज्ञान में ऐसा ही कहा गया है...!

"मैं तुमसे मनोविज्ञान की ये परिभाषाएं जानने नहीं आया सुरेखा! सीधी-सी बात है, लगाव की। मैं अपनी जिन्दगी में तुम्हें जोड़ना चाहता हूं। समूचा, शरीर भी और मन भी। बस, जब आंख खोलू, तुम दिखो, बंद करूं तो तुम दिखो। उसके पीछे-आगे जो कुछ भी है, उसे तुम भी छोड़ दो, मैं भी।"

"मुझे पाने के लिए तुम्हें और भी कुछ छोड़ना पड़ेगा अवधेश!"

"क्या?"

"शायद यह घर, यह शहर।"

"क्यों?"

"तुम्हारी मां, तुम्हारे डैडी—क्या बरदाश्त कर लेंगे मुझे?"

"क्यों, क्या खराबी है तुममें?"

'यह तो मैं खुद भी नहीं जानती अवधेश, इतना जानती हूं कि मैं और तुम कभी जुड़ नहीं सकेंगे। तुम मेरे अपने लगाव को, या जो भी है, उसे किसी रिश्ते में मत बदलो। रिश्ते जोड़ लेना तो बहुत आसान होता है पर निभाना बहुत कठिन।"

"तुम कोशिश तो करके देखो। विश्वास करना सीखो सुरेखा, मैं जीवन को इतना मुश्किल नहीं मानता जितना तुम। एक बार हां कहकर तो देखो। जस्ट से यस—और बस फिर देखो, मैं क्या नहीं करता।"

"बहुत बच्चे हो तुम अवधेश! खाली अपने 'हां' कह देने से शादीब्याह नहीं हो जाते। यहां हिन्दुस्तान में—यहां और बहुत कुछ है जो शादी के साथ समानांतर चलता है और वह है अपने परिवार की सुखसुविधा। तुम्हारे घर तक आने से पहले एक रेलवे क्रासिंग आता है। वहां खड़े होकर सोचना पड़ता है—पटरियों के बीच लेटा हुआ धूल भरा कुचला रास्ता कितनी ही मजबूरियों और प्रश्नों के अंक हाथ में थमाता है। और जब धकधकाती हुई रेल चली जाती है तो लगता है, अंक अर्थहीन हो चुके है।"

"फिर भी हम रास्ते को फलांग जाते हैं। रास्ते का कोई रेलवे क्रासिंग रुकावट नहीं हो सकता। सिर्फ आपका अपना 'मेंटल मेकअप', आपके विचार, जो कहीं बाहर से नहीं आते, भीतर से उपजते हैं, वही तो फैसला ले सकते हैं। सुरेखा, उत्तर तुम्हें अपने अंदर खोजना होगा, इधर-उधर से नहीं।"

सुरेखा को उस पल अचानक अनारकली की उपमा याद हो आई। शिव चाहे तो भी अनारकली की तरह की कोई सजा नहीं दे सकते। मंजरी का बड़बड़ाना, अस्लम का टेप और सुरेखा का निडर हो जाना कुछ भी शिव की तटस्थता को नहीं डिगा सका था, तो यह फैसला...?

"फिर सोचने लग गईं तुम?" अवधेश सुरेखा की उंगलियों में उंगलियां उलझाने लगा था।

"मुझे तुम्हारी बातों से डर लगता है अवधेश! तुम क्यों ऐसा सोचने लगे—यह जानते हुए भी कि मैं तुमसे प्रेम नहीं कर पा रही?"

वह फिर से सुरेखा को चुप कराता है, उसकी उंगलियां सुरेखा के होंठों

पर आ टिकती हैं।

"वह तुम मुझपर छोड़ दो। मैं तुम्हें प्यार करना सिखा दूंगा—जस्ट से यस...।"

"ओ० के०, सोचूंगी। अभी कुछ समय दो, जल्दी भी क्या है?"

सुरेखा उसे झटके से उठाती है, "अवधेश, एक जगह जाना है, चलोगे?"

"कहां?" वह उस समय कहीं जाने के मूड में नहीं था।

"तुम उठो तो।" सुरेखा ने उसका हाथ पकड़कर उठाया। वह बेदिली से उठा।

कार सुरेखा चला रही थी। बहुत दिनों, बहुत सालों बाद सुरेखा एक बार फिर पापा की हवेली के आगे आ खड़ी हुई।

'व्हाई टू ए बैंक? शादी की एप्लीकेशन तो हमें कोर्ट में देनी थी। बैंक क्यों ले आईं तुम?"

अवधेश थोड़ा खीजकर बोला।

"बस, शादी-शादी...और कुछ नहीं? यह बैंक तो अब बना है। पहले यह मेरा घर था। मेरे पापा का घर। मैं यहां रहती थी। तब सब कोई थे। अब मेरा कोई नहीं है। यहां एक मेरा कमरा है, जहां मुझे जाना है?"

वह सुरेखा को देखता रहा। "तुमने कभी बताया नहीं?"

"बताने को कुछ था ही नहीं।"

सुरेखा आगे बढ़कर चौकीदार से बात करने लगी थी। उस समय शाम के सात बज चुके थे। सुरेखा ने उसे बहुत समझाकर बताया कि उस हवेली के एक कमरे को सिर्फ वह देखना चाहती है, पर चौकीदार किसी तरह नहीं माना। बार-बार वह यही कहता रहा कि कमरों की चाभी उसके पास नहीं रहती और न ही उसे वह कमरे खोलने का हक है। अवधेश ने भी समझाया कि बैंक तो किसीके लिए भी नहीं खोले जाते। सुरेखा उदास होने लगी थी, कमरे की दीवार पर बचपन में बनाया एक काला बिन्दु उसकी यादों में उग आया था, बस उसे ही देखने का मन होने लगा था। उस पल वह अपने और अवधेश के हाथ से उसे मिटाने गई थी, उससे विदा लेने गई थी।

अवधेश तो सुरेखा को घर छोड़कर चला गया, पर सुरेखा उसीके विचारों में खोई हुई थी। अवधेश का बार-बार शादी के लिए कहना अब समस्या बन गया था। अवधेश से प्रेम नहीं है, यह बात मन में पूरी तरह साफ थी फिर भी उसका-साथ बुरा नहीं लगता था। सुरेखा जितना सोचती, बुद्धि और मन दुविधाएं ही पैदा करता था। वह सोचती— 'शायद जीवन को बिना छुए जी लेना अच्छा रहता। जितना सोचते हैं, तर्क पेश करते हैं, जीना उतना मुश्किल होता जाता है। अवश्य ही जीवन अपने-आपमें एक पूरापन है। बुद्धि और तर्क से जोड़ देने से उसके टुकड़े हो जाते हैं। और टुकड़े जोड़ना एक स्थिति पर कष्टकर हो जाता है। मैंने खुद ही सोच-सोचकर अपनी जिन्दगी के टुकड़े कर डाले हैं। अब जब भी टुकड़े जोड़ने बैठती हूं तो कुछ भी हाथ नहीं आता। कुछ हाथ आता है तो कष्ट और दुविधाएं। पहले समय में हमारी दादी, नानी, जितना सरल जीवन जी लेती थीं, वैसा तो हम कभी भी नहीं जी पाते। शायद उनके जीवन के पीछे एक बड़ा कारण रहा होगा कि उनकी जुबान पर शिकायतें और मस्तिष्क में तर्क नहीं थे। जीवन जीने के लिए उन्होंने हमारीतरह व्यवधान नहीं जोड़े थे। और मेरे जीवन में—शिव के प्रेम का महत्त्व तो है ही, अवधेश की मित्रता के बदलते रूप की उलझन भी है। और यहां तक कि अस्लम के टेप की आवाज का जादू भी अपना स्थान बनाए है।'

शिव का चित्र मेज पर पड़ा था। उसे ही सुरेखा देखती रही, सोचती रही— 'मैं साधारण-सी भावक-सी नारी हूं, कर्मठता का कितना ही सख्त खोल ओढ़ लूं, भीतर कहीं एक भावुक मन धड़कने लगता है। अस्लम की आवाज मुझमें स्पंदित होती है। शिव का पूरा-का-पूरा अस्तित्व, बहुत व्यस्तता के पलों में भी रोमांच देता है। शिव--कितना मन चाहता है कि तुम भी आगे बढ़ो, पर, तुम्हारे चेहरे की एक भी रेखा अपने स्थान से नहीं हिलती। और फिर मुझे ही जड़ हो जाना पड़ता है। अवधेश मुझे जितना भी प्यार करे, वह रोमांच, वह स्पंदन नहीं दे सकता, जो मैं तुमसे पा चुकी हूं। सच तो यह है शिव कि वह पल आज भी मुझमें जीवंत है और जब तक मैं हूं, मुझमें वह बीते हुए क्षण जीवन भरते रहेंगे और यह भी तय है कि मैं अब इस जीवन में

तुम्हारे अलावा और कुछ नहीं चाहती—कुछ भी नहीं।'

उस दिन के समाचारपत्र में अस्लम के जीवन पर एक स्कैच-भर छपा था। सुरेखा उसे पढ़ती रही। अस्लम उसकी उत्सुकता थी, पर उसे लगा, बाहरी खांकों से किसीके भीतर को कैसे जाना जा सकता है? वह तो हमेशा उसके टेप सुनती रही, आवाज पर मुग्ध होती रही थी। सुरेखा को लगता था कि जब मन की भावनाओं का बाह्य संसार से तादात्म्य बैठने लगता है तो बाहर से कितनी ही चुनौतियां हैं जो आकर टकराती हैं, कितने ही लोग उकसाते हैं, और भड़काते भी हैं। उसी समय मनुष्य को पता लगता है, उसकी अपनी इच्छाएं कितनी हैं, उसकी उदासियों में गहराई कितनी है, या उसके प्रति लोग कितने उदासीन हैं, या लोग उससे कितना जलते हैं। सुख-दुख कितने स्थायी हैं! मूड बनते हैं, बिगड़ते हैं। वैसी ही मानसिक प्रक्रिया के बीच आदमी अपने को जान पाता है—यही कि मैं क्या हूं, मेरा मूल्य क्या है। अपने को जान लेना, भीतर के मृत अपनत्व को जान लेने जैसा नहीं है, केवल एक प्रयास है जो प्राप्ति की ओर ले जाता है। अस्लम ने अपने को जाना होगा, शायद उस समय उसे लगा होगा कि वह इस धरती पर उगकर ऊपर उठ सकता था, आकार ले सकता था। उसने आकार लिया भी था—उसकी भावनाएं आवाज के जादू में घुलकर ऊपर उठने लगी थीं, शोहरत, नाम, धन सब कुछ मिला था।

समाचारपत्र में लिखा था :

'अस्लम मियां की करांची में बहुत बड़ी हवेली है और पाकिस्तान सरकार ने उन्हें एक मिठाई की दुकान भी खोल दी है। बहुत-सी लड़कियां उनके आगे-पीछे हैं पर अभी तक उन्होंने शादी नहीं की है।'

अस्लम की ओर से कुछ नहीं था। सुरेखा सोचती रही, अस्लम अवश्य ही किसी बड़े शून्य से उलझा हो—एक तरफ है प्रोफेशनल जिन्दगी में उन्नति, और उससे प्राप्त मन का असीम संतोष कि हमने कुछ किया। दूसरी ओर भावनाएं, भावनाओं के उद्वेग से भीतर मन में जागी उथलपुथल। पर अक्सर ऐसा होता है कि जीवन पर कर्तव्य का पहलू विजय पा जाता है और भावनाओं

को नकार देना पड़ता है।

लेख के अन्त में लिखा था :

'पर आदमी कितना अकेला चल सकता है, कितनी देर जीवन की स्वाभाविक इच्छाओं को ठुकरा सकता है, कितनी देर?'

सुरेखा को लगा, यह प्रश्न केवल अस्लम का नहीं है, उसका भी है, मधुर का भी है। अकेलापन और भी कितनों का है। क्या शिव अकेला नहीं है? विवाहित शिव, एक बेटे का पिता शिव, अकेला नहीं है? मिन्ना भी तो? क्या दुनियावी तौर पर विवाह कर लेने से किसीका अकेलापन मिट जाता है?

मधुर कहती थी, गुरु के चरणों में चले जाने से उसे सब कुछ प्राप्त हो गया, वह अकेली नहीं थी। उसने अपने विश्वास और आस्थाओं की जिम्मेदारी गुरु के हाथों थमा दी है। अकेली चलती तो बहुत-से व्यवधान आड़े आते, अब कुछ नहीं था। पर सुरेखा अभी कितनी देर उसीको सोचती समाचारपत्र हाथ में लिए बैठी रही।

7

फिर एक दिन मां का पत्र मिला।

मेरी बेटी सुरेखा,

बहुत-सा प्यार!

तेरे पत्र और तेरे भेजे हुए सारे कागज मिल गए थे। मिन्ना के नाम भेजा पांच हजार रुपये का ड्राफ्ट भी पहुंच गया था। उन सबके आने से मिन्ना खूब रोई थी, बस कहा कुछ नहीं। तेरे बाबूजी ने रुपये मिन्ना के नाम से जमा करवा दिए हैं। अभी तो समय कट ही रहा है, आगे कभी काम आए तो। मिन्ना ने सारे कागज संभालकर रख लिए हैं। कहती है, 'अभी और इन्तजार करूंगी।' हां, सुरेखा, इस बीच एक घटना हुई, जो तुझे बताना जरूरी है। उदेश का एक मित्र हमको बाजार

में मिल गया। उसने मिन्ना से घर के हालचाल पूछे तो मिन्ना उसके सामने रो पड़ी। मैंने उस समय उसे टोल दिया और घर आने को कहा। दूसरे दिन वह घर आ गया। बाबूजी ने सारी बातें उसे बता दीं। वह भिन्ना से भी मिला और सारे समाचार जानकर गया। वह गंभीर प्रकृति का आदमी है। उसे मिन्ना के जीवन की चिन्ता भी हुई और सहानुभूति भी। दूसरे दिन वह अपने साथ उदेश को लेकर हमारे घर आ गया। उदेश बड़ी अच्छी तरह मिला। बाबूजी के पैर पड़ा, माफी मांगता रहा, मुझसे ठीक से बोला। मिन्ना से उदेश और उसका मित्र बहुत देर तक बातें करते रहे। लग रहा था, अपने किए पर वह बहुत शर्मिंदा है और माफी मांग रहा था। फिर वह मिन्ना को दो दिन बाद आकर विदा करा ले गया। मिन्ना खुश थी, कुछ दिन ठीक भी चला। एक-दो बार जाकर मैं उसे देख भी आई। फोन पर तो रोज बात करती ही थी। पर अब जाकर यह बात पता लगी है कि उसकी ससुराल वाले मिन्ना को यहां नहीं आने देंगे। कभी-कभी मिन्ना ही चोरी से फोन करती है। यही कहती है कि वह अच्छी तरह से है, उसे कोई कष्ट नहीं है। बस, यही बंदिश लगाते हैं कि राजपुर रोड नहीं जा सकती। अब समझ में नहीं आता क्या करें? अगर वह अपने घर में खुश है तो हमें क्या फर्क पड़ता है, यहां आए या न आए। हमारी तो इसीमें खुशी है कि वह जहां भी रहे, खुश रहे। कभी-कभी सामने वाली शेफाली को भेजते हैं, वही खबर ला देती है, यही बताती है कि मिन्ना अच्छी तरह है। सो सबर किए बैठे हैं।

तू छुट्टी पाते ही घर आना। मेरा तुझे देखने को भी बहुत जी चाहता है। बस, यही मंगल कामना करती हूं कि तुम सब सुखी रहो।

—तुम्हारी मां

सुरेखा पत्र की ओर देखती, जड़ हो गई थी। एकाएक आंखों में मिन्ना की वह रंगीन तस्वीर छा रही थी जो मां ने ड्राइंगरूम में सजा रखी थी। पता नहीं उन हंसती आंखों में उतनी हंसी अब भी है, या बस परछाइयां ही हैं। वह कितना तो सबको समझाकर आई थी पर कुछ फायदा नहीं हुआ। उन लोगों ने मिन्ना को चले जाने दिया। इतने तूफान के बाद उस उखड़े हुए खेमे में मिन्ना कितने दिन काट सकती है?

बाबूजी से फोन पर बात करनी हैं, ऐसा सोचती हुई सुरेखा शिव के घर की ओर चल पड़ी थी। सामने के मकान की किरायेदारिन शेफाली फोन पर घर के लोगों को बुला देती है। डायरी से नम्बर खोजती हुई सुरेखा दफ्तर तक आ गई थी। शाम के साढ़े सात बजे थे। दफ्तर में अंधेरा था और शिव के कमरे की बत्ती बाहर से ही दिखाई दे रही थी। सुरेखा के घंटी बजाने पर शिव ने ही दरवाजा खोला। एक ओर हटकर भीतर आने का रास्ता बनाते हुए सुरेखा को गहरी एक नजर से देखा, फिर कहा, "अकेली आई हो? अवधेश कहां है?"

"वह फैक्टरी गया है।"

"हां, यही बताना था उसे, किसी मशीन का ब्रेक डाउन हुआ है। आफिस के लोग उसे बुला रहे थे।" शिव ने कहा।

"अब तक पहुंच गया होगा।" सुरेखा कह रही थी, तभी फोन बजने लगा। शिव ने उठाया।

"हां बोलो, अवधेश, अच्छा—देर से लौटोगे, ठीक है, दरवाजे की चाभी चौकीदार से ले लेना।" उन दिनों मंजरी घर में नहीं थी।

फोन बन्द करके शिव मुडे हैं, "फोन अवधेश का ही था, कह रहा था, कोई नई मशीन लगी थी, उसका ही ब्रेक डाउन हुआ है। ठीक करने में लगा है। आने में शायद देर हो।" सुरेखा के चेहरे को पढ़ने के लिए वह देर तक उसे देखते रहे, पर अवधेश की सुख-सुविधा के लिए वास्तव में ही सुरेखा चिन्तित नहीं थी। शिव ने ही पूछा :

"कुछ काम था क्या?"

"हां, दिल्ली एक फोन करना था। और अगर, आप फ्री हैं तो, मिन्ना के बारे में भी डिस्कस करना था कुछ...।"

"तुम फोन करके आ जाओ, मैं भीतर इन्तजार करता हूं।

दिल्ली को सीधा मिलाने के लिए बहुत बार कोशिश की पर फोन नहीं मिला तो काल बुक करवानी पड़ी। सुरेखा फोन रखकर जब भीतर गई तो शिव खाने की मेज पर थे और रामसिंह खाना दे रहा था।

"आओ, तुम भी खा लो, अवधेश को आने में काफी देर होगी।"

सुरेखा इस बार फिर अपने से जुड़ता अवधेश का नाम सुनकर चिढ़ गई। सोचने लगी— 'मुझे कई बार अवधेश के देर से आने की बात से क्यों अवगत करा रहे थे शिव? मेरे भीतर अवधेश के लिए क्या है? शिव साफ-साफ क्यों नहीं पूछ लेते? इतना धैर्यवान, इतना बेसरोकार क्यों है यह पुरुष? जाने क्यों शिव को देखकर बार-बार यही बात मन में उठती है कि जैसे भगवान को बिना जाने हम उम्र-भर प्यार करते रहते हैं, श्रद्धा करते रहते हैं, तो क्या उसी तरह मैं इस पुरुष को उम्र-भर प्यार नहीं कर सकती...?'

"किस सोच में हो, खाना ठंडा हो रहा है...'

सुरेखा चुपचाप खाना खाने लगी। फिर सोचती रही, 'खाना बहुत बेस्वाद बनता है रामसिंह। किसी भी साग-सब्जी मैं रस नहीं है। दाल में दाने अलग पानी अलग। न दही कायदे का। सलाद, अचार, चटनी जैसा कुछ भी तो मेज पर नहीं था।' फिर धीरे से बोली, "आजकल रामसिंह खाना ठीक से नहीं दे रहा है। आप कुछ नहीं कहते उसे? कैसे खा लेते हैं इतना बेस्वाद सब?"

"अच्छा, खाना स्वाद नहीं है क्या? मुझे तो पता ही नहीं चला," शिव हाथ रोककर बोले, "हां वाकई, गोभी एकदम फीकी है—हमें तो आदत ही है, ऐसा खाने की। खाने के लिए जिया नहीं कभी, तो जीने के लिए खाना फिर कैसा भी हो, फर्क नहीं पड़ता।"

सुरेखा को अच्छा नहीं लगा। उसने मंजरी से झड़प हो जाने के बाद से किचन देखना एकदम बंद कर दिया था और इधर वह व्यस्त भी तो बहुत हो गई थी। सुरेखा पहले ही हमेशा शिव के लिए कोई केक या पुडिंग या कोई मिठाई इत्यादि बना आती थी। घर में फूल सजाती थी। नौकरों से वार्तालाप था और इसीलिए खना ही नहीं, सफाई वगैरह भी ठीक रहती थी। पर अब सुरेखा के दिलचस्पी जैसे समाप्त हो गई थी। अब कभी चाय, कॉफी का प्याला तक भी वह नहीं पीती थी। उस दिन मेज पर बैठते ही आत्मीयता के बहुत-से पल पास आ खड़े हुए। वही अपनापन जो सुरेखा ने कभी जाने-अनजाने इस घर से जोड़ा था, वह पुरानापन याद आने लगा। जाने क्यों वह बदली चली गई, किसलिए? खानासमाप्त हो गया था। शिव हाथ धोकर ड्राइंगरूम में आ बैठे

थे। सुरेखा सामने बैठी तो उसे लगा, शिव के कपड़े जैसे बहुत हड़बड़ी में पहने गए थे, ठीक से प्रेस भी नहीं किए हुए थे। चेहरा भी तो कितना बुझा-बुझा-सा था। सुरेखा के मन में कुछ पिघलने लगा। पर वह समय अपने बारे में या शिव के बारे में सोचने का नहीं था। उस समय मिन्ना की बात सोचना ज्यादा आवश्यक था। इसलिए अपने मन के पिघलेपन को एक ओर धकेल कर सुरेखा मिन्ना की बात करने लगी। पापा की मृत्यु के समय शिव पूरे परिवार से मिल चुके थे, पर मिन्ना की याद उन्हें नहीं थी। सुरेखा ने मिन्ना की केस हिस्ट्री की पूरी फाइल तैयार करके रखी थी। वह उसके आगे खोल दी। शिव उसे पढ़ रहे थे, और मिन्ना के अपमान की उत्तेजना सुरेखा में भरने लगी थी। फाइल पढ़ते-पढ़ते वह प्रश्न करते जा रहे थे और सुरेखा उत्तर देते-देते जोश में आ रही थी :

"सब कुछ तो ठीक था। सही-सलामत मिन्ना घर भी लौट आई थी, ऐसी हालत में उसे आराम की भी कितनी आवश्यकता थी। उसे वहीं बाबूजी के घर ही रहना चाहिए था। मैं बहुत समझाकर आई थी, पर वह तो बीच में ही चली गई। बाबूजी कहते हैं, उन्हें एक बार और मौका देंगे, मुझे तो बात पसन्द नहीं आई। मिन्ना बहुत गुणवान लड़की है, उसमें कोई भी कमी नहीं है, और वे लोग हैं कि उसे टार्चर किए जा रहे हैं। क्या इस हालत में वह तकलीफें बरदाश्त करने योग्य है? मुझे तो सोचकर ही गुस्सा आता है। अगर देख पाऊं तो पता नहीं क्या हो? मेरे विचार से मां-बाबूजी को उसे भेजना नहीं चाहिए था। आप ही बताइए, अब मैं क्या करूं?"

"तुम अब क्या करोगी, मियां-बीवी राजी तो, मिन्ना समझदार है और तुम्हारे मां-बाबूजी ने भी कुछ सोच-समझकर ही उसे वहां भेजा होगा। देखो सुरेखा, हम हिन्दू लोग यही चाहते हैं कि कुछ भी हो, जैसे भी एडजस्ट करें, पति-पत्नी को साथ ही रहना चाहिए। कभी-न-कभी तो कम्प्रोमाइज हो ही जाता है..."

"चाहे उस कम्प्रोमाइज के इंतजार में पूरी उम्र बीत जाए? वे सारे सुनहरे दिन बीत जाएं जो सुख के होने चाहिए थे? यह दकियानूसी थ्योरी है। मैं इसे

नहीं मानती। अब जमाना बदल रहा है। लड़कियां पढ़-लिखकर आत्मनिर्भर हो रही हैं। अपने रोटी-कपड़े-भर के लिए मारपीट खाने की क्या जरूरत है? कानून है, उन्हें रास्ता दिखा सकता है। यदि एक रास्ता गलत सिद्ध हुआ तो क्या हुआ, बदलकर दूसरे रास्ते पर चल पड़ो। पति अगर साथ नहीं निभा सका तो पूरा जन्म बरबाद कर देने की क्या तुक है? जीवन तो अकेले भी खूब अच्छी तरह जिया जा सकता है।"

"तुम्हारी क्या मजबूरी थी कि तुमने अकेले जीवन जीना तय किया था? और अब क्या है जो अवधेश..."

सुरेखा सन्न रह गई। उसे लगा कि शिव ने कसकर एक तमाचा उसके मुंह पर दे मारा है। वह तिलमिला उठी। एक गहरा सन्नाटा उनके बीच में लटक गया। एकाएक मन में हजारों आग के से स्फुलिंग गिरने लगे। पहले तो सुरेखा तय ही नहीं कर पाई कि सच बोले या—अपमान पी जाए, पर फिर सच होंठों पर फिसल ही गया :

"मेरी मजबूरी—आप हैं। आप—सुनना चाहते हैं? हिम्मत है सुनने की? आप क्या अब तक नहीं जान पाए कि आपकी ही खातिर मैंने अकेले जीवन जीना तय किया था? और विश्वास है, उसी सहारे जीवन पूरा जी भी लूंगी। अवधेश, मेरा प्रेम नहीं है, वह मेरी द्विविधा है, सबसे बड़ी उलझन है। पता नहीं क्यों वह मुझे प्यार करने लगा है? मुझमें पता नहीं क्या देखा है उसने? मैंने उसे अब तक यही समझाने का प्रयास किया है कि मैं उसके योग्य नहीं हूं। उम्र में उससे बड़ी नहीं तो छोटी भी नहीं हूं। मैच्योरिटी में केवल वह बच्चा है अभी, आतुर, अधैर्य से भरा हुआ। उसकी यह इंपेशेंस ही तो है कि वह भागना चाहता है और मैं उसकी इस दौड़ में साथ नहीं आती। मुझे भीतर तक बिना जाने वह मुझसे ब्याह कर लेना चाहता है। मधुर कहती है, वह मेरा ट्रम्प कार्ड है, उसको प्रयोग में लाकर मैं बदला ले सकती हूं—आपसे और मंजरी से—जीवन में हुए अपने सारे अपमानों से भी। पर—मैं क्या हूं, मेरा मन क्या चाहता है? मेरे पूरे जन्म में यह बात इतनी बेमानी क्यों है कि समय ही आगे बढ़कर मेरे लिए परिस्थितियां पैदा कर देता है, जिनके बीच उलझने को मैं मजबूर हो जाती हूं?

आप डरिए नहीं, मैं इतनी गिरी हुई नहीं हूं कि अपने लिए अवधेश का प्रयोग कर बढ़ —मन के साथ ही जीने का फैसला मैंने लिया है।"

उस समय सुरेखा भावोद्वेग से कांप रही थी। उसके पूरे शरीर में गुस्से और विद्रोह की चिंगारियां भर गई थीं, उसका जी चाह रहा था कि पूरे परिवेश को भस्म करके रख दे। शिव की आंखें सुरेखा के लाल हो आए चेहर पर टिक गई थीं। उसने सुरेखा के कांपते शरीर को थाम लिया था —एक बार फिर सुरेखा उसके जीवन के सूखे हुए जल-स्रोत को ज्वार आए समुद्र में बदल रही थी। सुरेखा में सब कुछ ही तो मिला था शिव कोजीवन का वह सुख जिसका स्वाद मंजरी नहीं दे पाई थी—बौद्धिक स्तर पर पूरी तरह जुडकर भी सूरेखा एकाएक जैसे सरल, घरेलू ममत्व-भरी भावनाएं लिए उसके सामने आ खड़ी होती और वहां भी शिव उसके आगे झुकने लगता। अपने व्यवहार की सरलता से ही शिव के मन में एक रास्ता बनाती चली गई थी, और शिव जैसे मंत्रमुग्ध उस रास्ते पर चल पड़ा था। शिव के सख्त कठोर हाथ सुरेखा को भींच रहे थे, और सुरेखा भी पूरी तरह उसके लिए होती जा रही थी। उनके होंठ इतनी आतुरता से मिले थे जैसे रेगिस्तान में लगी प्यास हो। सुरेखा का रोम-रोम उमड़ रहा था, अपने समुद्र को समर्पित हो रहा था। समय, स्थान किसी भी बात की कोई अहमियत नहीं थी। उस पल एक अनजाना ज्वार ही तो था जो ड्राइंग रूम के इस कोने को सुख-शैया कर गया था। शिव ने सुरेखा को अपनी बांहों में ओस की ढुलकती बूंदों की तरह समेट लिया था। सुरेखा का गला सूख रहा था। शिव के पूरे शरीर में आतुरता लपट की तरह जल रही थी और ओस की उन मदभरी बूँदों को सोखती जा रही थी।

उस पल थकान कहीं दूर रुकी रह गई थी। होश आने पर शिव ने सुरेखा को उसकी ही उतरी हुई साड़ी से ढका तो उसके झुके हुए मुख को हाथों में लेकर एक बार अपनी ओर कर लिया था। सुरेखा के मुदे हुए नेत्रों की कोर पर आंसू धीमे-धीमे वह रहे थे। अपनी उंगलियों से उन्हें पोंछता शिव—अपने विजयी हो आए होंठ की छाप उसके पूरे शरीर पर लगा रहा था। पता नहीं कितनी बड़ी थी वह प्यास, जो वह बुझा लेना चाहता था। सुरेखा चरम सुख के

उन क्षणों को होश खोए जैसे सुख के समुद्र में बह रही थी।

टेलीफोन की घंटी बज रही थी। हड़बड़ाकर गुथे हुए वे दो शरीर अलग हुए। सुरेखा उन बांहों पर से उठती हुई चेतन हो रही थी। अचानक वह सब क्या था, जो उनके मध्य घट गया था? वह कहां है, कहां आ पहुची? बात मिन्ना की हो रही थी, और सोचने का समय ही कहां था? मस्तिष्क के स्नायू एकदम ढीले पड़े हुए थे। घंटी सांसारिक स्वर बनी फिर बजी थी। वह कपड़े समेटती—किसी तरह बाहर आई थी। बाहर आने तक फोन कट गया था। सुरेखा लौटने को हुई तो फोन फिर बजा था—उस समय फोन का बजना बहुत बुरा लग रहा था, पर...

"हां, सुरेखा का स्वर दुनियावी हो आने के प्रयास में था। "हां, मैं बोल रही हूं बाबूजी! आप कैसे हैं? मां का पत्र मिला था। पता चला, मिन्ना उदेश के साथ वापस चली गई है। आपने उसे क्यों जाने दिया बाबूजी? ... मिन्ना ठीक से तो है न...?"

'हां' सुरेखा, मिन्ना ठीक है—एक बार तो ससुराल जाना ही था बेटा! अब उदेश आकर ले गया है। बहुत माफी मांग रहा था, अपनी गलती भी स्वीकार कर रहा था। मैंने बहुत सोचा, लगा, इस समय इज्जत से अपनी भूल मानकर लड़की को ले जा रहा है— तो ले जाय। मिन्ना भी कहने लगी कि—एक बार उसे वापस जाने दिया जाए—आपस में दोनों बैठकर यहां सलाह-मशवरा करते रहे। तो बेटा, हमें मानना ही पड़ा। एक तरह से जुआ ही खेला समझो। लड़की की जिन्दगी दांव पर लगा दी है। वैसे तो मैं खोज-खबर रखता हूं। मिन्ना ठीक है। डाक्टर के पास भी जाती है—अगले महीने की बीस तारीख बताई है। अच्छा, तू कैसी है? ठीक है न?"

सुरेखा ने सोचा था कि बहुत-सी बातें करेगी। फोन पर ही बाबूजी से लड़ लेगी कि मिन्ना को भेजना नहीं चाहिए था; पर उसे कुछ याद नहीं आ रहा था, जैसे शरीर की सारी नसें ढीली हो रही थीं।

"मैं ठीक हूं बाबूजी, मिन्ना की चिन्ता ही लगी रहती है, उसका समाचार देते रहिएगा।"

फोन बन्द हो गया था। बरामदे की घड़ी रात के दस बजा रही थी। साढ़े सात सुरेखा यहां आई थी। इस बीच रामसिंह कब गया, कुछ पता नहीं। उसने सुरेखा को शिव के साथ उस रूप में देखा, इसका भी कुछ ज्ञान नहीं था। अस्त-व्यस्त उस अवस्था में वहां लॉबी में खड़े रहना भी तो संभव नहीं था, अवधेश ही किसी भी समय वहां आ सकता था। सुरेखा कांपते कदमों से भीतर गई तो शिव वहीं कालीन पर करवट लिए उसी अवस्था में लेटे थे। सुरेखा अपने कपड़े जल्दी-जल्दी समेटने लगी, तो फिर से एक सख्त हाथ उसकी कलाई को पकड़कर अपने ऊपर खींच रहा था।

जब चेत लौटा तो देखा, शिव एक हाथ में पानी का गिलास लिए दूसरे हाथ से उसको उठा रहे थे :

"उठो, सुरेखा—पानी पियोगी..."

"हां," वह उठी तो शिव के हाथ ही पानी का गिलास उसके होंठों तक ले आए थे। पानी पीकर वह एकाएक अपने परिवेश से पहचान बनाती अपनी स्थिति के प्रति जैसे सजग हो रही थी। एक झटके से उठकर वह बाथरूम में भाग गई। जब लौटी तो शिव को सीढ़ियों के पास खड़े पाया था। घड़ी की ओर आंख उठाकर देखने का उसका मन नहीं था, सुख के पलों की समय की चाल की सनसनाहट में नहीं बांधा जा सकता।

"मुझे घर छोड़ देंगे..."

"हां, चलो..."

वे दोनों बाहर आ गए थे। शिव गैरेज से कार निकाल रहे थे। लॉन के कोने में खिली रात की रानी की महक पूरे वातावरण में ताजगी भर रही थी। बोगनाबिला की बेल के लाल फूल दीवारों से चिपककर जैसे मुस्करा रहे थे, पर सुरेखा सोच रही थी, हवाओं में बहती महक किसकी है—बोगनबिला की या रात की रानी की?

सुरेखा की जब आंख खुली तो दिन निकल चुका था। खिड़की के अधखुले पर्दे से प्रकाश पूरी तरह कमरे में फैल आया था। सुरेखा ने लेटे-

लेटे ही सुबह का स्वागत किया। उसे लगा कि पहले तो कभी उसने सुबह को इतना प्यार नहीं किया था। न ही धूप को कभी सूंघकर देखा था। पर तब सुरेखा ने सुबह को अपनी फैली हुई बांहों में भर लिया था। खिड़की के बाहर रुकी हुई धूप की खुशबू धीरे-धीरे तिरती हुई उसके कमरे के भीतर आ रही थी। जाने क्यों उस दिन सुरेखा को साधारण, रोज की हाथ पड़ने वाली वस्तुओं में नयापन लग रहा था। आसपास का सब कुछ अनुपम लग रहा था। उसी खुशबू को मन में भरे वह दफ्तर में न जाकर सीधे कोर्ट चली गई। पर कुछ ही देर बाद काम के पंजों की गिरफ्त कसने लगी और खुशबू का जो एहसास साथ लाई थी, वह थोड़ी ही देर में गुम होने लगा। एकाध बार उसने काम और लोगों के बीच शिव को धीरे से देखा था। उसकी तटस्थता स्थिर थी और तब सुरेखा भी काम में रचने लगी थी। उस दिन ज्ञानदेव और बेला के सेस की हियरिंग लगी थी। अपील बेला के पति भाटिया की ओर से थी। कई पहलुओं पर प्रकाश पड़ रहा था—ज्ञानदेव के निजीपन की धोखाधड़ी से आरम्भ होकर बेला की मृत्यु तक।

सुरेखा वहां दस्तावेज पढ़ रही थी जो उसने तैयार किए थे :

'अपीलार्थी ने प्रत्यार्थी के निर्वाचन को इस आधार पर चुनौती दी कि प्रत्यार्थी ने अनेक भ्रष्ट आचरण किए जिनके अन्तर्गत अपीलार्थी के वैयक्तिक शील के संबंध में असह्य कथनों का प्रकाशन भी है। उच्च न्यायालय ने यह निष्कर्ष निकाला कि अभिकथन साबित नहीं हुए। अपील खारिज करते हुए—

अभिनिर्धारित—धारा १२३ की उपधारा (४) में अन्तर्विष्ट उपबन्धों का उल्लंघन किया गया तब कहा जाता है, जब तथ्य का कोई असत्य कथन राजनीतिज्ञ का बेधन करके अभ्यार्थी के व्यक्तित्व पर लगता है। अभ्यार्थी के वैयक्तिक शील और आचरण को ही विद्वेष पूर्ण झूठे हमले से बचाना है।'

सुरेखा सोचने लगी थी, 'जब चरित्र का एक कोना रंगने लगता है तो बाकी के कोनों में भी परिवर्तन आरम्भ हो जाता है। और तब मनुष्य अपनी सुध-बुध भुलाकर उस परिवर्तन के पीछे चल पड़ता है। इसी संदर्भ में एक

संन्यासी की कही बात याद आने लगी थी—कि दुनिया में दो तरह की मूढ़ताएं हैं। एक जो घर में आसक्त हो गए हैं, जो दीवारों से प्रेम कर रहे हैं, ईंटों को छाती से लगाए बैठे हैं और दूसरे वह जो दीवारों से डरकर भाग गए हैं—जो ईंटों से अपने को मुक्त करने में लगे हैं। दोनों का लगाव ईंटें हैं। ज्ञानदेव बेला का लगाव भी देखा जाए तो एक ही था—शायद प्रेम, पर स्थितियां अलग थीं। ज्ञानदेव ने बेला से प्रेम का सम्बन्ध नहीं जोड़ा था—केवल मनोरंजन चाहा था। बेला उसको प्रेम कहो या दीवानापन, जो भी था, देकर उससे अपने और अपने पति के लिए कुछ चाहती थी—पदोन्नति...या धन, पर जब स्थितियों में टकराव होने लगा तो बेला को प्राण देने पड़े...।'

सुरेखा का काम से मन उचट रहा था, पता नहीं बेला की स्थिति पर या बेला के उस अनजान व्यक्तित्व के लिए मन उदास होने लगा था। वह लगातार शिव को देखे जा रही थी। शिव के साथ आसक्ति के इस पथ पर चलकर जहां तक पहुंची है, उस क्षण को उसने उत्सव जैसा माना था। उस उत्सव में विस्मृत, भ्रमित रह जाने का मन होने लगा तो भविष्य की चिन्ता फिर नहीं की उसने। शिव काम समाप्त करके अपना कोट हाथों पर लिए बाहर निकल गए थे। सुरेखा भी रोज की तरह फाइलें सहेज कर उसके पीछे चली गई। रास्ते में सुरेखा को घर छोड़ते हुए जाना उसकी आदत थी। दिन बीत चुका था। सुरेखा सोच रही थी, अब शाम का क्या होगा? क्या उसे अवधेश की उन्मुक्त, उद्दीप्त ताजी बातों के बीच हल्का हो जाने दे या फिर चुपचाप अपने कमरे में अकेली बैठकर शिव के बारे में सोचती, उसके अपने बीच संवाद खोजती मौन रह जाए? पूरे रास्ते शिव ने कुछ नहीं कहा था। सुरेखा बेकार ही उन शब्दों की प्रतीक्षा करती रही थी, जो उनके बीच नहीं थे।

कमरे का अकेलापन सुरेखा को अच्छा लग रहा था। केवल विचार पास में रखकर वह सोचना चाहती थी एक छोटी-सी घटना, और उस घटना से जीवन में कितना परिवर्तन आया था। अब तक अपनी मेहनत से जो भी उपलब्ध किया था, उसमें सबसे महत्त्वपूर्ण सज्जा थी शिव का प्रेम। सुरेखा उस देय को एक चट्टानी नींव की तरह अपने चरित्र में बसा लेना चाहती थी। बस,

उस प्यार की सुगंध को भीतर भरकर वह मन के द्वार बन्द कर लेना चाहती थी कि अब और कुछ भी भीतर प्रवेश न करे। उलझनें साफ हो चली थीं।

दरवाजा खोलकर अवधेश भीतर आ गया था। वह अक्सर घंटी नहीं बजाता था, न ही कभी दरवाजा खटखटाता था। सुरेखा औंधी लेटी पत्रिका पढ़ रही थी। चौंककर उठ बैठी।

"हे, लूकिंग वेरी चार्मिंग, बड़ी अच्छी लग रही हो! चेहरे पर इतनी ग्लो, इतनी चमक कहां से आ गई—क्या चांदनी में नहाई थी?" उसने पास आकर सुरेखा के दोनों हाथ पकड़ लिए, जिसे एक झटके से सुरेखा ने छुड़ा लिया।

"कहीं चलें, या बैठोगे—?" सुरेखा ने कहा।

"सॉरी, ज्यादा देर बैठ नहीं सकूँगा। जल्दी में हूं। कल सुबह दिल्ली जाना है, टेक्नीशियन को लाना है। एक मशीन का ब्रेक डाउन हो जाने से सारा प्लांट गड़बड़ाने लगा है। ये हिन्दुस्तानी ही ऐसे हैं—बड़े ही गैरजिम्मेवार, काम पूरा नहीं करते, वीच में ही छोड़कर अलग हो जाते हैं और बस फिर गायब। आप टक्करें मारते रहिए, कुछ नहीं होता। इन तीन-चार महीने में मेरा तो सारा उत्साह ठंडा पड़ गया है। कितना सोचा था, भारत में रहूंगा, यह करूंगा, वह करूंगा।"

"बैठकर बात करो न। क्या लोगे--चाय या ठंडा?"

"एनीथिंग--जो भी दे दो..."

सुरेखा कमरे के साथ जुड़ी हुई छोटी-सी अपनी रसोई से दो प्याले चाय बना लाई थी। अवधेश आराम से बैठ गया। वह जल्दी जाने की बात जैसे भूल चुका था। सुरेखा चाहती थी, वह बैठे तो वह उससे खुलकर बात कर ले। जब वह हिन्दुस्तान की कार्य-प्रणाली की खूब भर्त्सना कर चुका तो वह अपनी बात के लिए भूमिका बनाने लगी।

"अवधेश-मुझे तुमसे कुछ कहना था।"

"हां—कहो, कहो न...। तुम कुछ कहती नहीं हो, वही मुझे अफसोस रहता है।"

"अवधेश, तुमने कई बार कहा—कि मैं तुमसे शादी कर लूं। और यह

बात मैं हर बार टालती गई—तुमने शायद उसे मेरा संकोच मात्र माना था, पर संकोच हमारे बीच था ही नहीं। तुम चाहते रहे, आगे बढ़ जाओ, पर मैंने तुम्हें हर पल रोका था। तुम हमेशा अपनी ही बात कहते रहे, मेरी बात को कभी सुना तुमने? कभी नहीं पूछा कि आखिर मैं क्यों ऐसा नहीं कर सकी? और मेरी मूर्खता यह थी कि मैं तुम्हारी ओर से इस प्रश्न की प्रतीक्षा करती रही। खैर, इससे पहले कि तुम बहुत अधिक गम्भीर हो जाओ, मैं ही तुम्हें बता देना चाहती हूं कि हम कभी शादी नहीं कर पाएंगे।"

अवधेश के चेहरे पर भी रंगत बदल रही थी—उसका सारा उत्साह जैसे झड़-सा गया था। कुछ देर चुप रहने के बाद कहने लगा :

"यह बात तो तुम बहुत बार कह चुकी हो। जो कारण तुम अब तक बताती रही हो, उनका हल मैं तुम्हें समझा भी चुका हूं। देखो सुरेखा, अगर अब बात उठी है तो टालना मत। ठीक सही कारण बता देना। अच्छा है, बात साफ हो जाए।"

"हां अवधेश, मेरा भी यही विचार है कि आज सही कारण मैं तुम्हें बता ही दूं। तो अवधेश, सच तो यह है कि मैं किसी और से प्यार करती हूं—पर उसका नाम मैं तुम्हें कभी नहीं बताऊंगी। तुम पूछना भी नहीं।"

अवधेश ने एक बार अपनी बड़ी-बड़ी आंखों से अपलक उसे देर तक देखा। फिर कहा, "ओ० के० सुरेखा! मैं उसका नाम नहीं पूछूंगा, जब उससे शादी करोगी तो पता चल ही जाएगा। हां, हो सके तो मुझे अपना मित्र मानती रहना। अच्छा, अब चलूं। कल जाना है न, पैकिंग भी करनी है। नीचे तक पहुंचाने नहीं आओगी?"

"हां, चलो..." सुरेखा उसके साथ चल दी। बिना कुछ कहे वे सीढ़ियां उतर रहे थे। सुरेखा जानती थी, उनके बीच संवाद समाप्त हो गया है। अवधेश इस पार या उस पार जीने का आदी है—पूरी इटैंसिटी में विश्वास करता था। या तो सम्पूर्ण या कुछ भी नहीं, उसके जीवन का दर्शन इतना ही था।

मात्र हाथ उठाकर विदा देता हुआ अवधेश चला गया और सूरेखा अकेली गेट के पास खड़ी रह गई। मन में अवधेश की एक जगह थी। लगने

लगा, जैसे वहां शून्य भरने लगा हो; जैसे एक खालोपन ठहर गया था। सुरेखा खाली हो गई सड़क को ताकती खड़ी रह गई थी। मिसेज बैजल का स्वर उसे लौटा रहा था :

"कैसी हो सुरेखा, बड़े दिनों से तुम्हें देखा नहीं, पता नहीं कब आती हो, कब जाती हो? आओ, अंदर आ जाओ। वीना इस बार बम्बई से साड़ियां बनवाकर लाई है। सेल लगा रही है यहां। भीतर और भी कुछ सहेलियां हैं उसकी। तुम भी चलो न..."

, बिना कुछ कहे सुरेखा उनके पीछे चली गई। ड्राइंगरूम में वीना कालीन पर बैठी थी। दो सूटकेस खुले पड़े थे। साड़ियां इधर-उधर बिखरी हुई थीं। तीन और भी काफी स्मार्ट-सी महिलाएं वहां बैठी थीं। साड़ियां उनके हाथों में भी थीं। मिसेज बैजल ही परिचय करा रही थीं :

"वीना तो सुरेखा से मिली है न? अरे, यह अपनी एडवोकेट है। और यह प्रिया है, मिसेज कपूर और वह सुधा..."

सुरेखा ने एक ही बार हाथ जोड़कर अपना नमस्कार उन्हें दे दिया। उनकी हंसी थम गई थी। सुरेखा के लिए अपने पास जगह बनाती वीना बोली :

"आइए सुरेखाजी! मम्मी तो आपकी बहुत तारीफ करती हैं। आपको बस आते-जाते देखती हूं। बहुत व्यस्त रहती हैं आप तो। जिससे भी बात करो, आपकी ही बात करता है। मम्मी तो आपके ही गुण गाती है।"

"ओह, तो आप हैं शिव कौशिक की जूनियर! मैंने एक बार उनके यहां पार्टी में आपको देखा था। शिव कौशिक खुद कितने ग्रेसफल हैं और उनकी वह श्रीमती कैसी कार्टून बनी फिरती है!" प्रिया ने कहा।

"यह बात नहीं प्रिया! मंजरी को सब माडर्न कपड़े बहुत फबते हैं। क्या फिगर मेण्टेन किया है! अपने शरीर का बहुत खयाल रखती है। मैं अक्सर उसे हैल्थ क्लब में ही देखती हूं।"

"आपको कैसी लगती है मिसेज शिव, सुरेखाजी?" प्रिया ने ही पूछा था।

"आप ठीक कहती हैं सुधाजी, मिसेज शिव को वे सब ड्रेसेज बहुत सूट

करती हैं। अगर वह साड़ी पहनें तो शायद अच्छी न लगें।" सुरेखा ने उसी सांसारिक स्वर में लिप्त रहने का प्रयास किया था।

"सुना है, पति-पत्नी की आपस में बनती नहीं है सूरेखाजी?" साड़ियां बक्स से निकालकर मेज पर सजाती वीना पूछ रही थी, 'आप तो उनके घर आती-जाती हैं। आपको तो पता होगा। सुना है, बड़ी गुस्सेबाज है। जब लड़ती है तो पूरा अड़ोस-पड़ोस थरथराने लगता है।"

"वीनाजी, आप साड़ियां दिखाइए, सबकी अपनी जिन्दगी है। जैसे कोई जिए। मेरा काम शिव से पड़ता है और वह इतने गम्भीर प्रकृति के आदमी हैं कि उनके आगे कोई सवाल पेश नहीं किया जा सकता।"सुरेखा ने कहा।

बात फिर साड़ियों की होने लगी। वीना हर साड़ी का एक रहस्य, एक इतिहास बनाकर जोड़ती हुई सबको एक आकर्षण में बांधे थी। सुरेखा ने दो साड़ियां खरीद ली थीं—एक मिन्ना के लिए, एक अपने लिए। मिसेज बैजल सबको कॉफी के प्याले दे रही थीं। बीच-बीच में पूरे वार्तालाप से हटकर सुरेखा जैसे उन महिलाओं को देख लेती थी। वे बातें कर रही थीं। आजकल के फैशन क्या हैं, साड़ियां कौन-सी पहनी जाएं—बांहें हाल्टर हों या लम्बी हों। सोने-चांदी का भाव क्या है? हीरे के टाप्स किस-किसने नये बनवाए हैं? किसका पति किस महिला से उलझा है? कितनी ऊपर की कमाई है?

सुरेखा को बहुत दिन बाद ऐसा सब सुनने को मिला था। अतीत में मम्मी की और उनकी सखी-सहेलियों की कुछ ऐसी यादें थीं। उन्हें भी छोड़े कुछ साल बीत गए। मंजरी की मित्र-मंडली के बीच सुरेखा एक पल को भी नहीं जाती थी। पता नहीं क्यों सुरेखा को उन सब महिलाओं पर तरस-सा आया था। उनके वार्तालाप के बीच जाने कैसे उभरकर मधुर का नाम आया था, शायद इसलिए कि वही सुरेखा की एकमात्र मित्र थी, जिसका वहां आना-जाना लगा रहता। वीना का खयाल था, मधुर जैसी बदचलन और कोई नहीं हो सकती—सौ चूहे खाके बिल्ली हज्ज को चली। और तो और, हज्ज के मुल्लाओं को भी भरमा रही है। उन सब सहेलियों का वार्तालाप ही शिष्टता का मुखौटा उतारकर अभद्र होता जा रहा था, कुछ ऐसा, जिसमें

उन्हें रस आने लगा था। कुछ ऐसे मजाक या चुटकुले, जो सुरेखा ने कभी नहीं सुने थे। वे उसमें टेंशन भरने लगे। सुरेखा सोच रही थी, 'किसने कहा, जोक्स हंसी का साधन हैं?' बीच-बीच में सुरेखा के कौमार्य, कामकाजी, व्यस्त, रूखे जीवन पर तरस खाकर वे महिलाएं फिर ही-ही करके हंसने लग जातीं।

वीना जितना सुरेखा को जानती थी, उसका फायदा उठाकर पूरी दोस्ती कर लेना चाहती थी। पर मित्रता कर लेने के लिए जानना काफी नहीं है, अपना मानक र स्नेह करना आवश्यक होता है। वीना मधुर के बारे में भी वह कुछ जानती थी। एक समय मधुर की वीना के पति के साथ मित्रता थी। और सुरेखा को याद था कि मधुर की ही सहायता से उसे उत्तरप्रदेश की ओर से एक बहुत बड़ा सम्मान और धन-राशि हाथ लग चकी थी। वीना अवश्य ही सब जानती थी तभी मधुर के खिलाफ एक पूरा मुकदमा तैयार किए उसके चरित्र पर एक पूरी व्याख्या करने को प्रस्तुत थी। सुरेखा ने रोकना चाहा तो वह चिढ़कर बोली थी :

"सुरेखाजी, आपकी और मधुर की दोस्ती पर मुझे ही नहीं, और भी बहुत लोगों को ताज्जुब होता है। कितना विपरीत है आप दोनों का स्वभाव! आपको उस चुडैल में क्या अच्छाई दिखाई देती है?"

"वीनाजी, मैं जिसे मित्रता देती हूं, उसे अपना बना लेती हूं। अपने मन का एक अंग मानती हूं उसे। ऐसा तभी होता है जब आप उसे पूरापूरा जान लें। मधुर का कसूर यह है कि वह हिपोक्रेट नहीं है, रंग नहीं बदलती, बेकार की विशेषता अपनी भाषा में प्रयोग नहीं करती। जो वह दिखाई देती है, वही वह है, और जो वह देखती है, वही कह देती है। उसका सबसे बड़ा गुण उसका सच कह देने का साहस है। किसमें है वह सच कह देने का साहस? ऐसा सच, जो समाज के आगे उसकी तस्वीर का रुख ही बदल दे? पर वह सच के सामने किसी बात की चिन्ता नहीं करती। ऐसे कितने लोग हैं, जो मधुर का सा जीवन जीते हैं? गुमनाम पाप करते हैं, बगल में छुरी मुंह में राम... खैर, छोड़िए, मैं तो मधुर को लेकर पूरा केस लड़ने लग गई। असल में मुझे लगता है, वह सही अर्थों में इंसान है। मैंने कहीं पढ़ा था, धर्म क्या है। धर्म

वह है, जो मनुष्य को हैवान से, इंसान को जानवर से और मनुष्य को मनुष्य से अलग करता है। शायद धर्म को उसने ही जाना है। तभी वह सबसे अलग है, भिन्न है।"

उन सब महिलाओं के चेहरे पर के उस झूठे परितोष से जैसे वहां बेठना असहज हो गया था। सुरेखा बाहर आई तो लगा, रात हो चुकी थी और उन महिलाओं को घर जाने की कोई जल्दी नहीं थी। गेट के पास उनकी मोटरें खड़ी थीं और ड्राइवर ऊंघते हुए प्रतीक्षा में बैठे थे।

एक-एक करके पूरा सप्ताह बीत गया था, सुरेखा अवधेश से बात कर लेने के बाद जैसे हल्की हो गई थी, कोई तनाव नहीं था। वह बहुत चाहती रही कि शिव भी अपनी तटस्थता के बीच थोडी-सी सलवटें पड़ जाने दे। वह विभिन्न स्थितियों के अनेक स्वप्न संजोती थी, पर उन स्वप्नों के चेहरे खाली रह जाते थे। सुरेखा को दुख होने लगता कि चरम सुख के उन क्षणों की बेसुधी में उसने आंखें खोलकर शिव को देखा क्यों नहीं? उसके चेहरे पर के उस बदले हुए भाव को पढ़ा क्यों नहीं? कभी मधुर पर गुस्सा आता, जो उन दिनों फिर अपने गुरु के आश्रम में चली गई थी। अपने ऊपर गुजरती हुई घटनाओं का बोझ सुरेखा से जैसे सहा नहीं जा रहा था। यदि उसे किसीसे बांट पाती तो मन हलका हो जाता। इसी बीच सुरेखा को प्रशान्त का दिल्ली से लिखा एक पत्न प्राप्त हुआ : सुरेखा,

स्नेह!

तुम्हें पहली बार कागज पर लिखकर पत्न भेज रहा हूं। बहुत चाहते हुए भी पहले कभी ऐसा नहीं किया। साफ ही कहूं, जब भी तुम्हारी याद आई, तुम्हारा अहंकार तुम्हारे चेहरे के साथ जुड़कर मेरे सामने खड़ा हो गया और मुझे अपने हाथ रोक लेने पड़े। अब जब भी मैं मिन्ना को देखता हूं या उसकी दुर्दशा की बात सुनता हूं तो मुझे उसमें तुम्हारे झूठे दर्प के टूटने की आवाज आती है।

वैसे मुझे हक नहीं पहुंचता कि मैं तुम्हें तुम्हारी बहन का हाल बताऊं। पर क्योंकि मैं इस शहर में हूं और मेरे शरीर पर कान और आंखें हैं—मुझसे वह सब सहा नहीं जाता। तुम, सुरेखा, कानून की बड़ी भारी पुजा रिन हो।

इस बेचारी दुखियारी मिन्ना को छटकारा नहीं दिला सकती?

और सूनो, इन सारी परिस्थितियों के बाद भी मैं बिना किसी व्यवधान के तुम्हारी बहन से शादी कर लेने को प्रस्तुत हूं...।

—प्रशान्त

सुरेखा की आंखों से आंसू बहने लगे—कभी आत्मग्लानि के, कभी मिन्ना की तकलीफों के। बार-बार मिन्ना का उदास चेहरा आंखों में टिक जाता। किसी समय भी मां और बाबूजी का फोन या तार आ सकता था कि मिन्ना के बेटा हुआ या बेटी। पता नहीं उसपर क्या गुजर रही थी जो प्रशान्त ने इतना सब लिखा था! बाबूजी ने तो कहा था कि उदेश माफी मांगकर ही लौटा ले गया था मिन्ना को। इसी बात से सुरेखा आश्वस्त थी। बाबूजी क्यों उसकी दुर्दशा पर तुल गए थे? सुरेखा पत्र हाथ में पकड़े बैठी रह गई। यह सोच रही थी कि दिल्ली चली जाए और सीधा जाकर उदेश से बात कर ले। जब तक पूरी बात का कोई फैसला न हो जाएगा, वह लौटेगी नहीं, और इस बार मिन्ना को साथ लेकर ही लौटेगी, बाबूजी का भी विश्वास नहीं करेगी। इससे अच्छी क्या बात होगी कि मिन्ना को इतने बड़े तूफान के बाद भी प्रशान्त जैसा किनारा मिल रहा था। शायद मनुष्य के सारे कष्ट इसी बात के हैं कि हम गलत फैसले ले लेते हैं और फिर जब इस बात का ज्ञान होता है तो हम अपने लिए हुए निर्णय को न बदलकर मनुष्य को बदल लेते हैं। वास्तविकता को न बदलकर अगर हम गलत निर्णयों को बदलें तो शायद जीवन इतना कष्टकर न रहे।

सुरेखा ने प्रशान्त को कितना गलत समझा था! उसे कभी भी अपने बराबर का न समझकर वह और उसका परिवार, उसे नीचा दिखाता रहा, अलावा बाबूजी के। इंसान के इतने पारखी बाबूजी, मिन्ना के जीवन का फैसला लेने के समय पता नहीं इतने दुनियावी क्यों हो उठे कि उन्होंने अच्छे धनी घर के एकमात्र बिगड़े लड़के को मिन्ना जैसी भावुक सीधी लड़की के लिए सुयोग्य पात्र मान लिया। पूरा दिन इसी ऊहापोह में बीत गया। सुरेखा का मन इतना उदास था कि वह कोर्ट जाने की बात भी भूल बैठी। सिर में जोरों का दर्द हो रहा था, मिसेज बैजल का नौकर खाने की अनछुई ट्रे उठाकर ले जा चुका

था। एक बार भी कोई पूछने नहीं आया कि वह कैसी है। दूसरों की बुराइयां खोजकर अपनी अच्छाइयों का बखान करती मिसेज बैजल और वीनाऊपर से कितनी उदारऔर महान हैं! छोटी बातों के लिए किसीकी भी व्यावहारिकता की विवेचना नहीं करनी पड़ी थी सुरेखा को। शायद इसलिए कि वह अतीत में छूटा बहुत कुछ भूल चुकी थी।

उसे इस समय तो कुछ भी अच्छा नहीं लग रहा था। बेकार की खीझ हो रही थी। अपना जीवन तो जैसा भी था, पर मिन्ना के साथ अच्छा ही बीते, इस सम्भावना को भी तो इस संसार ने तोड़-मरोड़कर रख दिया था। बेचैनी से भीतर-ही-भीतर वह फुक रही थी। अपनी ही उमस से घबराकर बाहर बालकनी में खड़ी हो गई। नवम्बर के महीने की शाम और पसीने से तर सुरेखा एक-दूसरे के विरोधाभास बने बालकनी पर ठिठक गए थे। हलका-सा धुंधलका रात के साथ उतर रहा था और शाम की शीतलता सुरेखा के तन-मन पर। बेसुधी में शॉल कंधों से गिर पड़ा था। सुरेखा आंखें मूंदे उस शीतलता को गले लगा रही थी कि भीतर का ताप सहज हो जाए। इतने में गेट पर कार रुकी। तन्द्रा टूटने पर चौंकने जैसा लगा था। कार में शिव उतर रहे थे। मन में धड़कन जोर से बज उठी। अंधेरे के कारण शिव ने शायद उसे नहीं देखा था। दरवाजा खोलकर सुरेखा उसकी प्रतीक्षा में खड़ी हो गई। कमरे में स्टडी टेबल पर एक लैम्प जल रहा था, जिसका पूरा प्रकाश शिव की मद्रास वाली फोटो पर पड़ रहा था। सुरेखा चाहती रही कि भागकर उसे छुपा दे पर शिव तब तक भीतर आ गए थे—अपलक शिव को देखती हुई सुरेखा जड़-सी हो गई। वह कितना कम आते थे उस कमरे में! डोर-क्लोजर खींचकर दरवाजे को अपने-आप बन्द कर गया और एक सन्नाटा-सा था जो अब दोनों के बीच भरने लगा। शिव ने आगे बढ़कर उसे बांहों में समेट लिया। सुरेखा ने अब तक यही सोचा था कि शरीर कुछ नहीं है, उस इन्द्रियों के रथ पर केवल एक सारथी वह है—उसका 'मैं'। पर शिव के स्पर्श के आगे सब आदर्श झूठे लग रहे थे, सारे विचारों को तोड़ रहे थे।

"अरे...तुम...एकदम बर्फ हो रही हो, तबीयत तो ठीक है न?" शिव ने उसके चेहरे पर आंखें टिकाते हुए कहा।

"बाहर, बालकनी में खड़ी थी शायद इसीलिए," शिव उसकी आँखों में ही भटक गया था—शब्द फिर नहीं थे। कभी-कभी शरीर की भाषा—जीवन में शब्दों से भी बड़े अर्थ दे जाती है, यही सोचकर सुरेखा उस मौन में भी सुखी थी। तभी एकाएक शिव ने कहा :

"सुरेखा, तुम्हें पा लेने के बाद लगा है कि जिस भावना को मैं अब तक झुठलाता रहा, वह जीवन की सबसे बड़ी ऊर्जा है। और तुम उस ऊर्जा को बदलकर मेरे मन में सुख का सृजन कर रही हो। पता नहीं यह क्या है? जो भी है, उसे एक बार पूरी इंटेसिटी से जी लेना चाहता हूं। इसीलिए तुम्हारे पास आया था। आज पूरा दिन तुम्हारे बिना खाली लगा था। सोचा था, धीरे से बीत जाएगा,पर ऐसा नहीं हुआ। मुझे बार-बार तुम्हार वहां न होने की कमी कचोटती रही।"

और फिर शिव सुरेखा के बालों में उंगलियां उलझाए चुप हो गया। सुरेखा उसके स्पर्श से तपती यही सोचती रही कि उसके शिव में ये शब्द कहां से उगे थे कि वह खुद भीतर-ही-भीतर खाली होने लगी थी। उसकी बातों का तो कोई उत्तर नहीं था, और शायद उत्तर की अपेक्षा भी नहीं थी।

सुबह उठने पर कायदे से तो सुरेखा को खूब प्रसन्न होना चाहिए था। जीवन में जो चाहा था, अब जाकर उसे मिला था। अवांछित तो कुछ भी नहीं रहा था। पर जाने क्यों मन बहुत उदास था। अपने भीतर असमय की इस उदासी का कारण खोजती रही पर भीतर से कोई जवाब नहीं आया। हर बात को खोजने की आवश्यकता भी क्या है? मन है, विचारों की अनगिनत लहरों से पटा पड़ा है। इस समय कोई अनजाने दुख की लहर ऊपर तैर आई थी और तभी सुरेखा प्रसन्नता के उस पल में भी उस लहर के प्रभाव से बच नहीं सकी थी।

उसे नहाते समय भी मिन्नो की याद आने लगी। अनावृत शरीर की परछाईं शीशे में पड़ रही थी। सुरेखा उसे ही हाथ से छू ती सोच रही थी, ससुराल की कठोर परिस्थितियों के पीछे क्या शरीर का सुख ही तो मुख्य कारण नहीं बन गया था, जो मिन्नो को एक बार फिर उन परिस्थितियों से कम्प्रोमाइज करा रहा

था? पता नहीं वह उदेश से वास्तव में इतना प्रेम करने लगी है कि काफी कष्ट उसे दुखा नहीं सके थे, या फिर टार्चर सहना उसकी आदत बन चुकी है। मिन्ना की भोली-भाली आकृति की जो भी भंगिमा याद पड़ती, उससे तो उसे किसी भी सवाल का उत्तर नहीं मिला। बस, स्मतियों में जो भी ध्वनियां थीं, उनमें प्रबल स्वर मिन्ना के उस गीत का था, जो बचपन में वह अकसर गाया करती थी'—सब सखियां मोसे दूर निकल गईं...'

सुरेखा को लग रहा था, वह कुछ देख पा रही थी। कुछ, जो इस शरीर से भी परे था और मिन्ना के उस घुट-घुटे स्वर से भी परे था। पता नहीं वह सचमुच कुछ देख रही थी या वह उसका भ्रम था और फिर उस देखे हुए 'कुछ' का तो कोई स्वरूप नहीं था, अर्थ नहीं था। पता नहीं क्या था वह? तो जैसे सुरेखा चौंककर शीशे के आगे से हट गई। जल्दी से साड़ी पहनकर बाल बांधने लगी। कलैंडर पर निगाह पड़ते ही लगा, बीस तारीख हो चुकी है और डाक्टर मिन्ना की प्रसव-तिथि अठारह या बीस बता रहे थे। बालों की लटें बेतरतीब उलझी थीं। दर्पण में फिर उसका चेहरा झांकने लगा था, और वह जाने क्यों विवश हुआ जा रहा था। दरवाजे को कोई खटखटा रहा था। उसने सोचा, मिसेज बैजल की महरी नाश्ता लेकर आई होगी। दरवाजा खोला तो मिसेज बैजल स्वयं खड़ी थीं:

"तुम्हारा फोन है सुरेखा, दिल्ली से।"

उन्हें छोड़कर सुरेखा तेजी से नीचे उतरी। अवश्य मिन्ना का ही कोई समाचार होगा। पता नहीं लड़की हुई या लड़का? फोन उठाने तक वह तेजी से हांफ रही थी। सांस से सांस का तार जुड़ नहीं रहा था और मन में ढेर सारी धड़कनें एकसाथ बज रही थीं, उस कोलाहल से उबरते-न-उबरते सुरेखा कह रही थी :

हलो...हां, मैं सुरेखा बोल रही हूं।"

"हां अच्छा, सुरेखा बोलता है। सुरेखा, हम दिल्ली से शेफाली बोलता है—तुमको एक न्यूज देना था भाई, सुन रही हो न...सुरेखा, तुम्हारा बहन मणिका... उसको कल रात बेटी हुआ था। पर मणिका नहीं बचा, शी डाइड ... 'सुरेखा, सुनता है, जल्दी से दिल्ली आ जाओ...एज-सून-एज पौसिबल, तुम्हारा मां

बहुत तकलीफ में हैं...।"

सुरेखा के पैरों के नीचे से जमीन खिसक रही थी, सिर के ऊपर की छत गिरने को आ रही थी। शीशे में जैसे जोर का धमाका हुआ था और अनगिनत नुकीले शीशों के टेकड़े एक भोली-भाली आकृति के अक्स लिए बिखर रहे थे, सुरेखा के शरीर में कांटों की तरह आकर गड़ रहे थे। हां, भीतर-ही-भीतर कुछ हो रहा था, एक काला अंधेरा...और धप्प से सुरेखा धरती पर बैठ गई थी। कुछ लोग आसपास बोल रहे थे...मिसेज बैजल कुछ कह रही थीं। कुछ शब्द, बस शब्द, अर्थहीन शब्द और कुछ नहीं था। कितने हाथ उसके कंधे, माथे और सिर पर टिक रहे थे। पर सुरेखा कहां थी—शीशे की टूटी हुई एक परछाई से मिन्ना को खोज रही थी।

भीड़ जड़ने लगी तो जैसे सुरेखा अपने-आपमें लौट आई। कुछ सोच रही थी, 'इस समय मुझे बिखरना नहीं है। मिन्ना की इस मौत की कालिमा को तो आंसुओं का एक गहरा समुद्र भी नहीं धो सकता। उसके लिए तो रोना भी नहीं है।' उसके मन में एक ज्वालामुखी जैसा धधकने लगा।

मिसेज बैजल बहुत रोकती रहीं। वीना कंधे पकड़कर उसे बैठाती रही पर सुरेखा उनके परिवार की भीड़ छांटती हुई ऊपर अपने कमरे में चली गई। मिसेज बैजल ने बहुत रोका पर उसने कमरे को भीतर से बन्द कर लिया। मिन्ना के लिए तो उसे किसीकी भी सान्त्वना नहीं चाहिए थी।

समय का पता नहीं चला। यंत्रवत् कुछ कपड़े सूटकेस में डाले और जो कुछ रुपये-पैसे हाथ लगे, वह लेकर सुरेखा नीचे उतर गई। मिसेज बैजल कहीं दिखाई नहीं पड़ी तो नौकर से कमरा बंद कर लेने को कहकर सुरेखा बाहर आ गई। नौकर ने ही एक रिक्शा ठहरा दी। उसीपर अपना बोझ फेंककर सुरेखा स्टेशन की तरफ खिचती चली जा रही थी। स्टेशन जाफर पता लगा, दिल्ली जाने वाली गाड़ी अभी कुछ देर से आएगी। सूटकेस कुली को ही सौंपकर बेंच के एक कोने में वह चुपचाप बैठ गई। जैसे भी हो, दिल्ली जाना था। एक-एक पल पहाड़ की तरह भारी हो रहा था और दिमाग जैसे एक बहुत बड़ा शून्य।

एकाएक शोर बढ़ चला। प्लेटफार्म फिर से प्लेटफार्म बन गया था।

शायद कोई ट्रेन आकर रुकी थी। बहुत भीड़ थी, भीड़ को देखकर, सुरेखा सोच रही थी—सच को जानते तो सब हैं पर सच को जिया नहीं जा सकता, न ही कहा जा सकता है। कहने के लिए कभी-कभी शब्द अपर्याप्त हो जाते हैं—-जैसे इस पल मुझे चिल्ला-चिल्लाकर इस पूरी भीड़ को यह बता देना चाहिए कि मिन्ना क्यों मर गई? किसने उसकी जान ली? किसे दोष दंकिसे? सुरेखा खूब सारी गालियां जमा करके अपने मन का पूरा क्षोभ उगल देना चाहती थी, पर शब्द नहीं मिल रहे थे। पता नहीं गालियां कौन-सी हैं? मस्तिष्क का कोश खाली था, नितान्त शून्य हो रहा था, शायद मिन्ना के दुख की गहराई में वह इतना डूब गई थी कि शब्द पर्याप्त नहीं हो पा रहे। शायद अधिक जान लेना, व्यक्त करने की शक्ति को दुर्बल कर जाता है।

सुरेखा के पास शब्द नहीं थे, पर आवाजों का एक तूफान प्लेटफार्म पर बढ़ रहा था। भीड़ के उस पार भी सुरेखा अपनी लाड़ली मिन्ना को चुप्पी साधे धरती पर सोते हुए जैसे देख पा रही थी। कैसी असमय की नींद है, जो उसने ओढ़ी?

"अरे सुरेखा, तू! यहां क्या कर रही है? कैसी मातमी सूरत बनाए बैठी है? क्या हुआ? क्या तेरा अवधेश जाल में फंसा? शादी-वादी हई या बस? वैसे ही सूखे वार करता रहा?"

"शादी—शादी—तू क्या पागल हो गई है मधुर? तू यह सब कह रही है? तू? जिसने मुझे बल दिया था कि बिना शादी के जिया जा सकता है? मधुर—इस शादी के खूटे से बंधी मेरी मिन्ना, मेरी मिन्ना चली गई—मर गई। मुझे विश्वास है कि शी हैज नॉट डाइड ए नेचुरल डेथ। ऐसे तो कोई नहीं मरता है मधु र..."

मधुर जैसे सन्नाटे में आ गई थी। चुपचाप सुरेखा को देखती रही। वह सोच रही थी, मिन्ना से कितना प्रेम था सुरेखा को? जो जीवन सुरेखा खुद नहीं जी सकी थी, उसी जीवन को वह मिन्ना में साकार होता देखना चाहती थी। पर जब वह सारा सपना विकृत होता गया तो—मिन्ना के साथ-साथ उस टूटन को सुरेखा ने अपने पर झेला। और अब मिन्ना की मौत उसे जिस धरातल पर पहुंचा गई है, वह तो कल्पना से भी परे था। असमय की इस मौत ने सुरेखा की जो दशा बना दी थी, उसे ही सोचती मधु र उसके लिए सांत्वना के शब्द ढूंढ़

रही थी। पर वह जानती थी, मन के कोश के सारे शब्द अपर्याप्त थे, इस क्षण कुछ नहीं कहा जा सकता था।

तभी कुली सुरेखा का सूटकेस उठाए कह रहा था :

“चलिए बहनजी! आपकी गाड़ी आ गई है।”

“हां,” सुरेखा के होंठ हिले। आंखें आंसुओं के बिना कैसी-कैसी हो रही थीं! घसीटते कदम उसे ट्रेन के डिब्बे तक ले आए। उस भीड़ में उसके लिए एक जगह बन ही गई। आगे बढ़कर निर्विकार चेहरा, चेतनाशून्य-सा खिड़की पर टिका दिया था। तभी सुरेखा ने देखा, मधुर भी भीड़ को चीरती अपना केसरिया झोला थामे उसी डिब्बे में स्थान खोजकर बैठ रही थी।

सुरेखा को लगा, उस प्लेटफार्म पर कुछ छूट अवश्य गया था, पता नहीं क्या? अपनी जगह पर पड़ी हुई सुरेखा भी चुप थी और मधुर भी कुछ नहीं बोली थी। गाड़ी धीमी रफ्तार से चल पड़ी थी। मधुर की वाचालता सोच रही थी कि शब्दों में अब दम नहीं रह गया था, और सुरेखा सोच रही थी कि शब्दों ने कभी उसका साथ नहीं दिया। सुरेखा की आंखों में आंसू नहीं थे—एक चौंध भर रही थी। उसे लगा था कि कहीं से आकर तपती दोपहर की धूप का एक टुकड़ा उसकी खिड़की पर रुक गया था और चलती गाड़ी में उन्हींके साथ-साथ चल रहा था। धूप का वह टुकड़ा सुरेखा को जैसे आकाश की ओर आने को उकसा रहा था और सुरेखा को लग रहा था, जैसे वह जड़ होती जा रही लौट रही थी कहीं दूर अपने ही भीतर अपने आत्मस्वच्छ व्योम में, जहां उसे दिख रहा था कि सत् का निवास असत् में है।